Las Malas
나쁜 여자들

LAS MALAS
ⓒ 2019, Camila Sosa Villada
ⓒ 2019, Tusquets Editores S.A.
2023 Latin American Rights Agnecy - Grupo Planeta - in agreement with Massie & McQuilkin Literary Agents LLC. All rights reserved.

Korean translation copyright ⓒ 2025 by DARAM BOOKS
Korean translation rights arranged with MASSIE MCQUILKIN & CO / RUSSELL & VOLKENING through EYA Co.,Ltd

이 책의 한국어판 저작권은 EYA Co.Ltd를 통해 MASSIE MCQUILKIN & CO / RUSSELL & VOLKENING와 독점 계약한 다람이 소유합니다. 저작권법에 의하여 한국 내에서 보호를 받는 저작물이므로 무단 전재 및 복제를 금합니다.

LAS MALAS
나쁜 여자들

초판 1쇄 2025년 7월 10일

지은이 카밀라 소사 비야다
옮긴이 김희용
펴낸이 박혜진
디자인 김성엽
편집 홍성희

펴낸곳 다람

출판등록 2012년 6월 29일 제2012-000034호
주소 서울시 광진구 아차산로 378, 3층
전화 02-447-0879 | **팩스** 02-6280-3748
E-mail darambooks@gmail.com
홈페이지 www.darambooks.com
인스타그램 @darambooks

한국어판 출판권 ⓒ 다람 2025

이 책 내용의 전부 또는 일부를 이용하려면
반드시 저작권자와 다람의 서면 동의를 받아야 합니다.

* 잘못 만들어진 책은 바꿔 드립니다.
* 책값은 뒤표지에 있습니다.

Las Malas
나쁜 여자들

카밀라 소사 비야다
Camila Sosa Villada

옮김 김희용

클라우디아 우에르고와

카를로스 킨테로스에게

우리는 모두 여왕이 될 운명이었다.

-가브리엘라 미스트랄

작가의 말

트라베스티라는 단어

 적도 아래, 세상 끝자락에서, 우리는 트라베스티라는 단어를 파헤치기 위해 함께 모였다. 그때껏 이 단어는 우리에게 전혀 닿지 않는 용어들에 파묻혀 있었다. 사람들은 우리를 트랜스여성이나 트랜스섹슈얼, 또는 트랜스젠더라 불렀고, 심지어 성별 위화감이나 성적 불일치라는 표현을 입에 올리기도 했다. 여기 남쪽에서 온통 오물뿐인 접시를 앞에 두고도 우리가 살아남고, 생활하고, 섹스하고, 먹고살기 바쁠 동안, 북쪽의 학계는 다시 한 번 우리를 몰아붙이고 있었다. 그들은 무언가를 설명하지 못한 채 내버려 두는 것을 참지 못했기에, 우리의 존재를 더욱 위생적으로 만들고자 우리에 대해 여러 가설들을 세웠다. 우리, 그러니까 앞서간 모든 이들의 힘으로 형성된 라틴아메리카의 트라베스티들은 우리가 어떤 존재인지 알고 있었다. 산사태처럼 밀어닥

친 정체성의 돌무더기 아래, 아니면 그에 못지않게 치명적인 다른 무언가에 파묻힐 줄은 몰랐지만 말이다.

맨 처음 조사를 시작한 이가 누구인지는 모르겠다. 머지않아 우리 중 가장 나이 많은 사람들이 다른 사람들에게 발굴에 동참하기를 재촉했다. 우리는 켜켜이 쌓인 제1세계의 이론과 의약, 정신의학, 심리학에 관한 책 더미들 속에서, 우리의 수수께끼에 결코 근접한 적 없는 시론 안에서 트라베스티라는 단어를 찾아냈다. 그들의 이론은 신체에 어떤 수술을 얼마나 많이 했는지, 공적인 삶과 사적인 삶에 얽힌 다양한 꿈에 따라 어떤 호르몬 치료를 했는지, 음경을 보존했는지 아닌지, 신체가 무엇을 원하고 거부했는지 등등 트라베스티 경험과 관련한 다양한 단계들을 확립하려는 동화의 한 형태였다. 마치 우리에 대해 아무것도 모르는 사람이 우리의 삶에 대해 험담하는 소리를 듣는 것 같았다. 하지만 우리는 그 모든 장광설 아래 더 좋은 말이 온전히 숨어 있다는 것을 알았다.

대다수가 별명이나 유명한 행적으로만 기억될 뿐인 수많은 익명의 트라베스티들이 발견되는 공동묘지에서, 뿌리들이 인광을 번득이는 그 묘지 속에서, 그들 존재의 무언가가 여전히 활기차게 고동치고 있었다. 우리가 이론의 상층부를 걷어내자 남은 것은 예의와 점잖은 체하는 백인식의 정중함으로 아주 멋지게 포장된 모욕뿐이었다. 그 모욕은 정말이지 익숙한 것들이었고, 그래서 우리는 그것도 조심스럽게 걷어냈다. 훨씬 아래, 세상의 눈에 띄지 않는 강이 흐르는 곳에서 죽음과 똥과 정액과 성매매와 밤과 추위와 뇌물과 피와 감옥의 악취를, 빈곤과 방치의 악취를 풍기는 단어가 나타났다. 마음에 상처를 입히는, 더께 앉은 칼처럼 날카로운 단어. 과거의 우리와 현재의 우리에 대해서뿐만 아니라 우리의 가난, 우리를 전설로 만든 행위들, 우리가 가족과 공동체 사이에서 살아가도록 나서게 만든 용기에 대해서도 이야기해주는 단어였다. 우리는 여성처럼 보이기를 원하지 않았고, 어떤 식으로도 우리의 투쟁을 숨기고 싶지 않았으며, 엉뚱한 몸에 갇혀 있다고 느끼지 않았고, 우리가 무엇을 하고 있는지 알지 못했다. 하지만 거리에서 사람들은 마치 안식처와도 같은 우리의 아름다움을 강조하면서, 묻혀 있던 그 오래된 단어를 우리의 세례명으로 사용했다. 그들은 **트라베스티**라 외쳤으니, 이는 하나의 이미지에, 다시 말해 일종의 동일시에 얽매인 사회 전체의 거부를 떠올리게 하기에 충분했다. 우리를 트라베스티라 부르는 것은 그들이 우리를 모욕하는 하나의 방법이었다. 하지만 우리는 이방인이 아니었다. 우리는 다른 사람들과 마찬가지로 이미 이곳에 존재했고, 아주 오랫동안 그랬다. 이 땅의 풍요로움은 우리의 것이기도 했다.

그래서 나는 트랜스여성이라는 용어를 사용하지 않고, 메스처럼 차가운 외과 수술의 어휘를 사용하지도 않는다. 그 전문용어는 원주민의 시대로부터 이 터무니없는 문명사회에 이르기까지, 이 지역에서 트라베스티로서 겪어온 우리의 경험을 반영하지 못하기 때문이다. 나는 다시금 우리에게 돌팔매질해주기를, 침을 뱉어주기를, 조롱해주기를 요구한다. 사람들은 어찌 작가가 모욕적인 언사와 자기 자신을 자랑스럽게 동일시할 수 있느냐고 반문할지 모른다. 내 대답은, 사람들이 자신의 생각이 형성된다고 생각하는 저 위에서 출구를 찾고 있다는 것이다. 참으로 고상하고 편리하며 엄격하다. 오랜 세월 라틴아메리카의 고난을 온몸으로 견뎌낸 이후, 우리는 사람들이 깊이 파고들고 저 아래로 내려가 자신들에 대한 무지를 소중히 여기는 다른 생명체들로부터 배워야 한다는 것을 알게 되었다. 우리는 벽을 뛰어넘으려 시도하기보다 터널로 탈출하는 것이 낫다는 사실을 알게 되었다.

라스 말라스las malas, 즉 '나쁜 여자들'은 트라베스티이다. 심지어 최악의 순간에도 그들은 다른 이름으로는 불리고 싶어 하지 않을 것이다.

Las Malas

공원의 밤공기가 짙고, 음울하고, 얼어붙을 듯 차갑다. 최근 잎이 떨어져 헐벗은 고목들이 식물의 생장에 꼭 필요한 뭔지 모를 은혜를 내려달라 애원하며 하늘을 곁눈질하고 있다. 한 무리의 트라베스티들이 나뭇가지가 드리운 그림자 속에서 자신들의 구역을 돌아다닌다. 그들은 거의 한 몸처럼, 같은 동물에서 추출된 세포들처럼, 또는 한 집단에 속한 구성원들처럼 움직이는 것 같다. 잠재적 고객인 수컷들이 차를 타고 지나가다가 속도를 늦추어 그 무리를 살피고 손을 흔들어 한 사람을 고른다. 선택된 여성이 그들의 부름에 응답한다. 매일 밤 변하는 것은 아무것도 없다.

사르미엔토 공원은 이 도시 한가운데 있다. 동물원과 테마파크가 자리한 거대한 녹지대다. 밤이면 그곳은 통제 불능이 된다. 트라베스티들은 이 단테 거리에 이름을 제공하기도 한 단테의 조각상 옆에 선 늑대의 입을 통해 주문을 외우며 나뭇가지의 보호 아래, 또는 길가에서 대기한다. 매일 밤 트라베스티들은 어느 누구도 글로 쓸 생각조차 하지 못할 지옥에서 기어 나와 세상에 봄을 돌려준다.

한 임신부, 그들 중에는 유일하게 여성으로 태어난 사람도 거기 함께 있다. 그녀를 제외한 나머지 트라베스티들은 각자 나름의 방식으로 변신한 상태다. 공원의 트라베스티 패거리 사이에서 이 임신부는 색다른 존재다. 그녀는 항상 같은 장난을 친다. 마치 정체를 까발리겠다는 듯, 부주의한 트라베스티의 사타구니를 움켜쥔다. 이제 그녀가 한 트라베스티에게 손을 뻗으면 그들 모두가 웃음을 터뜨린다.

트라베스티 무리는 추위에도 아랑곳하지 않는다. 위스키가 든 휴대용 술병이 손에서 손으로 전달되고 코카인으로 가득한 접은 종잇조각이 코에서 코로 옮겨지는데, 그중 일부는 원래 상태 그대로 큼직하고, 나머지는 외과용 메스로 적절히 잘려 있다. 악마는 자연이 허락하지 않은 것을 빌려준다. 도시 중심부와 맞닿아 있는 이 공원에서는 트라베스티의 육체가 지닌 유혹적인 매력이 파멸의 구덩이로부터 뿜어져 나온다. 엔카르나 아줌마는 몹시 열렬히 휴식에 동참한다. 코카인이 줄곧 그녀에게 활력을 불어넣는다. 그녀는 불멸의 존재요, 고대의 석조 신상처럼 난공불락이다. 하지만 추운 한밤중, 저기 무언가 그녀의 주의를 끌며 친구들로부터 멀어지게 한다. 어둠 속에서 무언가 그녀를 부르고 있다. 립스틱으로 꾸민 입술들이 낄낄거리며 위스키를 삼키고 자동차들이 트라베스티와의 순간적인 행복을 찾아 경적을 울릴 때, 엔카르나 아줌마는 그야말로 아주 다른 소리를 낸다. 지금까지 소개한 등장인물들과 조금도 비슷하지 않은 사람이 내는 소리다.

  다른 트라베스티들은 엔카르나 아줌마를 무시한 채 계속 저마다의 일에 몰두한다. 아줌마는 최근 정신이 좀 산만했다. 누구나 살다 보면 기억력이 예전 같지 않은 때가 온다. 그녀는 기억을 유지하기 위해 모든 것을 공책에 적고 냉장고에 메모를 붙이기 시작한 상태다. 몇몇 사람들은 그녀가 미쳐간다 여기고, 나머지 사람들은 그녀가 기억하는 데 지쳐버렸다고 생각한다. 엔카르나 아줌마는 적정한 몫 이상으로 많은 구타에 시달려왔다. 경찰들과 고객들의 장화가 그녀의 머리와 신장腎腸 위에서 수없이 지그[1]를 춰댔다. 신장이 이제는 너무 심하게 손상되어서 그녀는 피오줌을 눈다. 그래서 그녀가 운명의 유혹적인 부름에 응하여 무리를 뒤로하고 자리를 뜰 때 아무도 주의를 기울이지 않는다. 백일흔여덟인 그녀는 흡사 못이 수없이 박힌 침대 위를 걷는 듯 느껴지는 아크릴 신발을 신고서 고통스럽게

---

1 바로크 시대에 유행한 빠른 박자의 서양 춤곡.

발을 디디며, 다소 방향감각을 잃은 채 정처 없이 멀어져 간다. 다리를 절며 마른땅과 공원의 방치된 지역에서 자라는 잡초밭을 지나고, 단테 거리를 마치 늑대의 휘파람[2]처럼 질주해 가로지르더니 가시덤불과 흙더미로 가득한, 지금은 '곰들의 작은 동굴'이라고 알려진, 호모들이 입술과 안도감을 찾는 동굴이 있는 지역으로 들어선다. 몇 발자국 더 가면 전염병을 취급하는 라우손 병원이 있는데, 우리에겐 그곳이 바로 제2의 집이다. 배수로, 허허벌판, 가시덤불, 자위하는 술꾼들. 엔카르나 아줌마가 잡목 덤불 속으로 사라짐과 동시에 마법이 일어나기 시작한다. 매춘부들, 흥분한 고객들, 숲에서의 우연한 즉석 만남, 삐뚜름히 주차된 차 안에서, 잡초 사이에 누워, 또는 나무에 기대어 쾌락을 주고받는 모든 사람들. 지금은 공원이 쾌락의 자궁이 되는 시간, 아무 부끄러움 없이 섹스를 즐기는 곳이 되는 시간이다. 누구의 손과 혀가 누구의 차지인지 알 수 없다. 바로 지금 이곳에서 커플들이 섹스를 하고 있다. 하지만 엔카르나 아줌마는 목소리, 어쩌면 냄새를 찾는 중이다. 아줌마가 언제 코를 벌름거리며 무언가를 찾으러 나설지는 전혀 알 수 없다. 그녀는 서서히 자신이 찾고 있는 것

---

2 보통 남자가 길에 지나가는 매력적인 여자를 보고 내는 휘파람 소리.

이 무엇인지 깨닫기 시작한다. 바로 우는 아기다. 엔카르나 아줌마는 그 아기를 자기 눈으로 보겠다고 결심하고, 신발을 손에 든 채 거친 덤불 속으로 더 깊이 뛰어들어 더듬더듬 어둠을 헤치며 나아간다. 아기의 울음소리에는 배고픔과 목마름이 가득하니, 이에 응하여 엔카르나 아줌마는 필사적으로 걸음을 재촉한다. 숲속 어디에선가 아이가 고통 받고 있으니까. 공원의 겨울은 눈물이 얼어붙을 만큼 춥다.

엔카르나 아줌마는 마침내 매춘부들이 경찰 순찰차를 피해 몸을 숨기는 배수로 옆에서 아기를 발견한다. 아기는 가시투성이 나뭇가지에 뒤덮여 필사적으로 울부짖고 있다. 마치 공원이 아이와 함께 울고 있는 것만 같다. 엔카르나 아줌마는 미칠 듯 흥분한다. 세상에 대한 공포감이 그녀의 목구멍을 짓누른다.

그 남자 아기는 성인용 초록색 패딩 재킷에 단단히 싸여 있다. 머리카락이 없어서 꼭 앵무새 같다. 아줌마는 가시투성이 무덤에서 아이를 구하려고 손을 뻗다가 상처를 입는다. 피부에서 피가 나는가 싶더니 블라우스 소맷동이 얼룩진다. 흡사 암말의 몸에 손을 밀어 넣어 망아지를 꺼내는 가축 조산사 꼴이다. 그녀는 고통을 느끼지 못하고 긁힌 상처를 알아차리지도 못한다. 연신 가시덤불을 떼어내며, 어둠을 향해 여전히 울부짖는 아이에게 마침내 다다른다. 아이는 똥으로 뒤덮여 악취가 견딜 수 없을 정도다. 엔카르나 아줌마는 구역질을 하고 피를 흘리며 아이를 품에 꼭 안은 뒤 큰 소리로 친구들을 부르기 시작한다. 고함은 저 멀리 길 건너편까지 전해져야 하는데, 도무지 그들에게 들릴 가망이 없을 것 같다. 하지만 코르도바시 사르미엔토 공원의 트라베스티 계집들은 보통 사람보다 훨씬 더 뛰어난 청력을 가지고 있다. 엔카르나 아줌마의 부름은, 공기 중에 떠도는 공포의 냄새를 맡을 수 있는 그들에게 제대로 가 닿는다. 소름이 돋으며 피부가 오그라들고, 머리카락이 곤두서고, 폐가 최대한 많은 산소를 들이마시고, 입이 옹다물리면서, 그들은 별안간 경계 태세를 취한다.

"공원의 트라베스티 여러분! 이리 와! 와서 내가 뭘 찾았는지 좀 봐!"

공원에 버려진 생후 3개월짜리 남자아이.

나뭇가지에 뒤덮인 채 죽음이 뜻대로 하도록 내버려져 있다. 아니면 그곳에 사는 떠돌이 개나 고양이가 마음대로 하거나. 어디에서 태어나든 아이들은 맛있는 한입거리가 되니까.

트라베스티들이 궁금한 듯 다가오는데, 마치 아기를 품에 안은 여자를 향해 비틀비틀 걸어오는 굶주린 좀비 떼처럼 보인다. 한 명은 한 손을, 태양을 가릴 수 있을 만큼 커다란 손을 자기 입에 가져다 올린다. 다른 한 명은 아이가 눈부시게 예쁘다고 말한다. 다른 한 명은 즉시 뒷걸음질 치기 시작하며, 자신은 이 일과 아무 관련이 없고 아무것도 보지 못했다고 한다.

"그럴 줄 알았어……." 또 다른 한 명이 중얼거린다. 결국 최악의 상황에서 털북숭이 호모는 도무지 신뢰할 수 없다는 뜻이다.

"경찰을 불러야겠어." 한 사람이 말한다.

"안 돼!" 엔카르나 아줌마가 날카롭게 외친다. "경찰은 안 돼! 아이를 경찰에게 넘길 수는 없어. 최악의 인간이나 할 짓이야!"

"하지만 우리가 애를 키울 수는 없잖아요." 합리적으로 들리는 목소리가 말한다.

"이 애는 나랑 있을 거야. 우리와 함께 집에 갈 거야."

"무슨 수로 데려갈 건데요? 온통 똥과 피로 범벅이 되어 있는데."

"내 핸드백에 넣어서. 봐, 딱 맞잖아."

트라베스티들은 공원에서 버스 정류장 근처까지 놀라운 속도로 걸어갔다. 그들은 눈에 띄지 않게끔 고개를 숙이고 상황에 급급해 걸음을 재촉하는 고양이 무리였다. 엔카르나 아줌마의 집으로 가는 중이었다. 그곳은 세상에서 가장 퀴어한 하숙집으로, 절망적인 시기에 끝없이 밀려드는 트라베스티들에게 보호와 후원과 구제와 위로를 제공해왔다. 그 집이 가장 안전한 장소임을 알고 있었기에 그들은 아기를 핸드백에 넣고 그곳으로 향했다. 무리에서 가장 어린 한 명이 용기를 내어 모두가 생각만 하고 있던 말을 입 밖에 내었다.

"감옥에서 보내기에는 추운 밤이에요."

"뭐라고?" 엔카르나 아줌마가 따지듯 물었다.

"아무것도 아니에요. 그저 이맘때면 교도소가 꽤 춥다는 뜻이죠. 아기를 유괴하다니……."

나는 겁이 나서 죽을 지경이었다. 뒤처지는 바람에 따라잡기 위해 계속 뜀걸음을 해야 했다. 아기의 모습에 내 속은 텅 비어버렸다. 마치 장기, 피, 뼈, 근육을 모두 퍼내기라도 한 것 같았다. 그것은 떼려야 뗄 수 없이 늘 함께하는 두 감정, 극도의 공포와 굳은 결의가 반씩 섞인 상태였다. 아가씨들은 초조해하며 겁에 질려 숨을 헐떡이고 차가운 허공에 입김을 내뿜으며 자신들이 아는 모든 성인聖人들에게 아이가 계속 잠들어 있기를, 방금 전 그랬듯 도축장의 돼지처럼 꽥꽥 비명을 지르지 않기를 기도드렸다. 도중에 술 취한 운전자가 모는 차들, 그들이 보이자 속도를 늦추는 순찰차들, 밤샘하다 담배 한 갑 사러 나온 학생들이 무리를 스쳐 지나갔다.

트라베스티들은 고개를 수그리기만 해도 세례 때 받은 투명 망토를 둘러 입을 수 있었다. 그들은 붙잡힐까 봐 두려운 마음을 억누르며 생각에 잠긴 척했다. 아, 두려움을 정말로 이해하려면 피에 흠뻑 젖은 갓난아기를 핸드백에 넣고 다니는 트라베스티가 되어봐야 한다. 무리는 엔카르나 아줌마의 집에 도착했다. 조금 황폐해 보이지만 두 팔 벌려 그들을 반기는 커다란 분홍색 2층 건물이었다. 텅 빈 복도를 따라 걸어 사방이 유리문으로 둘러싸인 파티오[3]로 곧장 가자 유리문 너머 호기심 가득한 다른 트라베스티들의 얼굴이 나타나기 시작했다. 위층에서 팔세토로 슬픈 노래를 부르던 목소리는 소동에 묻혀 잠잠해졌다. 한 아가씨는 바구니를 준비하고, 다른 한 명은 기저귀와 분유를 사러 약국으로 달려가고, 다른 한 명은 깨끗한 시트와 수건을 가져오고, 또 다른 한 명은 마리화나 개비에 불을 붙였다. 엔카르나 아줌마는 교독문, 자장가, 울음을 뚝 그치게 하는 주문을 아이에게 나직이 속삭여주었다. 그녀는 아이

---

3 건물에 둘러싸인 스페인식 정원.

의 옷을 벗기고 똥 묻은 자기 드레스도 벗어버렸다. 반쯤 벗고 친구들에게 둘러싸인 채, 부엌 테이블 위에서 아이의 몸을 씻어주었다.

 아이를 집으로 데려와 구조견 같은 귀염둥이로 키우겠다는 미친 생각 때문에 엉덩이가 바이스처럼 꽉 조여드는 와중에도 몇몇은 대담하게 농담을 늘어놓았다. 그들은 아이의 이름이 무엇인지, 어디에서 왔는지, 아이를 공원에 버린 끔찍한 어머니가 누구였을지 궁금해했다. 한 사람은 만약 그 어머니가 아이를 배수로에 내팽개칠 계획이었다면 이름을 지어주지 않았을 것이라고 조심스레 의견을 내놓았다. 다른 한 사람은 아이가 '그녀의 눈 속에 반짝이는 빛'[4] 같아 보인다고 말했다. 또 다른 한 사람은 이 말을 낭만에 젖은 헛소리라 일축하며 자신들이 처한 위험을 일깨워주었다. 경찰이 사이렌을 울리고 총을 쏘며 들이닥칠 테고, 뉴스 프로그램들은 큰일이 난 것처럼 소란을 피울 테고, 신문과 잡지의 사설란들은 화가 나서 씩씩거릴 테고, 언제든 린치를 가할 준비가 되어 있는 사회는 복수하겠다고 울부짖을 게 뻔했다. 트라베스티와 어린아이는 어울리지 않는다. 트라베스티가 아기를 데리고 다니는 모습 자체

---

4 Twinkle in Her Eye. 계획 또는 생각을 암시하는 표정을 뜻하는 말로, '아직 태어나지 않은 아이'를 의미하기도 한다.

가 그 사람들에게는 죄악이었다. 저 빌어먹을 인간들은 인간이 저지를 수 있는 타락한 행위로부터 자식들을 보호하고 싶어 트라베스티라는 존재를 비밀로 하는 자들이었다. 하지만, 이 모든 것을 잘 알고 있음에도, 트라베스티들은 미친 듯이 노력하는 엔카르나 아줌마를 지지했다. 그것이 이 고아들의 규칙이었다.

아기를 깨끗이 씻겨 카넬로니[5]처럼 시트로 싸맨 뒤 엔카르나 아줌마는 한숨을 쉬며 술탄의 침실인 양 꾸며진 자기 방으로 쉬러 들어갔다. 온통 초록색인 그 방에는 희망의 기운이 가득했으니, 그 자체로 빛이었다. 그녀의 침실은 착한 마음이 끝없이 이어지는 곳이었다. 집은 서서히 안정을 찾았다. 트라베스티들은 자리를 떠나, 일부는 잠자리에 들고 일부는 다시 거리로 나갔다. 나는 거실 소파에 드러누웠다. 굶주린 아이에게는 이미 젖병을 주었고, 다들 아이를 뚫어져라 쳐다보며 이런저런 이름을 지어보거나 누구와 비슷하게 생겼는지 판단하는 데 싫증이 난 상태였다. 아이는 울음을 그치자마자 지적인 호기심에 차서 그들의 눈을 하나하나 응시하기 시작했다. 그것은 충격적

---

5 원통형 파스타 속에 저민 고기나 치즈를 채워 넣어 구운 이탈리아 요리.

인 일이었다. 그들로서는 그때껏 한 번도 본 적 없는 모습이었다. 분홍색 집, 그러니까 세상에서 가장 트라베스티다운 그 집(창가마다 다른 식물과 얽힌 식물들, 열매처럼 피워낸 꽃송이마다 벌이 들어가 춤을 추는, 번식력 강한 식물들이 있는)이 아이가 겁먹을세라 별안간 고요해졌다. 엔카르나 아줌마는 실리콘 가슴을 드러내고 아기를 품에 안았다. 아이는 코를 벌름거리며 거대하고 딱딱한 젖꼭지의 냄새를 맡더니 침착하게 젖을 물었다. 그 젖꼭지에서 젖 한 방울이라도 나오는 일은 없을 터였지만, 아이를 품에 고이 안은 트라베스티는 자장가를 부르며 젖을 먹이는 시늉을 했다. 트라베스티가 부르는 자장가를 들으며 잠든 적이 없다면 진정한 잠을 자보지 못한 셈이다. 아주 어린 청각장애인이자 언어장애인인 떠돌이 마리아가 서큐버스[6]처럼 내 옆을 슬며시 지나가더니 노크도 없이 부드럽게 엔카르나 아줌마의 방문을 열었다. 그리고 그 장면을 마주했다. 항공기 엔진 오일이 가득한 가슴으로 갓난아기에게 젖을 물린 엔카르나 아줌마의 모습을 말이다. 엔카르나 아줌마는 행복에 온몸을 맡긴 채 완전한 환희에 도달하기 일보직전이었고, 아이는 그녀에게서 일생에 걸친 고통을 빨아내고 있었다. 유

---

6 잠자는 남자와 정을 통한다고 여겨지는 여자 악령.

모들의 일급비밀, 그러니까 아이에게 젖을 빨리는 기쁨과 고통이 바로 그것이다. 고통스러운 평화의 주입. 엔카르나 아줌마는 두 눈을 머리 위쪽으로 말아 올린 채로 완전한 황홀경에 빠져 있었다. 그녀는 소곤거리며 눈물을 흘렸고, 그 눈물은 그녀의 젖가슴과 아기의 옷에 튀었다.

마리아는 손가락을 모아 위를 가리키며 아줌마에게 지금 본인이 무슨 짓을 하고 있는지 아느냐고 물었다. 엔카르나 아줌마는 자신도 모르겠다고, 아이가 방금 젖을 빨기 시작했고 자신은 감히 그 애를 떼어내지 못하겠다고 대답했다. 언어장애인인 마리아는 성호를 그어 엔카르나 아줌마는 아이에게 젖을 먹일 수 없다는 사실을, 그녀에게서는 아예 젖이 나오지 않는다는 사실을 지적했다.

"상관없어." 엔카르나 아줌마가 대답했다. "이건 상징적인 거야."

마리아는 못마땅한 듯 고개를 가로젓고는 열었을 때처럼 부드럽게 방문을 닫았다. 어둠 속에서 그녀는 테이블 다리에 발가락을 찧고 비명을 지르지 않으려 입을 가렸다. 그녀의 눈에 눈물이 그렁그렁했다. 소파에 누워 있는 나를 보자 마리아는 손가락을 들어 아줌마의 방을 가리킨 다음 관자놀이 옆으로 가져가 뱅뱅 돌렸다. 엔카르나 아줌마가 돌아버렸어. 그것은 상징적인 것이다. 로물루스와 레무스와 루페르카[7]처럼 자기 몸의 충동에 따르는 여성의 상징 말이다.

그날 밤 내가 침대로 삼은 소파에서, 과거 내 출생 당시에 대해 집안사람들이 했던 말이 떠올랐다. 우리 어머니는 이틀 동안 산고를 겪었는데, 자궁이 전혀 확장되지 않아 고통을 견뎌낼 수가 없었다. 의사들이 제왕절개수술을 해주려 하지 않자 결국 아버지는 책임자를 위협했다. 그 의사의 머리에 총부리를 들이대며 아내를 수술해서 아이를 꺼내주지 않으면 밤이 다 가기 전에 죽게 될 것이라고 통고했다.

이후 사람들은 내가 복종 아니면 죽음이라는 겁박 속에서 태어났다고 말하곤 했다. 아버지는 그 뒤에도 이런 방식을 몇 번이고, 언제까지나 반복했다. 내게 활기를 안겨준 모든 것, 그러니까 모든 욕망, 모든 사랑, 내가 내린 모든 결정이 겁박의 대상이 되곤 했다. 한편 어머니는, 당신 말에 따르면 내가 태어난 이후 잠들기 위해 브로마제팜[8]

---

7 로물루스와 레무스에게 젖을 먹였다는 암컷 늑대. 관련된 어원인 라틴어 '루파lupa'에는 암컷 늑대라는 뜻 외에 매춘부라는 뜻도 있기에, 이런 상징체계를 적용하여 실제로 이 쌍둥이를 거둔 이의 직업이 창부였다 해석하는 학자도 있다.
8 신경안정제의 일종. 공황장애와 심한 불안을 치료하는 데 주로 사용된다.

을 복용해야 했다고 한다. 아마도 그래서 자신의 갓 태어난 아들에게 그토록 냉담하고 소극적이었던 모양이다. 저 문 너머 여전히 불이 켜진 방에서 벌어지고 있는 일과는 정반대였다. 죽음을 현혹하는 초록색 불빛이 아줌마의 생명을 겁박하고 있었다. 나서지 말라고, 공원에서 발견된 아이에 대해서는 잊어버리라고, 그녀에겐 더 이상 이 문제에 대해 관할권이 없다고 경고했다. 다른 트라베스티들의 코트로 뒤덮인 소파에서, 나는 엔카르나 아줌마의 자장가 소리를 들으며 잠이 들었다. 수천 번이나 들었던 나의 고통스러운 출생 이야기가 차에 탄 설탕처럼 녹아내렸다, 우리 트라베스티들의 집에서는 달콤함이 죽음을 감화했다. 그 집에서는 죽음이 아름다울 수 있었다.

만약 누군가 우리의 조국, 지금껏 우리가 학교 운동장에서 목숨 바쳐 지키겠노라고 수없이 맹세한 조국, 전쟁으로 젊은 남녀의 목숨을 앗아 간 조국, 강제수용소에 사람들을 묻어버린 그 조국을 조사하고 싶다면, 만약 누군가 정말로 그 모든 빌어먹을 짓들을 조사하고 싶다면, 그냥 엔카르나 아줌마의 몸을 한 번 보기만 하면 될 것이다. 트라베스티의 몸에 가해진 잔인한 손상만 보자면 우리 또한 국가와 다를 게 없다. 어떤 몸에 부당하게, 마구잡이로, 법적으로 무효화할 수 있게끔 남겨진 증오의 흔적들. 엔카르나 아줌마는 백일흔여덟 살이었다. 아줌마는 교도소에서의 자해로(폭력의 한복판에 있는 것보다는 의무실에 있는 것이 항상 더 나았으니까), 혹은 악랄한 성매매 고객과 매복 공격으로 인한 길거리 싸움에서 온갖 상처들을 얻었다. 왼쪽 뺨에는 신비롭고 퇴폐적인 분위기를 더해주는 흉터가 있었다. 가슴과 넓적다리에는 과거 독재 정권 시절 체포되어 당했던 구타로 인한 영구적인 타박상이 남았다(아줌마는 그때 처음으로 인간의 악과 직접 마주했다고 말했다). 사과는 없었다. 그 타박상은 그가 항공기 엔진오일을 써서 자신의 몸을 성형했다는 이유로 생긴 것이었다. 이 이탈리아 엄마는 몸을 이용해 음식과 전기와 가스를 얻었다. 그녀의 몸이 전쟁의 연장선이듯 공원의 연장선이라 할 수 있는 파티오, 초목 무성한 파티오를 가꾸는 물도 그렇게 얻어냈다.

엔카르나 아줌마는 아주 어린 나이에 코르도바에 왔다. 아직 쓰레기를 뒤집어쓰지 않고도 수키아강을 따라 배를 타고 내려갈 수 있던 시절이었다. 그녀는 평생을 트라베스티들에게 둘러싸여 지냈다. 우리를 경찰로부터 지켜주고, 우리가 낙담할 때 조언을 해주고, 우리의 육체만을 원하는 나쁜 애인들과의 관계를 끊게 하려고 애썼다. 그녀는 우리가 자유로워지기를 바랐다. 우리에게 낭만적인 사랑이라는 동화를 믿지 말라고 말했다. 다른 것들에 집중하고 자본주의와 가족과 사회보장제도에서 벗어나라고 했다.

그녀의 모성 본능은 연극적이었지만 캐릭터를 아주 철저히 장악했기 때문에 진짜처럼 느껴졌다. 그녀는 어머니처럼 호들갑을 떨었고, 어머니처럼 잔인했다. 쉽게 불쾌감을 느꼈으며 화를 잘 냈다. 포르모사[9]에서 그녀는 차코 출신의 한 트럭 운전사에게 홀딱 반해 그녀와 살림을 차린 적이 있었다. 트럭 운전사는 젊은 여성으로 가브리엘라 미스트랄[10]의 시들을 줄줄 외웠고, 본인의 말에 따르면 시골 학교 교사가 되는 것이 꿈이었지만 트럭으로 생계를 꾸렸다. "트럭 운전사의 창부가 되는 건 완전히 다른, 딴 세상 일이야. 트럭 운전사들은 도로를 주행하는 중요한 사람들이야. 대단한 사람들이라고." 심지어 과거를 기꺼이 뒤로 하고 코르도바에서 공원 근처에 자리를 잡은 이후에도, 아줌마는 트럭 운전사들이 하룻밤 묵어가느라 곧잘 들르는 시골 마을들을 정기적으로 돌아다녔다. 그녀는 가슴과 엉덩이, 골반 언저리와 뺨에 항공기 엔진오일을 주입했다. 그것이 더 저렴할 뿐 아니라 내구력도 좋아 흠씬 두들겨

---

9 아르헨티나 북부에 위치한 주.
10 Gabriela Mistral. 칠레의 시인 루실라 고도이 알카야가Lucila Godoy Alcayaga의 필명. 1945년 라틴아메리카 작가 최초로 노벨문학상을 수상했다.

맞을 때도 더 잘 견딜 수 있다는 것이었다. 하지만 주사를 놓은 부위에 기분 나쁜 멍 자국이 생기고 액체가 사방으로 흘러내려, 아줌마의 몸은 달의 지형 같아 보이게 되었다. 아줌마는 불빛을 아주 어둡게 하고 일을 해야 했다.

그녀의 왼쪽 무릎에는 총상으로 인한 두 개의 끔찍한 흉터가 있다. 발사체가 무릎을 관통했는데, 그래서 비가 오는 날이면 아줌마가 진통제를 먹느라 물 한 잔 가지러 절뚝절뚝 부엌으로 가는 모습을 종종 볼 수 있었다.

비 오는 날은 축하해야 할 날이었다. 일하러 나갈 필요가 없으니까. 이미 나가 있더라도 하늘이 뚫린 양 느닷없이 폭우가 쏟아지기 시작하면 우리는 떼 지어 택시에 올라 아줌마의 집으로 향했다. 가는 동안 택시 기사들은 우리와 함께 오줌을 지릴 정도로 웃음을 터뜨리곤 했고, 우리는 그 웃음소리를 들으며 우리가 정말 재미있고 가치 있고 이로운 존재라는 사실을 깨달았다. 우리는 카드놀이를 하고, 포르노 영화나 신파 연속극을 보고, 신참들에게 조언을 해주었다. 아기가 온 후에는 아동 양육의 권위자로 변신하기도 했다. 하지만 우리는 비밀을 지켰다. 아기의 양어머니가 잡다한 일을 하러 외출해야 할 때면 언어장애인인 마리아가 그 애를 돌보았다. 아무도 우리 집에 아기가 있다는 사실을 알지 못했다. 우리는 무모할 정도로 전력을 다해 헌신했을 뿐 아니라 우리의 책임 또한 알고 있었다. 아기가 다른 어디에서도 그렇게 많은 관심과 애정을 받을 수 없다는 것을 알고 있었다. 간단히 말해서, 엔카르나 아줌마의 집에서 아기는 사랑을 받았다.

결국 우리는 민주적인 투표를 거쳐 아기에게 세례명을 지어주었다. 과반수가 그 애를 '그녀의 눈 속에 반짝이는 빛'이라고 부르기로 결정했다. 아닌 게 아니라, 엔카르나 아줌마는 물론이고 다른 모든 사람들도 그 애와 함께 있을 때면 매번 각자의 반짝이는 빛을 되찾았기 때문에 이는 꼭 알맞은 이름이었다. 우리는 분홍색 집에 도착하자마자 이렇게 묻곤 했다. "그녀의 눈 속에 반짝이는 빛은 어디 있어?" 그러곤 곧장 가서 아이를 안아 들고는 그 애가 얼마나 잘생겼는지 달콤하게 속삭여주는 것이었다. 우리만의 독특한 언어를 만들어, 저도 모르게 "그녀의 눈 속에 반짝이는 빛이 크면" 같은 말도 종종 했다. 가끔 누가 지나가는 말로 마리아가 어디 있는지 물어보면 이런 답이 돌아왔다. "저기, 그녀의 눈 속에 반짝이는 빛에게 이야기하고 있어." 그러면 우리는 그쪽으로 건너가서, 마리아가 손을 바삐 움직이며 마법에 걸린 듯 자신을 빤히 마주 보는 아이에게 말을 건네는 동안 그녀의, 마리아의 눈 속에 반짝이는 빛이 회복되는 모습을 진심으로 놀라워하며 지켜보곤 했다.

  그녀의 눈 속에 반짝이는 빛은 까무잡잡한 피부에 살이 통통하고 애수에 잠긴 아시아인의 눈을 가진 아이였다. 날이 갈수록 아이는 점점 더 튼튼해지고 덜 울었으며, 우리를 보고 미소 짓기 시작했다. 나는 아이를 품에 안은 채 노래를 부르거나 부드럽게 얼러 재우곤 했다. "카밀라 아줌마에게 인사해." 엔카르나 아줌마는 팔이 피곤해지면 그렇게 말하며 아이를 넘겼다. 나는 그 애에게 집 안을 구경시켜주었다. 가끔은 테라스에 앉아 아이, 남편, 집, 꽃 화분이 있는 파티오, 서재에 대해, 주말에 친구들을 접대하는 것과 매춘을 그만두는 것, 부모님과 화해하는 것에 대해 생각하기도 했다.

  가난한 젊은 부부 사이에서 태어난 아들인 나의 몸이 어떻게 트라베스티로 변하기 시작했는지 지켜본 마을, 미나 클라베로에서 보낸 어린 시절에도, 비가 오는 날은 축하해야 할 날이었다. 여름에 비가 오면 일하러 갈 필요가 없었다. 나는 가난하게 태어났기 때문에 고생스럽게 일할 운명이었다. "어릴 때부터 먹고사는 법을 배워야 해." 아버지는 내게 말했다. 그래서 나는 아이스크림과 아이스바를 아이스박스에 가득 담아 대각선으로 메고 강으로 내려가서 팔았다. 당연히 수치스러웠다. 가난의 증거를 공개적으로 전시해야 하는 것보다 더 곤혹스러운 일이 있을까. 나는 사람들에게 내가 파는 아이스크림을 사달라고 간청하며 판매 기술을 익혔고, 나중에 몸을 팔면서도 활용하곤 했다. 그 기술이란 고객들이 듣고 싶어 하는 말을 해주는 것이다. 거지같이 작은 강가에 있는, 거지같이 작은 마을이었다.

그렇기 때문에 비는 항상 축복이었다. 비가 오면 그때나 지금이나 한결같이 최악인 관광객들에게 아이스바를 팔기 위해 강가 산책로로 내려갈 필요가 없었다. 가난한 우리 가족에게 아동노동은 시간을 보내는 매우 고귀한 방법이었다. 학교 친구들이 방학을 즐기는 동안, 나는 교복과 학용품 값을 내기 위해 일을 했다. 아홉 살이었던 나는 아이스크림을 파는 가난한 호모 소년에게 쏟아지는 관광객들의 동정 어린 시선을 견뎌내야 했다. 진보적인 관광객들은 내가 착취당하고 있다고 생각했다. 어느 날 나를 자기 텐트로 초대해 거대하고 단단하며 완벽한 페니스를 보여주었던 그 아이도 그랬다. 그 애는 그것이 마음에 드느냐고 물었고, 나는 그렇다고 대답했다. 그 애는 그것을 애무해달라고, 하지만 아프지 않도록 조심스럽게 살며시 해야 한다고 했다. 나는 아이스크림이 가득 담긴 폴리스티렌 상자를 한쪽에 치워놓았다. 그 애는 내게 아이스크림 하나를 꺼내서 자기 페니스에 문지르라고 했고, 그것을 머금은 내 입은 얼어붙어버렸다. 나는 겁이 났고, 그 맛이 마음에 들지 않았다. 아이스크림이 그 애의 치골 위에서 녹아 끈적끈적해지는 바람에 모든 것이 엉망진창이 되어버리자 그 애는 나더러 아무짝에도 쓸모가 없다고 말했는데, 그건 내가 아버지에게 자주 듣던 표현이었다. 그 애는 거기서 있었던 일에 대해 한마디도 하지 말라고 경고하며 나를 텐트에서 쫓아냈고, 나는 아이스크림을 팔아 벌어들인 지폐 몇 장을 헤아리며 강가를 떠났다. 집에 돌아가서는 몸이 아픈 척했다. 그러자마자 정말로 체온이 올라가서, 나는 사흘 동안 축축한 텐트와 그 녀석의 냄새와 아름다운 페니스와 그 끔찍한 맛에 대해 생각하며 집에 머물 수 있었다. 지금까지도 나는 그토록 맛없는 살점을 우리가 왜 그렇게 좋아하는지 이해할 수가 없다.

"자지는 아무 맛도 없어." 엔카르나 아줌마는 늘 말하곤 했다. 때로는 상대를 토닥이며 이런 얘기도 했다. "얘, 눈에 띄고 싶지 않을 때는 고개를 숙여도, 나머지 시간에는 턱을 치켜들고 있어." 그녀는 우리에게 어머니 같고, 이모 같은 분이었다. 우리 모두가 공원에서 몰래 데려온 남자아이를 바라보며 가만히 서 있었던 까닭은 충성심과 밀접한 관련이 있었다. 엔카르나 아줌마는 우리에게 어떻게든 살아나가는 법을, 우리 자신을 방어하는 법을, 체제에 두들겨 맞은 사랑스러운 사람들인 척하는 법을, 슈퍼마켓 대기 줄에서 미소 짓는 법을, 항상 "부탁해요"와 "고마워요"라고 말하는 법을 가르쳐주었다. 사람들이 우리 같은 창부들에게서 듣고 싶어 하는 말, "미안해요" "정말 죄송합니다"라고 말하는 법도.

그렇게 나는 엔카르나 아줌마를 만난 순간부터 평범한 사람들에게 거짓말을 하는 데 익숙해져서, 그들이 누구든 다양한 형태로 부탁한다고, 고맙다고, 정말 미안하다고 표현했고, 그러면 사람들은 기분이 좋아져 나를 잠시 내버려두었다.

모든 경멸은 두통처럼 며칠 동안 남아 이어진다. 누그러지지 않는 고통스러운 편두통처럼. 모욕과 조롱. 상심과 존중의 결여. 고객들의 사탕발림, 그들의 노골적인 기만, 몸만 바라며 착취하는 애인들, 굴복, 우리가 욕망의 대상이라는 멍청한 착각, 외로움, 에이즈, 망가진 하이힐, 죽음, 살인, 남자를 두고 벌어지는 내부의 불화, 뒷공론, 말싸움. 도무지 끝이 보이지 않는 것 같았다. 구타, 무엇보다도 어둠 속에서 전혀 예상치 못한 순간에 세상이 우리에게 가하는 구타. 섹스 직후에 이어지는 구타. 그것이 그때껏 우리 모두에게 줄곧 일어났던 일이다.

엔카르나 아줌마는 남자의 페니스가 세상에서 가장 하찮은 것이라고 말했다. 우리에게는 다리 사이에 매달린 우리 자신의 물건이 있고, 그러니 약해지는 순간에는 언제든 그것을 움켜쥘 수 있다는 것이었다. 그녀는 우리 스스로를 위해 일을 해야지, 뭐가 됐든 우리의 몸만 바라는 애인이 원하는 것에 돈을 대기 위해 일을 해서는 안 된다고 했다. 그리고 우리가 재앙(돈이 아니라 즐거움을 위해 함께 잔 사람을 일컫는 말이다)과 밤을 보냈을 때도 그들이 다른 방식으로 우리 몸에 대한 대가를 지불하게 해야 한다고 했다. 또 자신은 이 세상에서 백일흔여덟 해를 보내 슬픔이 깊게 가라앉았다고도 했다. 때때로 다리가 시멘트 포대 같고, 장기는 돌처럼 굳어버리고, 심장은 사용하지 않아 딱딱해져버린 느낌이라고 했다. 그녀는 우리를 억압하는 제약에 눈물을 흘렸다. 예를 들면 언어장애인인 마리아 때문에. 사실상 엔카르나 아줌마가 마리아를 되살린 셈이었다. 영양실조에 걸리고 벼룩이 들끓는 채로 대형 쓰레기통 속에 웅크리고 있던 마리아를 발견하고 집으로 데려왔을 때 말이다. 아줌마는 마리아에게 가족을 만들어주었으니, 나이 든 트라베스티들이 대모 역할을 맡았고 세례식은 마치 네오리얼리즘 영화 같았다.

마리아는 열세 살 때, 분홍색 집에서 일주일을 지낸 뒤 트라베스티로 세례를 받았다. 세례식은 파티오에서 열렸다. 다 함께 누가를 먹고 사과주를 마시는 사이 선인장 꽃 한 송이가 별안간 모두의 눈앞에서 피어나더니 무시무시한 악취를 풍기기 시작했다. 한 사람이 꽃에서 어떻게 그런 냄새가 날 수 있냐고 큰 소리로 묻자, 뭐든 아는 체하는 다른 사람이 어떤 꽃들은 파리를 통해 수분을 하기 때문에 그들을 끌어들이기 위해 썩은 고기의 향취를 풍긴다고 대답했다. 하지만 그렇다고 꽃들이 조금이라도 덜 아름다워지거나 덜 매혹적이게 되는 것은 아니다. 그 꽃들에는 세례식과 충성 의식을 치르는 동안 한 무리의 트라베스티들을 침묵하게 할 수 있는 힘이 있다.

이때가 우리 무리의 개화기요, 임박한 사형선고에도 불구하고 우리가 번성하던 시기였다. 모두 개처럼 코를 벌름거리며 서로의 냄새를 맡고 교잡 수분을 하던 시절이었다. 그러다 그녀의 눈 속에 반짝이는 빛의 등장으로 우리의 분노는 우리 자신을 개선하고자 하는 열망으로 바뀌었다. 투쿠는 고등학교 졸업장을 받기 위해 수업에 등록했다. 죽기 전에 자기 어머니에게 졸업장을 보여주며 이렇게 말하고 싶었기 때문이다. "여기 있어요. 내가 다 해냈어.

보이죠?" 하지만 등록한 학교에서 너무 심한 푸대접을 받고 등교 첫날부터 눈알이 빠질 정도로 펑펑 울면서 공원에 나타나더니, 질릴 때까지 콘돔 없이 마구 섹스할 거라고 소리를 지르기 시작했다. 어쨌든 그것이 무슨 상관이었을까? 엔카르나 아줌마는 그날 밤 바보 같은 그녀의 뺨을 때리고 집으로 돌려보내 쉬게 했다. 휴식이 모든 문제를 해결해주었다. 그 아픔이 몸의 병으로 인한 것이든 영혼의 병으로 인한 것이든, 엔카르나 아줌마는 항상 휴식을 처방했다. 아줌마가 지켜보는 동안 잠잘 수 있는 것은 우리 모두가 그때껏 받아본 가장 큰 선물이었다.

우리는 아줌마의 궤도 안에서 살았다. 그녀의 집에는 항상 먹을 것이 있었고 우리는 자주 배가 고팠다. 아줌마는 두 팔 벌려 우리를 반기며 테이블에 빵을 내놓곤 했다. 나는 낮이면 그저 그런 평범한 학생의 삶을 살았다. 나는 가난했다. 지금은 그 사실을 인정할 수 있다. 나는 항상 배가 고팠다. 빵만 먹고 살면 몸이 뒤틀리고 슬퍼진다. 늘 같은 음식은 우울과 무력감을 불러온다. 하지만 엔카르나 아줌마의 찬장은 항상 가득 차 있었다. 무엇이든 필요한 것이 있으면 아줌마가 주었다. 모든 가정의 주요 식품인 밀가루, 설탕, 기름, 마테 차 같은 것들. 그리고 아줌마가 모두에게 말한 바에 따르면, 또 하나의 필수품은 피부가 까무잡잡하고 반항적이며 사람의 운명을 바꿀 수 있을 만큼 강력한 '계곡의 성모상'[11]이었다.

---
11 아르헨티나의 카타마르카 교구에서 수호성인으로 모시는 성모마리아의 칭호.

우리가 알기로, 엔카르나 아줌마는 단 한 번의 진정한 연애를 했다. 어느 머리 없는 남자와의 조용하고 오랜 로맨스였다. 그 무렵 아프리카 곳곳의 전쟁 때문에 수많은 난민들이 이 도시에 당도했다. 그들은 전투에서 머리를 잃었다며, 신발에서 모래가 여전히 흘러나오는 채로 우리나라에 왔다. 여자들은 그들의 전설적인 온화함, 관능미, 장난기 때문에 그들에게 열광했다. 그들은 전쟁 중에 수많은 고난을 견뎌냈고 거리의 트라베스티들만큼이나 많은 고통을 겪었기에 매력적이면서도 영웅적인 존재로 여겨졌다. '머리 없는 남자들'은 스페인어 집중 과정을 수강했고, 그 결과 우리와 대화할 수 있게 되었다. 그렇게 해서 우리는 그들이 머리를 잃은 뒤 온몸으로 생각하며 무엇이든 몸으로 접촉했던 것만 기억한다는 사실을 알게 되었다. 머리 없는 남자들은 처음 왔을 때부터 전례 없이 다정한 태도를 보였고, 다리를 벌린 채 음부를 불태우며 그들을 기다리는 여자들을 조용히 실망시켰는데, 그건 그들이 이 지역의 트라베스티들을 훨씬 더 좋아했기 때문이다. 그들이 우리를 선택한 까닭은 알지 못했지만, 우리 중 많은 사람이 목이 잘린 연인과 결혼하여 함께 나이 들어갔다. 그들은 트라우마를 공유하기가 더 쉬워서 우리와 사랑에 빠졌다고 설명했다. 그들은 필요할 때면 트라우마를 폭발시키거나 억누를 수 있었다. 하지만 여자들은 그런 푸대접에 모욕감을 느껴, 결국 더 좋은 세상을 위해 싸웠던 남자들인 우리 손님들에 대해 교활하고 악의적인 말을 하기 시작했다. 여자들은 그들과 사랑을 나누는 게 마치 해변에 가는 것 같다고, 그러고 나면 몇 날 며칠 동안 엉덩이에 모래가 묻어 있는 것 같다고 말했다. 하지만 우리는 그런 말에 신경 쓰지 않았다.

엔카르나 아줌마는 이 도시에서 가장 저급한 게이 클럽이자 레즈비언, 호모, 퀴어를 위한 가장 불경스럽고 흥청거리는 싸구려 술집인 '18번 격납고'에서 그를 만났다. 엔카르나 아줌마와 아줌마의 머리 없는 남자의 관계는 매우 수익성이 좋은 상업적 합의로 시작되었다. 당시 아줌마는 자신의 몸을 최대한 활용하고 있었다. 고객들은 아줌마에게서 아무것도 빼앗아 가지 못했다. 아주 자주 있는 일은 아니었지만 아줌마는 하룻밤에 열 명의 남자와도 잠을 잘 수 있었고, 다음 날이면 여름의 산들바람처럼 상쾌하고 활기차게 일어날 수 있었다. 심지어 재향군인 연금으로 자신의 아파트에서 편안하게 살고 있던, 아줌마의 머리 없는 남자와 뒤엉킨 채로 말이다. 머리 없는 남자들은 배움이 짧았던 우리에게는 불가사의한 지역들에서 왔다. 우리는 그들을 우리 도시로 몰고 온 유혈 분쟁들의 원인을 배운 적이 없지만, 그들은 트라베스티가 바랄 수 있는 모든 것이었다. 물론 모두가 한 명씩 차지할 정도로 그 수가 충분하지는 않았다. 그들 중 상당수가 결국 정신병원에 가게 되거나 바닷가 마을들로 이사하기로 결정했기 때문이다. 하지만 코르도바에 남은 몇몇 사람들은 곧 자리를 잡았고 유출은 끝났다. 그들의 끝없는 구애는 트라베스티의 삶에서 기묘한 일이었다. 그 머리 없는 남자는 엔카르나 아줌마만이 아니라 아줌마의 수양딸들인 우리를 포함해 그녀 주변의 모든 것을 사랑했다. 우리는 그의 품에 안긴 엔카르나 아줌마를 보며 언젠가는 누군가 우리를 그렇게 껴안아줄지도 모른다는 희망을 가질 수 있었다. 머리 없는 남자는 우리 모든 모임의 중심인물이었으며, 때로는 우리를 자기 아파트에 초대해 저녁 식사를 대접하기도 했다. 우리 모두가 그의 집에 간 것은 엔카르나 아줌마의 보복을 피하기 위해서이기도 했지만—아줌마의 복수심은 성인들과 그리스 신들을 합친 것보다 더 강했다—그의 절제된 환대를 직접 경험하고, 그의 수채화, 침대 발치에서 잠자는 사나운 개, 서가에 끝없이 늘어선 책들을 보고 싶어서이기도 했다. 그 책들이 외국어로 쓰여 있었기에 설령 시간이 있다 해도 우리는 결코 읽을 수 없었지만 말이다. 나는 특히 그를 좋아했는데, 어느 날 밤 분홍색 집 근처에서 그가 우리를, 그러니까 언어장애인인 마리아와 나를 경찰의 손아귀로부터 구해주었기 때문이다. 한 쌍의 트라베스티가 동네 식료품점에서 물건을 훔쳤다는 신고를 받고 출동한 경찰들 중 한 명이 이미 폭력을 행사하기 시작하고 나를 붙들어 차 위로 몸을 굽히게 한 상태였다. 머리 없는 남자는 어두운 곳에서 나타나 늘 그렇듯 붙임성 있는 태도로 다가오더니 경찰들과 몇 분 동안 이야기를 나누었고, 이후 경찰들은 우리를 풀어주었다. 목이 잘린 남자의 말이 우리가 할지 모를 그 어떤 말보다 더 중요했던 것이다.

엔카르나 아줌마에 따르면, 머리 없는 남자는 해가 뜨기 전에 머리 없는 신비주의자다운 장엄한 태도로 자기 신들에게 기도한 뒤 첫 번째 햇살로부터 신선한 생기를 주입받았다. 그러고 나면 부엌으로 가서 불 위에 주전자를 얹고, 폭군 같은 여자 친구가 좋아하는 마테 차의 재료를 죽 늘어놓았다. 소량의 오레가닐로,[12] 약간의 페페리나 민트,[13] (먼지를 걸러낸) 마테 잎, 꿀 한 스푼, 돌돌 말린 오렌지 껍질 따위였다. 그런 다음에는 빵집에 가서 갓 구워 테이블보 위로 부서져 내릴 듯 신선한 메디아루나 크루아상[14]을 가져왔다. 그는 항상 하루의 첫 마테 차를 마실 수 있게끔 주전자가 끓기 시작하는 바로 그 순간 돌아오곤 했다.

그리고 나서는 엔카르나 아줌마를 깨우러 갔는데, 잠이라기보다는 동화 속 저주에서 깨운다는 것이 더 맞는 표현이었다. 아줌마는 침대에서 뒹굴며 겸허히 숭배를 받아들였다. "내 사랑, 오늘 아름다워 보여." 바로 이것이 우리 양어머니가 매일 잠에서 깨어날 때마다 제일 처음 듣는 말이었다. 그리고 그것은 이 세상에 대한 공포를 차단하기에 충분했다. 죽음을 피하며 그날그날 살아남는 것, 우리 자매들의 죽음, 언제나 우리의 불행이기도 한 다른 사람들의 불행에 대한 모든 생각을 몰아내는 짧은 주문이었다. 어느 순간 그들은 결혼할 것이라고 발표하며 나를 신부들러리 대표로 선택하기까지 했다. 그들의 결혼식 주례는 그런 의식을 주관할 만큼 경건한 단 한 사람, 우리의 몸과 영혼을 인도해주는 트라베스티 주술사인 '라 마시'[15]가 맡

---

12 칠레가 원산지인 다년생 초본식물.
13 아르헨티나 북서부와 중부에서 자라는 향기로운 야생식물.
14 아르헨티나식 크루아상. 메디아루나는 '반달'이라는 의미로 빵의 모양이 반달형인 데서 비롯되었다.

았다. 라 마시는 우리 고통의 근원으로 우리를 데려갈 수 있었고, 각종 뿌리와 리아나[16], 선인장으로 우려낸 음료를 이용해 의식을 잃게 할 수도 있었다. 또한 액체 실리콘 주사를 놓기도 했는데, 가격은 모두 같았다.

하지만 결혼 계획은 연기되었으니, 그 남자보다는 아줌마 때문이었다. 아줌마는 늘 세상을 구하려고 노력 중이었다. 자신의 외로움을 감싸 안기 위해 만든 작은 분홍색 트라베스티의 세상을 말이다. 엔카르나 아줌마는 우리 중 한 명을 감옥에서 빼내기 위해 밤새 경찰서에 앉아 있을 수 있었고, 우리 몸에서 바이러스를 몰아내거나 우리 윗입술에 난 내성 털을 제거하는 데 도움을 주느라 온 하루를 기꺼이 바칠 수 있었다. 그럼에도 아줌마와 머리 없는 남자 사이의 사랑은 여전히 강했다. 그가 매주 금요일 오후 딱 아이들이 하교할 시각에 찾아오곤 했기 때문에, 우리는 항상 그의 도착을 인도에서 들리는 어린아이들의 킥킥대는 소리, 꽥꽥거리는 비명과 연관 지어 생각했다. 그는 월요일 아침까지 머물고 다음 금요일까지 사라지곤 했다. 우리와 함께 머무는 밤마다, 엔카르나 아줌마가 잠들어 미노타우로스처럼 코를 골기 시작하면 그는 아줌마의 침실에서

---
15 La Machi. 스페인어로 '주술사'의 여성형. 즉 '여성 주술사'라는 의미.
16 열대산 칡의 일종.

살금살금 빠져나와 날씨가 좋으면 파티오에, 추우면 버너를 켜고 부엌에 앉아 있었다. 그는 그 머리 없는 몸으로 사색에 잠기곤 했는데, 이는 그가 선천적인 불면증 환자였기 때문이다. 불면증이 그의 고국에서 흔한 고민거리라는 것은 잘 알려진 사실이다. 우리는 그를 우리의 일원으로 여겼기에 그의 친절한 성품에 기대어 외출하기 전 화장을 도와달라고 부탁했다. 그는 늘 우리의 생일을 기억했고, 우리의 아픔과 고통에 세심한 주의를 기울였다.

  머리 없는 남자는 재능 있는 기타 연주자이기도 했다. 그가 우리로 하여금 여자의 눈물을 흘리며 밤이 왜 그렇게 긴지 모르겠다고 생각하게 만드는 슬픈 노래들을 연주하기 시작하면, 우리는 공원으로 출발하는 시간을 늦췄다. 가끔은 엔카르나 아줌마가 합류하여 비극적인 노래를 열정적으로 부르기도 했다. 그럴 때면 온 세상이 멈춰 섰다. 새까만 새들이 벽과 발코니에 앉았고, 우리는 자칫 잘못 움직였다가 주문이 깨질세라 감히 눈을 깜빡이거나 숨을 쉬지 못한 채 모두 가만히 앉아 있었다. 두 생명체가 함께 음악을 만드는 모습을 보는 것은 마치 사랑을 나누는 모습, 내밀함이 필요 없을 정도로 우아한 행위를 보는 것과 다르지 않았다.

  주방의 냉장고에서는 과달루페 성모[17]의 석고상이 우리를 내려다보고 있었는데, 엔카르나 아줌마가 남자 친구의 기타 반주에 맞춰 노래하는 소리에 귀를 기울이느라고 모두 꼼짝도 않던 어느 날 밤, 그 성스러운 과달루페 성모상이 노래에 맞추어 울기 시작하면서 눈물이 니스 칠을 타고 흘러내렸다. 그 기적이 습기 때문인지 아니면 하느님의 현현 때문인지는 결코 알 수 없지만, 어쨌든 간에 그것은 놀라운 모습이었고, 그 아름다움에 우리는 심장이 터질 것만 같았다. 머리 없는 남자도 감동을 받은 것이 분명했다. 며칠 후 그가 공증인을 집으로 데려와 자기에게 무슨 일이 생기면 자기 소유물이 엔카르나 아줌마에게 전달될 것이라고 명시된 중요해 보이는 어떤 서류를 아줌마더러 읽게 한 것을 보면 말이다. 엔카르나 아줌마가 유언장에 증인으로서 서명하는 모습을 지켜보던 우리는 아줌마의 두 눈에 반짝이는 야심, 혹은 자신의 남자 이름을 사용해야 한다는 사실에 혐오감을 느낀 듯 찡그린 표정을 알아차릴 수밖에 없었다. 우리 모두 엔카르나 아줌마의 탐욕을 잘 알고 있었기에 그 유언장 때문에 조금 불안해졌다. 공증인이 떠나고 우리만 남게 되자 엔카르나 아줌마는 유난히 너그러운 기분이 든다고 선언하며, 마치 기념일을 축하하기라도 하는

---

17 16세기 멕시코의 테페약 언덕에서 발현했다고 전하는 성모마리아를 일컫는 호칭.

양 샴페인을 한 병 사 오라고 시켰다. 바로 그때 텔레비전에서 상징적인 드래그 퀸[18]인 크리스 미로가 사망했다는 소식이 전해져 우리는 모두 침을 꿀꺽 삼키고 침묵에 빠져버렸다.

고작 열세 살이었던 나는 내 안에서 무슨 일이 일어나고 있는지 아직 이해하지 못했고, 그 어떤 것도 말로 표현할 수 없었다. 그러다가 크리스 미로가 텔레비전에 나오기 시작했다. 그녀는 아르헨티나 최초의 트라베스티 쇼걸이자 최초로 대중매체의 인정을 받은 사람이었기에 모든 프로그램에 출연했다. 작은 화면 속의 엄청나게 웅장한 소파에 앉아 있던 크리스. 곁에 앉은 순수한 금발의, 가장 멍청하고 가장 보수적인 진행자들보다 더 예쁜 크리스. 그녀의 머리는 허리까지 내려오는 검은색 곱슬머리로, 그때껏 내가 본 가장 아름다운 얼굴, 그 시절의 끔찍한 텔레비전 속 풍경에서는 상상도 할 수 없을 만큼 품위 있고 평온하고 친근한 얼굴을 마치 주름진 러그처럼 감싸고 있었다. 그렇게 나는 트라베스티의 존재를 알게 되었다. 텔레비전에서 크리스를 처음 보았을 때 나는 어린아이에 불과했지만 딱

---

18 화장이나 옷차림이나 행동을 통해 과장된 여성성을 연기하는 남자를 일컫는 말.

그녀처럼 되고 싶다는 것을 곧장 깨달았다. 그것이 나 자신을 위한, 내가 원하는 것이었다. 불확실한 복장 도착, 갈피를 잡을 수 없는 역할. 그 깨달음이 너무 컸기 때문에, 나를 가로막는 모든 장애물에도 불구하고 나 역시 머리를 길게 기르고, 여자의 이름을 택했으며, 그 후로 줄곧 내 소명의 유혹적인 부름에 두 귀를 열어놓았다. 우리 모두 크리스를 존경하고 사랑했다. 그녀는 본보기였다. 우리 중에서도 모두가 볼 수 있는 가장 뛰어난 사람이었다. 그래서 그녀의 사망 소식에 우리는 우울해지고 조용해졌다. 우리는 엔카르나 아줌마의 샴페인을 마실 수가 없었다. 우리의 에비타[19]이자 본보기요, 우리 중 가장 유명하고 뛰어난 사람이 죽었으니까. 아무도 입을 열지 않았고, 그렇게 젊은 나이에 죽은 사람에 대해 무슨 말을 해야 할지 아무도 알지 못했다. 하지만 서로를 마주 보는 눈길이 모든 것을 말해주었다. 엔카르나 아줌마가 머리 없는 남자의 상속인으로 지명된 바로 그날 그런 슬픈 소식이 세상에 알려지다니, 얼마나 어처구니없는 일인가. 나는 그 침묵과 볼리비아 여자가 파티오 안쪽에서 했던 말을 아직도 기억한다. 볼리비아 여자는 크리스를 전혀 좋아하지 않았다. 그녀는

---

[19] 아르헨티나 대통령인 후안 페론의 두 번째 아내였던 에바 페론. 국모로 추앙받았다.

크리스의 턱이 너무 각졌다고 말했다. 우리 모두 한목소리로 그녀에게 닥치라고 했다. 우리 눈앞에서 사라지라고.

아기가 하숙집에 온 순간부터 엔카르나 아줌마와 머리 없는 남자 사이에 변화가 생기기 시작했다. 이제 우리는 우리의 예수, 마리아, 요셉이 존재한다고, 우리 자신의 성가족, 우리를 나타내는 가족이 존재하며, 우리는 그들의 딸이라고 생각했다. 그 아이에게 머리 없는 남자보다 더 좋은 아버지를 우리는 생각해낼 수 없었다. 멀리서 왔고, 갖가지 이야기를 알고 있고, 사람들이 세상에 대해 알고 싶어 하는 것을 말해주는 남자. 매춘부의 단조로운 삶에서 그들은 정말 고마운 기회였다. 이국적인 요리법과 약용식물이 가득 담긴 여행 가방, 물과 공기를 이용한 새로운 재배법, 새로운 사랑의 방식을 가져온 머리 없는 남자들. 그와 같은 남자들은 우리에게 외국어를 가르쳐주고, 우리가 전에 경험해본 적 없는 방식으로 몸을 움직이고, 우리의 피부가 크레이프지[20]처럼 얇게 느껴지게 했다. 우리가 투명해지기라도 한 것처럼, 갑자기 하느님이 우리의 속을 바로 들여다볼 수 있기라도 한 것처럼.

---

20 수축 주름을 붙인 얇은 종이. 타월이나 종이 냅킨, 장식 용지 등에 사용된다.

하지만 엔카르나 아줌마는 퉁명스러워지기 시작했다. 아줌마는 머리 없는 남자가 오는 걸 방해하기 시작했고, 자기 안의 괴물이 그의 관대함에, 자유에, 우리 모두가 여자 친구인 양 우리에게 베푸는 그의 과장된 친절에 독설을 퍼붓게 내버려두었다. 머리 없는 남자는 자신이 누구라고 생각했을까? 자신이 성매매 고객이라는 사실, 아줌마에게 돈을 지불한다는 사실을 잊어버렸던 것일까?

머리 없는 남자가 처음으로 그녀의 눈 속에 반짝이는 빛을 안아 들려 했을 때, 엔카르나 아줌마는 그를 위아래로 훑어보며 머리가 없는 누구도 자신의 아이를 안을 수 없다고 단언했다. 마침 우연히 그 자리에 있던 언어장애인인 마리아가 입술을 읽고 즉시 아줌마를 나무랐다. 하지만 엔카르나 아줌마는 자신의 캐릭터를 정한 터였다. 자신이 왜 그러는지를 잘 알았고, 그만둘 준비가 되어 있지 않았다. 머리 없는 남자는 마지막까지도 친절하게 그냥 문으로 물러나서는, 그들에게 무엇이 필요한지 물어보았다. 그에게는 아줌마가 아이를 정식으로 입양하고 싶어 할 경우 도움을 줄 수 있는 연줄이 있었다. 일단 전쟁이 끝나면 그는 그들을, 그러니까 엔카르나 아줌마와 그녀의 눈 속에 반짝이는 빛 둘 다를 고국으로 데려가 머리 없는 남자들이 먹고 자란 바오바브나무 열매를, 그들을 벌집처럼 달콤해지게 만든 열매를 먹게 해줄 것이었다.

하지만 그에게 답으로 돌아온 것이라고는 모욕, 공격, 근거 없는 주장, 그의 착한 심성에 대한 조롱이 전부였다. 그래도 그는 큰소리를 내려 하지 않았다. 참고, 참고, 또 참았다. 결국, 어느 날 오후 엔카르나 아줌마는 문을 열어주지 않기로 결정하고 그에게 추방이나 제명, 유배의 고통에 대해 한마디도 하지 못하도록 이곳 여자들을 단속했다.

배신에는 예외가 없을 터였다. 머리 없는 남자는 맞은편 인도의 가로등 기둥 아래 며칠 동안 서 있었다. 그런 뒤 아무 말 없이 떠났고 우리는 다시 그를 보지 못했다. 우리 중 일부는 안쓰러운 마음에, 앞치마를 두른 채 우리만을 위한 맛있는 요리를 만들고 있는 그를 만나게 되기를 바라며 그의 집에 들러보았지만, 그는 보이지 않았다.

며칠이 지나자 상황은 강바닥의 진흙처럼 안정되기 시작했다. 점점 견고하고 익숙해졌다. 그녀의 눈 속에 반짝이는 빛의 노예가 됨으로써 우리는 양아버지를 잃은 슬픔을 보상받았다. 그리고 그를 잊자마자, 신파 연속극을 보던 중에 초인종이 울렸다. 우리는 우아하고 슬픔에 잠긴 모습으로 문 앞에 서서 엔카르나 아줌마를 찾는 다섯 명의 머리 없는 남자들을 마주했다. 우리가 데리러 가자 아줌마는 조금은 자기보호 차원에서, 그리고 조금은 그들을 위협하기 위해 아이를 품에 안고 나왔다. 하지만 그 머리 없는 남자들은 엔카르나 아줌마의 남자 친구가 쓴 작별 편지가 들어 있는 뻣뻣한 빨간색 봉투를 건네주었을 따름이다. 편지에는, 어떤 경우에도 아줌마가 죄책감을 느낄 필요는 없다고, 그는 삶에 조금 지쳤고 단지 그뿐이라고, 그리고 만일 아줌마가 더 이상 그를 원하지 않는다면 그에게 굳이 설명할 필요 없다고 적혀 있었다. 그때껏 그는 줄곧 행복했고, 아줌마의 멍든 피부를 미래의 여행 계획을 세우는 법을 익히는 지도로 기억하고 있었다. 무엇보다도 아줌마의 웃음소리와 화분에 심은 자카란다 나무 그늘 속 시원한 파티오 바닥에 대해 감사를 표했다. 그는 자신이 기타를 연주하는 동안 아줌마가 아이에게 자장가를 불러주던 오후보다 더 아름다운 것을 경험한 적이 없었고, 비록 이제는 입도 머리도 없지만 얼굴에 미소를 머금고 가게 된 것에 기뻐했다. 마지막으로, 편지는 그의 모든 세속적인 소유물은 물론 그의 모든 친구와 사랑의 상속인이 그가 온 세상에서 가장 사랑하는 여자요 괴짜들의 어머니인, 깊이 흠모하며 잊을 수 없는 엔카르나 아줌마임을 재확인해주었다. 머리 없는 남자들은 집에 들어오라는 말도 듣지 못했지만 언짢아하지 않았다. 전화번호를 남기며 그들의 모든 연락처를 제공했을 뿐 아니라 조의까지 표했다. 그러고 나서 머리 없는 조용한 행렬을 이루어 동네 거리를 따라 떠나갔다. 우리는 드레스가 흠뻑 젖을 정도로 엉엉 울었다. 우리의 양아버지, 그러니까 우리가 선택했고 결코 우리를 때리지도 판단하지도 평범해지라며 비난하지도 않았던 아버지가 그 고결함과 다정한 성품을 영원히 간직한 채 사망한 것이다. 심지어 고통 속에서도 그는 그림자처럼 우아하고 사려 깊었다. 그는 분명 이제 트라베스티의 천국에 있을 것이고, 그곳에서 마침내 다친 마음을 보상받게 될 터였다. 엔카르나 아줌마는 유일하게 울지 않은 사람이었지만, 언어장애인인 마리아에게 아이를 꼭대기 층에 있는 그녀의 침실로 데려가 가우 코스타[21]의 음반을 틀어주라고 부탁했다. 그런 다음 자기 방에 틀어박혀서는, 블라우스 앞섶을 풀어 심장을 자유롭게 한 뒤 침대 옆에 무릎을 꿇고 마침내 하염없이 흐느껴 울기 시작했다. 창문 너머 담쟁이넝쿨로 뒤덮인 파티오를 내다보며, 머리 없는 남자 친구가 죽기 바로 며칠 전에 그를 쫓아냈다는 죄책감에 기어이 울음을 터뜨린 것이다.

바깥쪽, 파티오에서 우리는 여전히 눈물이 드레스를 타고 흘러내리는 채로, 아동용 물놀이장에 물을 가득 채우

---

21 브라질 대중음악계의 거장으로 2022년 11월 사망했다.

고 알몸이 되어 오랫동안 평화롭게 목욕을 했다. 그러는 사이 오후는 붉게 변했고, 우리의 슬픔으로 더욱 붉게 물들었다.

밤마다 우리의 은밀한 구역 순회에 동행한 젊은 임신부의 이름은 라우라였다. 라우라는 우리 중 가랑이에 육식성 꽃을 갖고 태어난 유일한 사람, 그러니까 잠자는 짐승을 팬티 속에 잘 감춰두거나 외과 의사가 메스로 절개한 질을 가진 우리와는 다른 사람이었다. 내가 공원에 처음 갔을 때 라우라는 이미 임신 중이었다. 임신 5개월이었지만 그녀는 잘 견뎌냈다. 사실은 중복임신[22]이었는데, 라우라가 배 속에 품은 두 아이의 성별을 알고 싶지 않다고 결정했기 때문에 그 임신에 대해서는 온통 이해할 수 없는 것뿐이었다. 내가 그녀를 처음 본 날 밤 라우라는 염색 상태가 엉망인 머리를 느슨하게 풀어 헤쳐 허리까지 늘어뜨리고 있었는데, 아마도 모든 것을 다 망쳐버린 그놈의 전기 광택을 얻기 위해 죽어라 머리를 빗질해댄 모양이었다. 그

---

22 동일한 배란기에 다른 성교에 의하여 난자가 복수로 수정되는 것. 과임신 또는 임신중임신이라고도 한다.

게 다가 아니었다. 핵심은 그녀가 길고 건조한 머리 타래를 자신의 일시적인 일터, 다시 말해 사람들이 무법 상태에서 자유롭게 사통하는 공원의 캄캄한 곳에서 가져온 잡초와 잎사귀들로 꾸몄다는 것이다. 라우라는 그냥 드러누워서 자신을 찾아온 수천 명의 남자들과 육감적인 교류를 즐기면 되었다. 심지어 지금과 같은 상태에서도 그녀는 질 덕분에 우리보다 한 단계 위에 있었다. 라우라는 자전거를 이용해 공원을 오갔고 절대 새벽 3시를 넘기는 법 없이 일찍 일을 끝냈다. "그래서 우리는 여전히 가난해." 그녀는 저녁에 번 돈을 가슴골로 밀어 넣으며 말하곤 했다. 그녀는 임신이 자신을 구해주었다고 했다. 그 전에는 잊히는 것이 최선인 삶을 살았다는 것이었다. 라우라는 마약을 거래했다는 이유로 2년 동안 수감 생활을 했다. 교도소에서 각 글자 사이를 소박한 꽃으로 장식한 "MALDITA VIDA(저주받은 삶)"를 팔에 문신으로 새겼다. 라우라는 모든 악행과 불운에 익숙했고, 아버지가 어머니의 얼굴에 주먹질을 할 땐 그의 등을 찌르기도 했다(그러고는 그를 보도로 질질 끌고 나가 다른 사람이 처리하도록 거기 내버려두었다). 그녀는 스물세 살도 채 되지 않았으니 우리만큼이나 어린 나이였다. 배 속에 품은 아기들의 아버지가, 혹은 아버지들이 누구인지 몰랐지만, 임신 사실을 알게 되자마자 라우라는 HIV 양성이 아니라는 것을 확인하기 위해 검사를 받고 자신의 삶에 몇 가지 변화를 주기로 결심했다. 아이들이 태어났을 때 다시 거리로 나갈 필요가 없도록 가능한 한 모든 돈을 저축할 작정이었다. 그녀는 단순히 매춘부만은 아니었다. 자전거 바구니에 음식을 담아 팔러 다니기도 했다. 때로는 그 음식이 커피와 메디아루나 크루아상, 때로는 엠파나다나 차가운 조각 피자일 때도 있었다. 더운 밤이면 얼음과 굵은소금으로 시원하게 보관한 과일을 가져왔다. 소소한 메모를 적어서 우리 핸드백에 몰래 숨기기도 하고, 우리가 다른 쪽을 보고 있을 때 우리의 음경을 와락 붙잡아 깜짝 놀래기도 했다. "꼬마 카밀리타가 얼마나 잘하고 있는지 보자." "오늘 엔카르니타는 뭘 하고 있지?" "안녕, 마리타." 그렇게, 마치 사람들의 성기가 아무것도 아닌 것처럼 그것을 꼭 쥐었다. 우리는 자지러지게 웃음을 터뜨리며 그녀의 투박한 친절에 고마움을 느끼곤 했다. 종이로 가득한 상자 같은 소리가 나는 자전거를 타고 다가오는 라우라의 모습을 보는 것은 언제나 즐거운 일이었다. 그녀의 커다란 배는 행운의 징조 같았고, 진정한 변화를 이루겠다는 그녀의 결단은 우리가 잘 지내기 위해 필요하다고들 하는 거의 모든 것이 없어도 견딜 수 있다는 사실을 증명해주었다.

라우라는 열여섯 살 되던 해에 정신 나간 악마처럼 지붕에서 지붕으로 뛰어넘어 소년원에서 탈출했고, 본능적으로 매춘부가 되었다. 스물한 살에는 포주이기도 했던 전 남자 친구의 불알을 날려 시어머니를 기절시켰다. 겁도 없이 몇 번이나 자살을 시도했고, 한 번은 터널 끝의 빛이 보일 만큼 사태가 진전되기도 했다. 하지만 라우라는 여전히 우리 가운데 있었고, 그녀의 머리카락은 귀뚜라미들처럼 항상 자전거 주변에 풀들과 함께 흐트러져 있었다.

라우라의 아이들이 태어나던 날 우리는 모두 옆방, 그러니까 연푸른색 거실에서, 손에 닿는 부적은 모조리 움켜쥔 채 기다리고 있었다. 12인치 텔레비전으로 어느 신파 연속극의 피날레를 시청하며, 라우라의 진통 간격에 더 신경을 쓰고 있었다. 낮 시간에 간호사로 일하던 나디나는 벽지에서 자란 데다 염소며 암소며 방탕한 개들은 물론 어머니가 여러 형제자매를 세상에 내놓는 것도 도운 경험이 있었기에 출산에 관한 모든 것을 알고 있었다. 우리는 몹시 긴장했고, 출산을 목격할 수 있을지도 모른다는 생각에 미칠 지경이었다. 우리 중 몇몇에게는 질을 그렇게 완전하게 볼 수 있는 최초의 기회였으니, 다들 인생을 영원히 바꿀 무언가를 앞두었다는 생각에 몹시 흥분한 상태였다. 몇 시간이 지나자 임신부는 땀을 흘렸고, 엔카르나 아줌마와 반짝이는 빛은 소파에서 잠들었다. 동방 여박사들[23]은 들고 올 수 있는 모든 것을 가지고 와 있었다. 황금과 유향과 몰약은 물론이고, 사악한 생각을 물리치기 위한 유창목,[24] 장차 아이들을 즐겁게 해줄 마리화나, 요정을 끌어들이기 위한 술, 우유가 결코 부족하지 않게 해줄 디푼타 코레아[25] 조각상, 항상 일자리를 갖게 해줄 성 카예타노[26] 조각상 등등. 절대로 아이들의 명이 단축되지 않고 잘살 수 있도록 하기 위해서였다.

우리의 공공연한 믿음이 짙게 배인 공기가 지하 카지노의 연기처럼 머물고 있었다. 우리 중 일부는 노래를 불렀고, 나머지 사람들은 조금만 더 힘내라는 뻔한 말을 하며 임신부의 이마에 맺힌 땀을 닦아주었다. 진통 사이사이 라우라는 우리 양치기들 모두에게 거기 있어줘서, 별을 따라와줘서 고맙다고 말했다. 그녀의 눈 속에 반짝이는 빛은

---

23 wise women. 성경에 등장하는 '동방박사들wise men'을 빗대어 언급한 것이다.
24 목재가 매우 단단하여 차량재나 볼링공 따위를 만드는 데에 쓰이고, 수액은 매독 약으로 쓰이기도 하는 상록교목.
25 스페인어로 '고인이 된 코레아'라는 의미. 19세기 중반 아르헨티나 산후안 지방에서 전쟁에 징집된 남편을 찾기 위해 아기를 데리고 길을 떠난 데오린다 코레아라는 여성이 결국 사막 한복판에서 죽었지만, 기적적으로 젖에서 모유가 계속 흘러나와 며칠 후 발견된 아기는 살아남았다는 전설이 있다.
26 실업자의 수호성인.

자기 자리에서 차분하게 지켜보았는데, 우리는 그 애에게 신통력이 있다는 것을 알았기에 그 모습을 보며 안심할 수 있었다. 첫 번째 아기의 머리가 막 보이기 시작하고 나디나의 손이 새 생명을 반가이 맞이할 준비가 되었을 때, 나는 그 아이들이 태어나서는 안 된다는 생각이 들었다. 친구들이 하는 모든 말을 반박하고 싶었다.

  나는 아이들이 나오기를 바라지 않았다. 내가 간절히 바랐던 건, 아이들이 평생 자기 어머니를 상대할 필요가 없도록 라우라가 그들을 배 속에 영원히 남겨두는 것이었다. 그 아이들에게 이곳은 위험하다고, 매춘부의 아이들은 결코 안전하지 않다고 말해주고 싶었다. 다른 사람들이 출산에 전력을 다하는 동안 나는 남몰래 시간을 멈추려고 노력했다. 하지만 아기들은 이미 생명의 터널을 빠져나오는 중이었고 문화는 필연적으로 그들에 대한 권리를 주장하려는 참이었다. 내가 무엇을 원하든 문화가 더 강했다. 설령 부모가 자식을 죽이려 한다 해도, 친구들이 친구를 잊는다 해도, 남자들이 총을 겨누고 발사한다 해도 말이다. 엔카르나 아줌마는 소파에서 반짝이는 빛을 품에 안은 채 울부짖고 있었다. 마치 자기 아이에게 이렇게 속삭이는 것 같았다. 나도 너를 낳았어, 하지만 가시와 피의 길을 통해서였지. 나도 너를 이 세상에 데려올 때 아파서 비명을 질렀어. 죽음 앞에서 내 기억을 네 행복과, 내 건강을 네 건강과 바꿨어. 그러자 신들은 내 얘길 듣고 네가 내 것이라고 내게 말해주었어. 나는 너를 품에 안아 내 가슴에서 솟아나는 기름진 강물로 네게 젖을 먹였고, 바다는 우리가 눈물처럼 짭짤한 자장가를 부르기 전에는 한 번도 본 적 없는 물고기들을 이 도시로 몰고 왔고, 달은 덮칠 듯 낮게 솟아올랐고, 나는 네 얼굴에서 느껴지는 바람에 감사했고, 볼품없는 선물들을 든 채 두려워하며 이를 딱딱거리는 동방여박사들이 있는 우리 집의 파티오, 그것이 되어준 모래에 감사했어. 너는 우리의 숨결이 눈으로 바뀔 때 피와 얼음의 통로를 따라 이 세상으로 나왔고, 모든 것이 죽어버리는 '겨울의 왕'인 너는 한 줌의 마른 허브처럼 완전히 죽어 있던 내 살을 되살려주었지. 너의 출생은 이 출생 못지않게 중요했어. 비록 내 가랑이에 벌어진 상처는 없지만 나도 네 어머니나 마찬가지야.

엔카르나 아줌마는 자신이 옆방에 있는 그런 어머니가 아니라는 것에 죄책감을 느끼기라도 하는 양 울고 또 울었다. 마치 라우라가 일반적인 사람들과 같은 방식으로 출산하는 것이 고통스러운 것 같았다. 아니면 이번만은 우리 모두가 자기를 쳐다보고 있지 않기 때문에, 옆방에서 모두가 새 생명을 응원하고 있기 때문에, 그리고 앞으로 영원히 그런 식일 테니까 질투가 났을지도 모른다.

엔카르나 아줌마는 트라베스티가 잊혀버린 개울처럼

메마르고 척박하다 믿었다. 우리 중 유일하게 생식력을 가진 사람, 그러니까 누구인지 모를 한 남자, 혹은 남자들이 몰래 잽싸게 배 속에 데려다 놓은 아이 둘을 품고 있는 사람은 라우라뿐이었다. 그 순간적인 생각으로 라우라는 아줌마의 적이 되었다. 하지만 우리가 무엇을 알았겠는가? 우리는 나디나의 품에 안겨 나타난 어린 여자아이와 남자아이를 보며 몹시 감격했고, 그 조산사는 제단에 선 신부처럼 울었고, 동시에 산고와 분투에 기진맥진해서 물이 가득한 욕조에 앉아 있던 라우라는 우리 모두가 그 자리에 있기에 그날이 자기 인생에서 가장 행복한 날이라고 말했다. 욕조 가장자리에는 태반과 장 조직과 피가 둥둥 떠 있었다.

"정말 멋진 태반이야." 누군가 그렇게 말하자 모두 웃음을 터뜨렸고, 엔카르나 아줌마는 몽상에서 깨어났.

"벌써 태어났어?" 아줌마가 물었다. 이내 자기 아이를 품에 안고 다가와서는 눈물이 그렁그렁한 채로 산모에게 각각 하나씩 완벽한 한 쌍의 아기들이라고 말했다. "이제 함께 놀 사람이 생겼구나." 아줌마는 소파로 돌아가기 전에 아들에게 그렇게 말했고 우리 모두는 잠잠해졌다.

나디나는 석 달을 머물며 라우라와 두 아기를 돌보았다. 낮 동안 남자요 정규 간호사인 그는 밤이면 여자로서 거리에서 지나가는 사람들을 눈부시게 하는 신장 180센티미터의 미인으로 변신했다. 처음 몇 주는 수월하게 지나갔다. 나디나는 산모가 분만에서 회복하는 동안 모든 것을 돌봐주었고, 트라베스티들은 일하러 나서며 조용히 집을 떠났다. 두 번째 달이 시작될 무렵, 라우라와 나디나 사이의 로맨스가 그때껏 본 중 가장 자연스럽고 정중한 로맨스로 불타기 시작했다. 나디나가 간호사 복장으로 나타날 때마다, 그 모습이 아이들 어머니의 혈관을 타고 심장으로 슬그머니 스며들었다. 그는 키가 크고 조용했다. 언어를 세 가지나 할 줄 알았지만 온나가타[27]만큼이나 말이 없는 남자였다. 나디나는 제 뜻에 따라 자연스럽게 우리와 함께 살게 되었다. 라우라는 간호사이자 길에서 만난 친구와 사랑에 빠졌다. 그 둘은 그저 어쩌다 보니 하나의 몸에서 살았던 셈이다. 음경에 대한 절박한 욕정과 남자에 워낙 익숙했기에, 나디나도 처음에는 목메고 가슴 벅찬 그 감정을 억누르는 듯했다. 다른 누군가 자신이 다른 사람들을 바라보는 것과 같은 방식으로 자신을 바라보고 있다는 확신, 잠시나마 누군가를 사랑하고 구원받을 수 있으며 행복이 존재한다는 확신에 대해 그녀가 어떻게 해야 했겠

---

27 일본의 전통극인 가부키에서 여자 역할을 하는 남자 배우.

는가? 폭력적인 남성들과의 사랑만 경험했던 나디나 같은 사람이 라우라가 베푸는 것과 같은 온화하고 상냥한 사랑이 존재할 수도 있다는 것을 어떻게 알았겠는가? 하지만 라우라와 아기들의 존재가 나디나를 사로잡았으니, 뜻하지 않게 그들의 삶에 들어온 자발적인 요셉은 그들에게 전적으로 헌신했다. 그것이 최선이었다. 라우라는 다시는 공원으로 돌아가지 않았다. 그것이 그녀가 줄곧 돈을 모아 온 이유였다. 결국 그녀는 자신이 네레오와 마르가리타라 이름 지어준 자녀들과 함께 집에 머물 수 있었다. 아이들은 둘 다 나디나의 성을 따랐고, 나디나는 아버지로서 공식적으로 그들을 인정했다. 그녀 역시 공원으로 돌아가지 않았다. 그녀는 임종을 앞둔 노인들에게 완화 치료를 해주었고, 간호 업무를 더 많이 맡았다. 밤이면 두 여성은 아기들을 사이에 둔 채 침대에 누워 신파 연속극을 보면서 우리에 대해, 그들이 공원에 남겨두고 온 여자들에 대해 이야기했고, 이튿날 밤에 우리를 초대하자고 서로에게 말했다. 트라베스티에 대해 알아야 할 모든 것은 물론이요 나디나에 대해서도 잘 안다고 생각했던 우리 모두는 나디나와 라우라의 로맨스를 보며 무슨 말을 해야 할지 알 수가 없었다. 그들이 어떻게 사랑을 나누는지 생각하고 싶지도 않았고, 질에 대한 상상만으로 어지러워하며 혐오감에 몸

서리를 쳤다. 하지만 그들은 매일 밤 서로를 사랑했고, 우리는 그 비결이 무엇인지 몰랐지만 매일 사랑을 나눈다는 것만큼은 사실임을 알았다. 그들의 피부와 머리카락이 몹시 건강했기 때문이다.

그 관계가 시작되고 석달이 지나 나디나는 이 도시에서 약 30킬로미터 떨어진 곳, 운키요에 있는 돌아가신 어머니의 집으로 가족을 데려가기로 결정했다. 그들이 그곳으로 간 건 수도를 에워싼 산악지대에서 다시 시작하기 위해서였다. 그들은 청소 용품을 파는 가게를 차렸다. 라우라는 때때로 음식이 가득한 배낭을 메고 공원에 들르곤 했는데, 이제는 팔기 위해서가 아니라 우리와 나눠 먹기 위해서였다. 비록 우리의 가랑이를 와락 움켜잡는 짓은 그만두었지만, 아이들이 건강하고 튼튼하게 자라고 있기 때문에 사랑이 마음의 벽을 허물어버리기라도 한 양 그녀는 그 어느 때보다도 외향적이었다.

그사이 삶은 계속되었고 반짝이는 빛도 날이 갈수록 튼튼해졌다. 우리는 그 애에게 활력을 불어넣기 위해 겨울 햇볕을 쬐어주곤 했다. 엔카르나 아줌마는 우리에게 친절하고 다정했으며, 일요일마다 뇨키를 식사로 준비했다. 아줌마는 일하러 공원으로 돌아가지 않았다. 우리는 아줌마가 얼마간 재산을 모았고, 죽은 남자 친구에게서 물려받은 유산으로 재산이 더욱 늘어났다는 사실을 알고 있었다. 언젠가 아줌마의 귀중품 일부를 훔치려 했던 젊은 남자가 말 그대로 손이 피투성이가 된 채 현장에서 붙잡혔다는 소문이 돌았다. 엔카르나 아줌마가 그의 손을 도끼로 잘라 버렸다는 것이었다. 아줌마는 손이 절단된 피해자를 직접 응급실로 데려갔고, 나중에 경찰에 자수하여 정당방위 차원에서 그랬다고 진술했다. 경찰은 아줌마에게 아주 호의적이어서 그 진술을 받아들이고 아줌마를 놓아주었다. 하지만 보통 어디에서 아줌마를 찾을 수 있는지 물어본 뒤에야 그렇게 했는데, 흉터며 타박상투성이였는데도 불구하고 엔카르나 아줌마가 강렬한 아름다움을 지니고 있었기 때문이다. 모든 것이 완벽하지는 않을지언정 그 아름다움은 망가진, 결코 잊을 수 없는 그런 것이었다. 날것 그대로의 아름다움이랄까. 아줌마에게는 오랜 세월 동안 직접 사 모은 보석이 많이 있었다. 스와로브스키 크리스탈 몇 개, (세상에서 가장 예쁜 금인) 레드 골드 반지 하나, 에메랄드 귀걸이 한 쌍, 진짜 루비 하나, 다이아몬드가 박힌 뱀 브로치 같은 것들. 이따금 아줌마는 신뢰의 표시로 상대의 손을 잡고 자신의 초록색 침실로 이끈 다음 침대 밑에서 보석 상자를 꺼내며 이렇게 말하곤 했다. "봐, 청금석이 네 눈을 돋보이게 하잖니. 혹시 모르지, 내가 죽으면 네가 이

걸 물려받을지." 하지만 다들 나중에 아줌마가 모든 사람에게 똑같은 말을 했다는 사실을 알고 그녀가 어떤 사람인지 조금 더 잘 이해하게 되었다.

아줌마는 끔찍한 괴물 같은 사랑을 최대한으로 끌어내려 애썼다. 사랑에 대한 열렬한 욕구, 그것이 결국 마음 깊은 곳의 근본적인 문제였다. 상상할 수 있는 가장 기만적이고 교활한 계략들을 동원해 수천 가지 다른 방법으로 사랑을 간청하고 애원했다. 모든 것이 만만한 사냥감이었다. 그래도 우리는 그녀의 집에 머물렀다. 문이 닫히면 창문이 열린다.[29] 창문으로 드나들려면 운동능력이 아주 좋아야 하는 법이지만. 최고의 남자 친구의 죽음이 엔카르나 아줌마를 마치 숄처럼 뒤덮었고, 아줌마는 버릇없는 어린 여자애처럼 모든 사람의 삶을 어렵게 만들기 시작했다. 하지만 우리 중 누가 감히 뭐라 할 수 있었겠는가? 게다가 아기가 존재한다는 사실만으로 아줌마는 부드러워져 있던 상태였다. 그리고 그녀는 모든 상처에 대한 올바른 치유법을 항상 알고 있었다. 그녀의 눈 속에 반짝이는 빛은 아줌마에게 지난 추억을 상기시켰다. 아줌마는 테라스에 앉아 마리화나를 피우며 오래된 사진들을 보곤 했다. 아줌

---

29 영화 〈사운드 오브 뮤직〉에서 주인공이 언급하는 유명한 대사, "주님께서는 문을 닫으실 때면 어딘가에 창문을 열어주시지."

마는 나이가 워낙 많았고, 그래서 그중 가장 오래된 사진들에는 공주에게 어울릴 법한 화려한 드레스를 입은 아줌마의 모습들이 낡고 두꺼운 종이에 세피아색으로 찍혀 있었다. 엔카르나 아줌마는 언제나 왕족이었다.

네 살 때, 여섯 살 때, 열 살 때, 나는 겁에 질려 울었다. 조용히 우는 법을 배운 상태였다. 우리 아버지 같은 아버지가 있는 집에서 울음소리는 금지되어 있었다. 혀를 깨물거나, 장작을 패며 화풀이를 하거나, 동네 아이들과 싸움을 하거나, 주먹으로 벽을 칠 수는 있어도, 절대로 울 수는 없었다. 특히 겁에 질려 울 수는 없었다. 그래서 나는 화장실에서나 내 침실에서나 학교로 가는 길에 조용히 우는 법을 배웠다. 그것은 오직 여성들에게만 허용된 사적인 행위였다. 울음 말이다. 나는 내 눈물에 탐닉했고, 눈물 덕분에 퀴어 멜로드라마의 주인공이 되었다.

아버지가 항상 과음을 하는데 어떻게 울지 않을 수 있었겠는가? 우는 법을 배우는 것 외에 달리 무엇을 할 수 있었겠는가? 나는 아버지가 술에 취하면 몹시 난폭해지는 것이 두려웠다. 텅 빈 집도 두려웠다. 어머니가 없는 집, 어머니가 내가 모르는 사이 길거리에서 돌아가셨을 가능성이 두려웠다.

우리 부모님은 아주 어린 나이에 결혼했다. 교제 기간은 짧았는데, 처음 몇 달 동안 아버지가 세상에서 가장 세심하고 믿음직한 남자로 보였기 때문에 어머니는 그때를 몹시 그리운 마음으로 기억했다. 아버지는 바로 얼마 전 아내와 헤어졌고, 이전 결혼에서 두 명의 어린 자녀를 둔 상태였다. 내 어머니는 10대 때 자기 어머니를 잃고 고아가 되었다. 아버지가 있었던 적은 없었다. 어머니는 여성, 특히 어머니처럼 고아가 된 여성에게는 모든 것이 불공평했던 시절에, 할 수 있는 한 최선을 다해 버텨내야 했던 조부모 집에서 그분들 손에 자랐다. 우리 외할머니는 임신중절을 시도하다 돌아가셨고, 외할머니에게 임신중절을 강요한 남자는 어머니가 우리 아버지와 함께 살러 갈 때까지 옆집에 살았다.

집 안의 모든 것이 공포에 휩싸여 있었다. 분위기나 어떤 특정한 사건 때문이 아니었다. 아버지가 곧 공포였다. 내게 아버지만큼 두려운 대상은 결코 없었다. 경찰도, 성매매 고객도, 내가 당했던 다른 어떤 잔인한 일들도 그만큼은 아니었다. 공정하게 말하자면 아버지도 나를 죽을 만큼 두려워했던 것 같다. 아마 그 지점에 트라베스티가 흘리는 눈물의 근원, 즉 아버지와 트라베스티인 딸 사이에 존재하는, 서로에 대한 두려움이 있을 것이다. 그 상처가 트라베스티인 우리를 따라 세상으로 나오고, 그래서 우리는 울고 있다.

  어느 날 나는 길거리에서 기절했지만 그 이유를 알지 못했다. 청소년기에도 가끔씩 실신을 하곤 했다. 이번에는 혼란스럽고, 온몸이 쑤시고, 한쪽 팔이 뻣뻣해진 채로 깨어났다. 개똥 위에 쓰러져 있는 상태였는데 아무도 부축해서 일으켜주지 않았다. 사람들은 거리에서 트라베스티의 몸은 쳐다보지도 않고 피한다. 나는 똥을 뒤집어쓴 채 일어서서 최악의 상황은 지나갔다고 확신하며 집으로 걸어갔다. 아버지는 멀리 떨어져 있고 이 일과 아무 상관이 없으니 두려워할 까닭이 없었다. 거리에서 겪었던 방치가 뜻밖의 발견으로 다가왔다. 나는 혼자였고, 이 몸은 내 책임이었다. 그래서 나는 두려움을 잊었다.

  어렸을 때 밤이면 부모님이 서로를 때리는 소리에 귀를 기울이곤 했다. 모든 것은 반영된다. 그렇기에 나는 폭력을 찾고, 폭력을 도발하고, 폭력이 세례반인 양 거기 몸을 담근다. 나는 또래의 다른 여성들이 잠자리에 든 밤에 거리를 거니는 매춘부이다. 폭력은 물론이고 욕망에도 쫓기며 거리를 걷는다. 날 때부터 입문한 폭력의 패턴으로, 다시 말해 부모님에게로 돌아가 매일 밤 같은 시체를 되살리는 전통 의식에 참여한다. 어머니가 남편을 기다리며 울던 밤, 성매매 고객들이 오지 않는 밤, 애인이 바람을 피우고 우리의 몸만 바라는 남자가 우리를 두들겨 패는 밤, 어머니가 캄캄한 데서 어둠 속을 빤히 쳐다보며 혼자 담배를 피우던 밤, 우리가 우리를 옥죄고 단단하게 만드는 모든 것을, 그림자들의 갑옷을, 우리의 진정한 적을 알지 못하기에 드리워진 그림자를 우리 몸에 마구 밀어 넣는 밤들.

어머니를 그 지긋지긋한 결혼에, 나 자신을 세상과의 메스꺼운 결혼에 묶어둔 무지, 그 숨 막히는 무지, 어머니의 파멸과 그 연장선상에 있는, 마치 동굴에 갇혀 있는 짐승 같은 나. 어머니는 자신을, 가여운 어머니인 자신을 실망시키기 시작한 아이, 그러니까 벨트로 맞아도, 벌을 받아도, 그들이 호모인 아들이 생긴다는 공포를 없애보겠다고 고함을 지르고 뺨을 철썩 때려도 꺾이려 하지 않는 여성스러운 남자아이라는 부담을 짊어지고 있었다. 설상가상으로 그 호모는 트라베스티가 되어 있었다. 끔찍하기 짝이 없는 일이었다. 나는 순전히 필요에 의해 지금의 나와 같은 여성이 되었다. 나는 손에 든 것은 무엇이든 내게 던질 최소한의 구실만 있으면 되고, 벨트를 풀어 체벌을 가하고, 자기 아내와 아들과 물건과 개 등등 주변의 모든 것에 성질을 부리고 폭언을 퍼붓는 아버지와 함께 폭력적인 어린 시절을 보냈다. 사나운 짐승, 내게 달라붙어 나를 괴롭히는 유령, 나의 악몽. 그렇기에 남자가 되고 싶다는 것은 정말 너무나 끔찍한 일이었다. 나는 이 세상에서 남자가 되고 싶지 않았다.

그 퀴어 소년은 구석에 서서, 어머니가 여성 잡지를 읽으며 담배를 피우는 모습을 지켜본다. 그렇게 젊은 여자라니. 그의 누나라고 해도 쉽사리 통할 것 같다. 소년은 줄곧 어머니가 우는 소리를 들으며 지냈다. 그와 같은 결혼 생활에 대한 공포와 원가족으로부터 벗어나고 싶다는 절박한 욕구, 그리고 그런 아내, 그러니까 결정을 내리지 않거나 결정을 내리는 법을 모르거나 더 정확히 말하자면 남편이 자기 대신 결정하게 하겠다는 단 한 가지 결정만 혼자 내리는 아내를 맞이한 아버지의 크나큰 책임이 만들어낸 결과다. 그 여자의 울음소리에서 벗어나는 것은 불가능했다. 집이 가난해서 모든 방을 함께 써야 할 때는 더더욱.

그 여자는 자신이 결코 살아보지 못할 삶, 결코 누리지 못할 특권들이 담겨 있는 잡지를 대충 훑어본다. 그리고 눈물을 흘린다. 남편이 바람을 피우고 폭력적이기 때문에, 이런 삶이 너무나 싫고, 자신이 꿈꾸지도 않았으며 자신의 환상과 일치하지도 않는 것이기 때문이다.

  소년은 구석에서 그림을 그린다. 밖에서 덤불이 제 역할을 한다. 그래서 소년은 울고 싶어진다. 소년은 어머니를 위로하는 방법을 전혀 모른다. 그래서 그림을 그린다. 어머니를 관찰하며 그 모습을 스케치북에 그대로 옮기는 동안, 그는 마치 어머니에게 떠나라고, 도망쳐 어머니가 원하던 삶인 히피로서의 삶을 살라고 재촉하는 것만 같다. 어머니를 모욕하지 않고, 때리지 않고, 그녀가 만드는 음식을 맛있게 먹고, 그녀의 아들을 사랑하는 남자를 찾으라고 재촉하는 것만 같다. 무엇보다도 술을 마시지 않는 남자. 와인을 많이 마실 때마다 괴물로 변하지 않는 남자. 아들을 때리지 않고, 비웃지 않고, 아들에게 혐오감을 느끼거나 화를 내거나 질투하지 않는 남자. 아들이 어머니의 옷을 걸치는 모습을 보아도 그 애를 고문하듯 괴롭히지 않는 남자. 식사 때 대화할 수 있는 남자, 뉴스를 보는 동안 침묵을 요구하지 않는 남자, 자기 옆에서 잠을 자는 남자, 술에 취해 배수로로 쓰러지지 않는 남자를 찾으라고. 초상화를 완성하자 소년은 그걸 어머니에게 가져간다. 아름답구나. 어머니는 초상화를 쳐다보지도 않고 그렇게 말한 다음, 다시 잡지 기사를 읽기 시작한다.

그래서 나는, 비록 어떻게 해야 할지는 잘 몰랐지만, 나의 길을 가기 시작했다. 어머니가 거울을 보며 화장을 어떻게 하는지, 슬픈 여자의 얼굴이 아버지와 처음 만났을 때 그의 넋을 빼앗았던 그 아름다운 용모로 어떻게 변모하는지 지켜보기 시작했다. 어머니가 옷을 차려입고 아름답게 꾸미고 향수와 블러셔로 마무리하는 모습을 지켜보았다. 나중에는 밤에 어머니가 옷을 벗고 얼굴과 손에 크림을 바르는 모습도 지켜보았다.

아버지는 자신의 애인, 다른 가족과 함께 지냈다. 우리는 최선을 다해 아버지의 방치에 대처했다. 어머니는 남편의 삶에서 뒷전으로 밀려난 신세를 참고 견뎌야 했다. 어머니는 가끔씩 애인을 맞이하는 외도 상대나 다름없었다. 그래도 나는 어머니가 화장하는 모습을 지켜보며 배웠다. 혼자 있을 때는 거울을 보며 그 의식을 반복하고 어머니의 옷을 입어보았다. 나도 조금은 어머니 같아 보였다. 얼굴에 색조 화장을 하고, 소년 같은 이목구비에서 창부가 된 미래의 내 모습을 보았다. 거울 속의 나를 바라보며 어머니의 잡지에서 본 사람들처럼 화장을 한 나 자신에게 욕망을 느꼈다. 아무도 나를 원한 적이 없었기에 내가 나 자신을 원했다. 그러곤 한발 더 나아갔다. 이웃집 소년과 어린 창부처럼 장난을 쳤다. 동갑인 우리는 엄마와 아빠

역할을 맡았다. 나는 이미 엄마가 내 역할임을 알고 있었다. 우리는 모두 엄마가 되고 싶어 했다. 우리가 몹시 비슷했다는 것은 참 재미있는 일이다.

매춘은 거의 기정사실이나 다름없다. 평생 창부 노릇이나 하게 될 것이라는 말을 듣는다. 아버지는 테이블 끝에 앉아 염소의 뇌를 빵과 와인과 함께 게걸스럽게 먹어치운다. 손대는 모든 것을 기름으로 뒤덮으며 아들에게 몇 번이고 반복해서 그의 운명을 알려준다.

"좋은 남자가 되려면 어떻게 해야 하는지 알아? 매일 밤 기도하고, 가족을 이루고, 일자리를 구해야 해. 그렇게 짧은 치마를 입고, 얼굴은 화장으로 떡칠하고, 머리를 길게 기른 채로는 일자리를 찾기가 꽤 어려울 거다. 치마 벗어. 얼굴에 묻은 그 끈적끈적한 것 좀 지우고. 내가 확 떼내줘? 이놈아, 그런 꼴로 구할 수 있는 일자리가 어떤 건지 알아? 페니스나 빨아주는 거야, 이 새끼야. 언젠가 네 어머니랑 내가 널 어떻게 찾게 될 것 같아? 에이즈, 매독, 임질에 걸린 채로 배수로에 누워 있으면, 네 어머니랑 내가 네 몸에서 어떤 오물을 발견할 것 같아? 그런 걸 생각해봐. 머리를 좀 쓰라고. 아무도 그런 꼴을 한 너를 원하지 않을 거야."

나는 시내와 인근 마을의 나이트클럽에 춤을 추러 다니기 시작했다. 두 소녀와 함께였다. 나는 열여덟 살이었다. 여전히 일의 대가로 돈을 받는 창부가 되는 것은 거부하고 있었다. 그 편이 더 마음 편했다. 사랑스럽고 예쁜 그 소녀들은 나를 지지해주었고, 트라베스티로서의 내 삶에 호기심을 보였다. 그들이 질문을 해대면 나는 참을성 있게 대답했다. 우리는 우리 스스로를 '엠브라스'[30]라고 불렀다. 우리는 야행성 무용단이었다. 아주 드물게 스트립쇼를 하기도 했다. 우리는 어렸고, 우리의 몸은 매력적이었다. 우리는 그 점을 알고 최대한 활용했다. 가장 힘든 건 밤이었다. 야행성 생활은 사람을 늙게 하고, 늙는다는 것은 우울한 일이다. 동시에 밤은 모든 것이 가능한 세상으로 통하는 문이기도 하다. 낮에는 일어날 수 없는 일들이 있는 법이다. 나는 열여덟 살에, 나이트클럽에서, 거의 벌거벗은 채로 생활비를 벌었다. 춤에 대해서는 별로 아는 게 없었지만 몸을 흔드는 데 자신이 있었고, 어떤 비트가 나오든 도전해볼 만큼 용감했다. 나는 매춘부는 되지 않을 작정이었고, 내가 어떻게든 해낼 것이라고, 다른 사람들과 같은 결말을 맞이하지는 않을 것이라고 생각했다. 하지만 다른 수많은 이들

---

30 hembras. 스페인어로 '암컷들', 혹은 특히 성별상의 '여성들'이라는 의미.

이 굴복하고 받아들였던 운명을 피할 수 있으리라 생각하다니 나는 과연 어떤 사람일까 하는 의문이 생기기도 했다. 나는 사람들의 모욕을, 무례하게 더듬는 손길을, 터무니없는 보수를 모두 참고 견뎠다. 그저 틀에 박힌 진부한 사례가 되고 싶지 않아서였다. 나는 어이없을 정도로 몹시 독특한 존재이고 싶어 했지만, 진실은 내 몸이 그 자체로 이미 팔리기 시작했고 이미 전시되어 있다는 것이었다. 내 몸은 고객에 따라 선호도가 달라지는 물품이었다. 나는 뻔뻔하게 무대에 선다고 해서 내가 더럽혀지는 건 아니라고 생각했다. 하지만 이미 나 자신의 동의 여부와 상관없이 섹스를 했고, 이미 닳고 닳은 상태라 해도 틀린 말은 아니었다. 나는 열여덟 살 먹은 아이의 몸에 깃든, 메마르고 거칠고 비바람에 시달린 가죽이었다.

처음에는 한 친구 집에서 여자 옷을 걸쳐보곤 했다. 그 여자애는 자기 부모님 몰래 내가 마법처럼 나 자신으로 변모하게 해주었다. 그렇게 수줍은 책벌레가 물오른 꽃으로 변신했다. 마을의 상황은 금세 어려워지기 시작했고, 곧 친구들 중 아무도 내가 나 자신에게 매몰되도록 놔두려 하지 않았다. 그래서 어느 누구에게도 신세를 지지 않겠다고 결심했다. 나는 바느질하는 법을 배웠다. 낡은 시트, 버려진 커튼, 어머니와 친척 아줌마들과 할머니의 해진 옷 등등 우연히 발견한 어떤 천 조각이든 다 사용했다. 모든 것에서 쓰임새를 찾아냈다. 내가 만든 옷은 엉성하고 바느질도 서툴렀지만, 최소한 얌전한 소녀들에게 옷을 빌려달라고 부탁할 필요는 없었다. 나는 열다섯 살 때 창부처럼 옷을 입었다. 아니 입었다기보다는, 그 재활용한 옷으로 거의 벗다시피 했다고 해야 하리라. 내가 처음으로 독립과 반항의 맛을 느낀 순간이었다. 그다음 한 일은 옷을 갈아입을 곳을 찾는 것이었다. 집에서 몇 블록 떨어진 곳에 버려진 공사장이 있었다. 우리가 이 마을로 이사 온 뒤로 아무런 손길이 닿지 않던 곳이었다. 반쯤 지어진 그 집에서 나는 여성으로서의 내 세계를 숨길 수 있는 장소, 그러니까 내가 원할 때면 언제나 도망쳐서 크리스티안으로 사는 것을 중단할 수 있도록 내 옷과 신발과 화장품과 손전등과 양초를 보관해둘 만한 장소를 찾았다. 겨울에는 조금 더 힘들었지만 그것은 문제가 되지 않았다. 맨살이 드러나 서리가 앉은 앙상한 몸이 행복에 도취되어 기쁘게 나의 변신을 알렸다. 의식은 부모님 집에서 샤워를 하며 다리를 면도할 때 시작되었다. 이는 외출 허락을 받기 위해 꾸며낸, 행선지에 대한 거짓말로 이어졌다. 언제 귀가해야 하는지, 어떻게 처신해야 하는지, 아버지의 훈계가 귓가에 쟁쟁한 가운데 나는 수줍음 많은 어린 소년으로 집을 나섰고, 아무도 보지 않을 때 텅 빈 벽돌 궁전으로 슬그머니 들어가 변신을 했다. 내가 훔친 할머니의 팬티스타킹, 고약한 방충제 냄새가 나는 커튼을 직접 꿰매 만든 드레스, 같은 학교 학생들과 사촌들과 어머니가 더 이상 원하지 않는 화장품. 약국 여자가 한눈판 사이 호주머니에 슬쩍 넣어 온 향수. 아버지가 쉬는 시간에 쓰라고 준 동전들을 2년 내에 빠짐없이 모아 가까스로 몰래 살 수 있었던 구두. 물론 나는 도둑이었다. 내게 어떤 선택의 여지가 있었을까? 거짓말과 속임수와 도둑질을 통해서가 아니라면 달리 어떻게 그 의식을 치를 수 있었을까? 주변 사람들과 그들의 소유물을 두고 저지른 사소한 경범죄가 아니었다면 나는 살아남지 못했을 것이다. 모든 사람들이 밤에 나와 길을 따라가며 엉덩이를 흔들곤 하던 소녀를 부지불식간에 도와주었다. 낮이면 그 소녀는 소년의 옷차림을 하고 돌아다녔다. 안전하게, 눈에 띄지 않기를 원하는 소년의 복장을 하고, 소년처럼 걸었다. 카밀라는 그렇게 잉태되었다. 처음에는 어머니와 친척 아줌마들과 사촌들, 그다음에는 함께 춤추던 동료들, 그다음에는 성매매 고객들, 그중에서도 특히 고객들을 대상으로 저지른 사소한 범죄들로 인해.

열일곱 살이었던 어느 날 밤, 나는 춤을 추러 나갔다. 부엌 창문으로 슬그머니 빠져나갔다. 갈아입을 옷이 든 가방은 공사장에 준비해둔 상태였다. 양초와 작은 손전등도 놓아두었다. 화장품도. 때는 겨울이었다. 그 마을의 겨울은 지독하게 추워서 기온이 한참 영하로 떨어질 때가 잦았고, 서리는 조용하고 살인적인 담요처럼 골짜기를 덮쳤다. 나는 거짓말을 잘하는 호모였기 때문에 원할 때면 언제든 쉽게 탈출할 수 있었다. 작은 마을 한복판에 잠들지 않고 누운 채로, 검은 신기루를 응시하며 부모님이 곯아떨어져 코를 골기 시작하기를 기다리곤 했다. 아무것도 가진 것 없는 사람들만큼이나 시달리며, 거처를 마련하기 위해 깨어 있는 모든 시간을 힘만 들고 보람은 없는 일에 바치는 사람들의 피로에 지친 곤한 잠. 코골이가 시작되면 나는 운동화를 손에 든 채 발끝으로 살금살금 움직여서 창문을 타고 넘은 뒤 거리의 충격적인 추위 속으로 들어섰다. 손전등을 벽 틈새에 꽂아두고 한 쌍의 촛불 빛을 받으며 옷을 갈아입었다. 어머니에게서 훔친 손거울로 최선을 다해 화장을 했다. 당시 나는 전교생이 다 다니는 클럽에서 춤을 췄다. 같은 학교 학생들 중 나를 알아보는 이는 거의 없었고, 친구들은 내가 이리저리 떠밀리는 동안 사람들을 헤치며 슬며시 지나갔다. 어떤 사람은 내게 다리를 걸어 넘어뜨리려 했을지도 모르고, 어떤 사람은 담배로 내 드레스를 태웠을 테지만, 나는 나만의 세계에 빠져 계속 춤을 추었다. 내가 아는 한 괴롭힘을 당하지 않을 유일한 장소인 라운지 구역에서 춤을 추었다. 클럽의 단골들이 부끄러움 없이 키스를 하는 곳, 정말 중요한 일이 일어나는 곳, 거기서 나는 춤을 추었다. 하지만 구석에 머물지는 않았다. 이쪽 끝에서 저쪽 끝까지 이동하면서, 바람을 피우는 사람들, 흥분한 사람들, 필사적인 사람들 사이에서 춤을 추었다. 생명력과 갈망으로, 누가 뭐래도 멈추지 않겠다는 여성의 감정으로 가득한 채.

집에서 슬쩍 빠져나와 여자로 변신하는 일상은 열다섯 살에서 열일곱 살까지 거의 2년 동안 지속되었다. 어느 순간 자주 가던 클럽에서 입장을 거부당했다. 어떤 심술궂은 여자가 내가 여자 화장실 세면대 앞에 서서 소변을 보는 것을 봤다고 했기 때문이었다. 물론 다들 그 여자의 말을 믿었다. 주인은 내게 남자 옷을 입지 않을 거면 다시는 오지 말라고 상당히 무례하게 말했다. 그래서 나는 보란 듯이 중심가를 돌아다니며 모든 사람들에게 내게 가장 어울리는 차림을 보여준 뒤 내 침실까지 걸어서 돌아가기 시작했다.

그날 밤에도 마을을 돌아다니던 여느 밤과 똑같은 방식

으로 외출했다. 새 누벅 구두를 처음으로 신었는데, 당시 유행하던 높은 굽이 달린 모카신의 일종이었다. 나는 그 구두를 사기 위해 1년 내내 차를 마시지 못했다. 하지만 도중에 왼쪽 구두의 뒷굽이 부러져 두 짝 다 손에 든 채, 팬티스타킹만 신고 얼어붙은 거리를 걸어서 되돌아가야 했다. 경찰 승합차가 따라오는 것을 미처 알아차리지 못한 상태였다. 집으로 이어지는 골목길로 들어설 때, 승합차가 멈춰 섰다. 그들은 나에게 어디로 가는지 물으며 신분증을 요구했다. 나는 집에 가는 중이라고, 신분증은 없다고, 구두가 망가졌다고 대답했다.

"이런 시간에 미성년자가 거리를 돌아다니게 둘 수는 없어. 우리가 집에 데려다주지."

불가사의하게 사라진 커튼을 손수 꿰매어 만든 드레스를 입은 채 경찰 승합차에서 내려 문 앞에 있는 아버지와 마주하는 상상을 하며 나는 두려움에 크게 동요했다. 그들에게 괜찮다고, 고맙지만 거의 다 왔다고 말한 다음 되는대로 아무 문이나 열고 마치 우리 집인 양 안으로 들어갔고, 마침내 그들이 차를 몰고 떠나는 소리가 들렸다.

그들이 가버린 뒤 나는 가던 길을 계속 갔다. 하지만 모퉁이를 돌았을 때 승합차가 느닷없이 나타나 트라베스티인 내 몸을 다시 한 번 가로막았다. 차 안에는 두 명의 경찰관과 사복 차림의 한 남자가 있었다.

"소사의 아들이군."

"타, 경찰서로 데려갈 거니까."

"네가 그렇게 입고 돌아다니는 거 너희 아빠도 아시니?"

나는 아니라고 말했다.

"이런, 우리가 알려줘야겠군. 그렇게 다니면 안 돼. 그건 법규에 어긋나."

나는 울기 시작했다.

"그만 울고 차에 타. 그만 울어. 괜찮을 거야." 운전석에 앉은 사람이 말했다. 경찰서로 차를 돌리는 대신 우리는 곧장 강으로 향했다.

차가 멈출 때까지 나는 아무 말도 하지 않았다. 그들은 내가 고분고분하게 굴면 그날 밤 무슨 일이 있었는지 아버지에게 한 마디도 않고 나를 집 근처에 내려주겠다고 했다. 나는 첫 경험에 대해 미치도록 궁금해하는 학교 여학생들을, 비밀을 간직한 채 운동장을 돌아다니며 진정으로 흠모하는 사람과 사랑을 나누는 것이 얼마나 멋진 일인지 서로 속삭이는 어린 여성들을 떠올렸다. 남성인 친구들조차 소녀들이 느끼는 마법 같은 고통, 첫 경험의 신성한 고통에 대해 이야기하곤 했다. 그리고 이제 나는 한밤중에 경찰 순찰차에서 순결을 잃는 신성한 고통을 경험하려는 참이었다. 그날 밤 나는 제복을 입은 두 명의 경찰관, 그리고 마찬가지로 경찰관으로 추정되는 다른 한 사람과 함께 첫걸음을 내디뎠다. 아버지가 무서워서 그들과 섹스를 했다. 아들이 밖에 나가 여장을 하고 남자의 성기나 찾아다닌다는 사실을, 아버지의 평판은 전혀 신경 쓰지 않은 채 아버지의 친구들, 고객들, 친구의 아이들, 이웃들, 이웃의 아이들이 다 보는 데서 그런다는 사실을 알게 된 아버지의 분노를 마주하느니 순결을 잃는 것이, 조금 손해를 본다 해도 차라리 그러는 편이 낫다고 생각했다. 그게 더 간단하고 빠르고 효율적일 뿐 아니라, 부수적인 피해를 초래하지도 않는 방식이었다. 그들은 충분한 공간이 있는 뒷좌석에서 교대로 했다. 한 사람이 그 짓을 하는 동안 다른 사람들은 담배를 피우며 기다렸다. 볼일이 끝나자 그들은 약속한 대로 우리 집이 있는 길모퉁이에 나를 내려주고는, 아무에게도 그 일에 대해 이야기하지 말라는 퉁명스럽고 짤막한 경고와 함께 보내주었다.

그 주에 학교에서 나는 현실 세계와의 연결 고리를 잃은 영혼처럼 터덜터덜 돌아다녔다. 좀처럼 걷기가 힘들었는데, 부분적으로는 통증과 찢어진 근육, 또 부분적으로는 비밀에 대한 부담감과 죄책감, 돌이킬 수 없을 만큼 스스로를 실망시켰다는 느낌 때문이었다. 내가 정말 용감하다면 구두를 손에 들고 경찰서 벤치에 앉아 아버지가 데리러 오기를 기다렸을 것이라는 생각이 들었다. 내 안에서 무슨 일이 일어나고 있는지 인정했어야 했다. 그 대신 나는 협박에 휘둘렸다. 나는 그 자리에 있었고, 그 일의 일부였다. 그것은 내 결정이었으며 내게는 결정을 내릴 권리가 있었다. 그 일로 나 자신을 탓할 수는 없는 노릇이었지만, 나는 그렇게 했다. 내 고통에 대해, 세 명의 남자가 연달아 나를 뚫고 들어온 탓에 화장실에 갈 때마다 항문에서 뚝뚝 떨어지는 피에 대해 죄책감을 느끼기로 했다.

그 후 내 몸의 가치는 달라졌다. 내 몸은 더 이상 중요하지 않았다. 그것은 흔적도 없이 사라진 대성당이었다.

우리 비야다 집안 여자들은 어릴 때부터 시급을 받는 가정부로 일하기 시작했다. 몇몇은 입주 가정부로 일하기도 했다. 그들 모두 얼굴빛이 까무잡잡하고 아름다웠다. 하지만 내 조부모는 딸들을 아내이자 어머니로 키우는 것에 더해 가정부가 되도록 키웠다. 그리고 좋은 사람이 될 것, 자기 것이 아닌 것은 절대로 취하지 말 것, 그게 조부모가 딸들에게 가르친 전부였다. 그들은 결코 공부하거나 독립적인 삶을 살도록 딸들을 격려하지 않았다.

몸은 자원이고 일을 위한 도구이다. 어떤 사람들은 결혼을 하고, 어떤 사람들은 남의 집을 청소하러 간다. 그들은 자유를 누리고, 자신들이 돈을 빨리 벌 수 있으리라는 것, 그저 몇 시간 더 일하면 된다는 것, 몸을 움직여 일하기만 하면 그만이라는 것을 잘 안다. 허름한 앞치마와 고무장갑을 착용하면 남의 오물에 닿을 일은 절대 없다.

자매들은 좋은 고용주에 대한 정보망을 만들어 필요하면 서로를 추천하고, 서로를 대신하여 일하거나 도와주었다. 그런 다음 다른 사람들이 퇴근할 때까지 기다렸다가 함께 버스를 타고 집으로 돌아갔다. 단체로 춤을 추러 가고, 서로에게 비밀을 털어놓았다. 그들 중 고등학교를 마친 사람은 아무도 없었다. 그 대신 남의 화장실을 청소하고, 남의 침대를 정리하고, 남의 입을 위해 요리하는 법을 배웠다. 그리고 절대로 도둑질하지 말고, 자기 것이 아닌 것은 만지지 말고, 유혹에 굴복하지 말라고 배웠다. 때때로 그들은 고용주에게서 이런 말을 듣기도 했다. "너를 내 딸처럼 사랑해."

수년 뒤 나는 다른 사람들, 그러니까 같은 집에 기거하는 다른 하숙인들이 어질러놓은 것을 치우고 있는 나 자신을 발견했다. 애석하게도 아직 엔카르나 아줌마의 집에 우연히 찾아들기 전이었다. 코르도바로 이주해 카예[31] 멘

도사의 어느 집에 방을 구했다. 방마다 천장이 아주 높아서 중이층을 위한 공간이 충분한 커다란 집이었다. 내 방에도 거리가 내다보이는 창문이 있었다. 나는 방세를 내는 대신 집주인과 합의를 봤다. 일주일에 한 번씩 집 전체를 방마다 청소하고, 바깥 보도도 청소했다.

어느 날 밤 그 일이 일어났다. 코르도바의 하숙집에 살던 때였다. 대학 수업을 마치고 인적 드문 길을 걷고 있었다. 차 한 대가 옆에 서더니, 운전사가 내게 뭘 하고 있냐고 물었다. "집으로 가는 길이에요." 그렇게 대답했지만 그는 내 말을 믿지 않았다. 남자는 곧장 본론으로 들어가 내게 얼마를 원하는지 물었다. 시험 삼아 액수를 부르자 그는 동의했다. 그 일은 삽시간에 끝났고 특별할 것도 없었다. 그의 얼굴이나 몸도 기억나지 않는다. 기록으로 남길 만한 일이 아니다. 그날 밤 잠자리에 들었을 때 아무런 감정도 느껴지지 않았다. 죄책감도, 즐거움도, 분노도. 아무것도. 그날 밤 잠든 사람은 지금 나의 절반이었다. 나머지 절반은 그때껏 늘 대기하고 있던 운명, 말하자면 창부가 될 운명에 삼켜지는 중이었다. 매춘은 그런 식으로 시

---

31 calle. '거리'를 뜻하는 스페인어.

작되는 법이다. 아버지는 줄곧 세상이 요구하는 일을 했다. 가능한 모든 방법을 동원해 호모인 아들에게 트라베스티, 즉 덩치 큰 창부가 되지 말라고 요구했다. 아들이 자신의 삶을 부정하기를, 신과 조약을 체결하고 다른 사람이 되어 아무 의미 없는 삶을 살아가기를, 아버지의 아들이 되 어떤 일이 있어도 아들 자신이 되고 싶은 사람, 그러니까 온 세상이 봐줬으면 하는 그런 사람은 되지 않기를 요구했다. 하지만 폭로된 것은 억누를 수 없다. 이미 핵의 중심부에서부터 분명히 나타나기 시작한 것, 한 사람의 평생 동안 그 핵 안에 도사리고 있던 것, 단순히 전시되는 것이 아니라 몸소 경험되어야만 하는 무언가를 어떻게 숨길 수 있을까? 매춘부가 되기로 결심했을 때, 그것은 어디에서부터 시작되었는지 알지 못하기에 추적할 수 없는 현실이었다. 하지만 몸은 적응한다. 몸은 사람이 정하는 어떤 모양으로든 성형 가능한 액체와 같다. 근육이 단단해지거나 커지고, 갑옷이 형성되기 시작한다. 전신 갑옷. 두 눈은 방패가 되어간다. 완전히 무감각해지지 않고서는 매춘부가 될 수 없다.

어느 날 밤, 갑자기 모든 것이 쉬워 보인다. 그만큼 간단한 일이다. 자신의 몸 덕분에 돈이 생긴다. 그러면 가격과 시간을 정한다. 그런 다음 그 돈을 어디든 원하는 데 쓴

다. 벌 때처럼 쉽게 낭비한다. 주도권을 잡았다. 이제 스스로의 운명을 책임진다. 우리 모두는 각자 매춘부가 되기로 선택했다. 나이는 상관없다. 마리아가 청각장애인이자 언어장애인이라는 것, 엔카르나 아줌마가 백일흔여덟 살이라는 것은 중요하지 않다. 미성년자인지도, 문맹인지도, 가족이 있는지도 중요하지 않다. 중요한 것은 쇼윈도뿐이다. 세상은 쇼윈도다. 우리는 그 쇼윈도 너머 보이는 모든 것에 값을 지불하기 위해 우리의 몸을 판다.

단 하룻밤이면 된다. 하룻밤이면 돈이 우리 손에, 우리 지갑에 들어온다. 이튿날, 우리는 방세를 내고 추파를 자제한다. 하룻밤이면 우리는 그들처럼, 그러니까 쇼핑하러 가고, 빚을 갚고, 소비 지상주의의 짐승들인 양 가게 문을 쾅쾅 두드리는 방탕한 딸[32]들처럼 될 수 있다. 우리는 현금을 낸다. 누구에게도 빚진 것이 없다. 세상의 가장자리를 배회하는 작은 무리인 우리는 다른 사람들과 어울리지 않는다. 우리는 돈을 모아, 밤마다 우리를 집어삼키는 바로 그 사람들에게 내어준다. 아마 이런 잔치는 고립의 결과일지도 모른다. 나는 우리가 욕망에, 그러니까 세상 사람들이 우리에게 느끼는 금지된 성욕에 꼭 필요한 존재라는 것을 아주

---

32 성경에서 '탕아'로 지칭되는 '방탕한 아들'을 빗댄 언급이다.

일찍 배웠다. 그것은 규칙 위반에 대한 형벌로 영원히 금지되어야 한다. 우리를 벌주기 위해, 그들은 아무도 우리를 원하지 않을 것이라고 말한다. 하지만 거기서, 모든 것의 바깥쪽에서, 우리가 없으면 삶은 계속될 수 없었다. 우리 창부들이 육체적인 사랑을 제공하지 않기로 하면, 경제는 붕괴될 것이고 모든 규범과 제약은 존재의 야만성 속에 깡그리 불타버릴 터였다. 매춘부들이 없다면, 이 세상은 우주의 어둠 속에서 무너질 터였다.

공원의 트라베스티들을 만나기 전, 내 삶은 어린 시절의 경험과 내가 아직은 소녀에 불과했을 때 시작된 본능적인 복장 도착으로 요약된다. 그들을 만나기 전까지 나는 완전히 갈팡질팡했고, 다른 트라베스티들을, 나와 비슷한 사람을 알지 못했다. 마치 이 세상에 나만 있는 것 같았다. 낮의 세계에서, 그러니까 대학의 언론정보학부 복도에서, 그 후에는 예술학교의 연극학과에서, 그것은 틀림없는 사실이었다. 대학에서 만나는 남자들과 여자들, 그리고 내가 밤에 이루어내는 마술이 나의 온 우주였다.

혼자 밤에 산책하는 일이 잦아졌다. 단순히 돈이 필요해서가 아니었다. 나는 호기심이 많았고, 운명적인 천직에 현혹되어 있었다. 밖으로 나가 고객들을 찾았다. 나는 어렸고, 이야기를 지어내고 거짓말하는 법을 알았다. 함께 섹스를 하는 동안 그들에게 말을 건네며 외설적인 이야기를 들려주곤 했다. 그들 위에 올라타고 관계를 맺으며, 내가 어린 소녀에 불과했을 때 나이 많은 남자가 나를 자기 무릎에 앉혀놓고 여전사처럼 말타기 놀이를 시켰다고 얘기하기도 했다. 학대받는 어린 소녀에 대한 환상보다 그들을 환희에 몸부림치게 하는 것은 없었다. 그들은 아직 법적 성인도 아닌, 어린 소녀나 다름없는 내 안에서 폭발하곤 했다. 나는 오럴섹스를 해주는 게이샤였다. 그것이 내가 생계유지라는 야만적인 환경 속에서 스스로 개척한 틈새시장이었다.

머지않아 나는 이 거래에 짙은 먹구름을 드리우는 사소한 비극을 경험하기 시작했다. 성 매수 고객들의 소소한 잔학 행위. 여기서는 값을 깎아달라 조르고, 저기서는 위조지폐를 내고, 차 안에서는 주먹으로 때리고, 잠자리에서는 잔인하게 굴었다. 같은 집에 사는 다른 하숙인들은 새벽 3시에 문이 열린다고, 또 내가 거래할 만한 건수를 찾느라 발코니에서 어슬렁거린다고 불평을 쏟아내기 시작했다. 그래서 나는 홍등가들을 둘러보기로 했다. 엘 아바스토[33]는 끔찍하게 지저분하다. 라 카냐다[34]는 쪼그랑할멈들, 그러니까 아주 오랫동안 거기서 지내온 노파들을 위한 곳이다. 하지만 그 공원은 자발적으로 솟아난 듯 보이

---

[33] 강가에 위치한 유흥가.
[34] 코르도바 시내를 가로지르는 수로(La Cañada)와 그 인근 지역을 말한다.

는 나무들로 가득한 장소였다. 나무들은 되는대로 흩어져, 누구의 도움도 청하는 법 없이 뿌리를 깊게 박고 새들에게 쉼터를 제공했다. 게다가 나무들만큼이나 꼭 필요한 트라베스티 매춘부들도 있었다.

나는 멀리서 그들이 웃고 있는 모습을 보았다. 엔카르나 아줌마가 가장 요란하게 깔깔거리고 있었다. 나는 살금살금 조금 더 다가가 근처 벤치에 앉았다. 여자들이 나를 훑어보며 서로 속삭였다. 그중 한 명이 큰 소리로 욕을 했다. 잠시 후 머리에 풀을 꽂은 임신부, 라우라가 다가오더니 내게 거기서 뭘 하는 거냐고 물어보았다. 나는 누군가를 기다리는 척했다. 라우라는 이에 속지 않고 내 이름을 물었다. 그런 다음 내가 어느 편에 속하는지 알아내려는 듯 눈을 가늘게 뜬 채 내게 밑구멍이 있는지 물었다. 내가 트라베스티라고 말하자, 그녀는 나를 끌어안고 뒤로 질질 끌다시피 해서 무리의 한가운데로 데려가 소개했다. 뒤이어 쏟아진 조롱과 비웃음은 그들의 환영 방식이었다. 아무도 그것을 이해하지 못한다. 아무도 트라베스티들 사이에서 신뢰와 경계심이 작동하는 방식, 즉 그들의 직관을 이해하지 못한다. 내게는 세례의 밤이었던 그 밤, 내가 얼마나 어린지 믿기지가 않아서 측은한 마음으로 기꺼이 그들이 나를 무리에 받아들였을 때, 엔카르나 아줌마가 자신의 여러 삶 중 하나에 대해 이야기해주었다. 프랑코를 피해 스페인에서 도망쳐 왔지만 불행하게도 온가니아[35]의 쿠데타를 맞닥뜨리게 되었다고. "총알 하나가 이 안에 있어." 아줌마가 자기 무릎을 가리키며 말했다. "나머지 하나는 여기 있고." 이번에는 넓적다리를 가리켜 보였다. 아줌마는 총알이 박힌 채 돌아다녔다.

그날 밤 아줌마는 내 이름을 여러 번 물어보았다. 이름을 듣자마자 잊어버리는 것 같았는데, 당연한 일이었다. 다른 트라베스티들을 제외하고는 아무도 우리의 이름을 부르지 않으니까 다들 우리 모두를 똑같은 용어로 부르니까. 호모. 우리는 세 번째 다리, 우람한 몸뚱이, 남자 거시기나 빠는 놈, 달걀 썩은 내 나는 팬티, 변태, 얼간이, 못난이, 운 좋은 날에는 병들고 아픈 오스발도, 최악의 날에는 병들고 아픈 라울 등등이니까. 엔카르나 아줌마가 내 이름을 기억하기 어려워한 것은 트라베스티들이 보편적으로 겪는 이름에 대한 특유의 기억상실증 중 하나의 사례일 뿐이었다. 비록 아줌마는 그것이 머리를 지나치게 많이 맞았기 때문이라고 했지만 말이다. 내가 카밀라라고 몇 번이고 반복하자, 아줌마는 미소 지으며 내 이름이 아주 예쁘고 여성스럽다

---

35 후안 카를로스 온가니아. 아르헨티나의 대통령을 지낸 군인이자 정치인.

고 했다. 하지만 나는 그 이름의 의미가 무엇인지 알고 있었다. '제물을 바치는 사람'이라는 뜻이었다.

내가 미나 클라베로 출신이라고 말하자 그들 중 몇몇은 충격을 받은 듯 손으로 입을 가렸고, 나머지 사람들은 그곳에 가본 적이 있다며 강과 언덕이 무척 아름답다고 평했다. 작은 마을에서 트라베스티가 되는 건 어떻냐는 그들의 질문에, 나는 끔찍하고 죽음과도 같지만 세상에 그보다 더 흥미로운 일은 없다고 대답했다. 유일한 존재가 된다는 것은 흥미진진했다. 그들은 남자들에 대해 물었고, 나는 성적 착취와 관련한 자세한 내용은 나만의 비밀로 간직한 채, 남자들이 매우 거칠었다고 대답했다. 그러자 아줌마가 꼭 호모들만 이런다고, 더 중요한 질문, 그러니까 위스키 한 모금으로 몸을 데우고 싶은지, 혹은 코카인 한 봉지로 기운을 차리고 싶은지 하는 질문을 던지기도 전에 남자 애인들에 대해 떠들어댄다며 우리를 꾸짖었다.

남편이 스페인에서 피살된 이후 시어머니의 것이었던 가죽 여행 가방을 들고 몰래 탄 배에서, 아줌마는 슬퍼 죽거나 바다에 몸을 던지는 대신 참고 견디며 할 수 있는 한 가장 멋진 삶을 살겠다고 결심했다.

"신장은 맞지 마. 다리, 엉덩이, 팔은 맞더라도 신장만은 절대 안 돼." 아줌마가 나에게 말했다. 아줌마는 오랫동안 피오줌을 누는 처지였다. 아줌마는 의사들이 트라베스티에게 항상 못되게 굴고 자신의 질병에 죄책감을 느끼게 한다며 병원에 가지 않으려 했다.

나는 모두가 아줌마를 경외하며, 위험이 닥쳤을 때 그 충격으로부터 그들 모두를 지켜주는 사람이 바로 아줌마라는 사실을 즉시 알았다. 나는 아줌마의 날개 아래, 그녀의 반짝이는 깃털 아래 몸을 숨겼다. 아줌마는 우리를 죽음으로부터 보호하는 다채로운 빛깔의 새였다.

서서히 나는 공원 주변을 살그머니 배회하는 무리의 일원이 되었다. 나는 그 그룹에서 가장 어리고 순진했다. 뭐가 뭔지 아무것도 몰랐다. 하지만 트라베스티들은 자신을 존중해주는 사람이라면 누구와도 기꺼이 자기 지갑 속에 든 것을 나누었고, 같은 방식으로 지혜도 나누었다. 트라베스티의 심장은 정글의 꽃, 독으로 부풀어 오르고 꽃잎이 살점처럼 붉은 꽃이다. 엔카르나 아줌마는 온갖 색과 맛의 술에 취했다. 아줌마는 고국인 스페인이 그리워서, 그 간절한 그리움 때문에 취하고 인사불성이 되어 꼬부라진 혀로 말도 안 되는 소리를 늘어놓았다. 반짝이는 빛이 나타나기 전까지 아줌마가 누리던 유일한 즐거움은 그처럼 술에 잔뜩 취해 부모님이며 성당의 종소리며 프랑코의 부하들에게 살해당한 남편에 대해 이야기하는 것이었다. "너를 내 딸처럼 사랑해." 언젠가 아줌마가 내게 그렇게 말한 적이 있다. 그러고는 우리 아버지가 난폭해졌을 때 어머니가 그랬던 것처럼 나를 가까이 끌어당겼다. 어쩌다 보니 아버지가 알코올중독자였던 사람이 아닌 한, 누구나 알코올중독자를 감탄 어린 시선으로 바라본다. 하지만 그렇지 않은 사람들은 과거의 기억 때문에 와인에 숨어 있는 알코올을 원망하게 된다. 내 아버지는 동네 싸구려 술집에서 이미 고통스러운 현실에 원한을 더할 뿐인 잔인한 술꾼들에게 둘러싸여 여러 잔의 화이트 와인을 마시며 체면을 구겼다. 아마도 와인 때문에 인사불성이 된 채, 그의 몸을 장악한 와인 그렘린[36]이라는 일종의 수호천사의 보호를 받으며, 낡은 자동차나 아이스크림 판매 자전거를 타고 마을의 거리를 헤매고 다녔으리라. 아버지는 딱 한 번 배수로에 빠진 적이 있는데, 자전거에 깔린 채 그대로 잠들어버렸다. 어머니와 나는 밖으로 나가 비난의 손가락질을 멈추지 않는 마을 사람들이 모두 보는 데서, 수치심과 극도의 피로에 무기력해진 아버지가 다시 일어서도록 도와야 했다. 아버지의 알코올중독이라는 오점 때문에 우리

---

[36] 항공기를 비롯한 각종 기계의 오작동을 일으킨다고 하는 가상의 존재. 흔히 '말썽꾸러기', '곤란의 원인'이라는 의미로 사용된다.

에겐 불명예스러운 가족이라는 낙인이 찍혔다. 하지만 아무리 술에 취했어도, 어떤 모양으로 엉망진창이 되어 있어도, 아버지는 항상 동이 트기 전에 깨어나 일하러 갔다. 놀랍게도 아버지의 몸은 매일 밤 의식을 잃기 전까지 삼킨 엄청난 양의 독성분을 언제나 처리해냈다.

어머니와 아버지는 나를 부끄러워했다. 부모님은 자신을 지킬 줄 모르며 동네의 다른 소년들과 공을 차기보다 집에서 텔레비전을 보거나 책 읽는 것을 더 좋아하는 뚱뚱하고 여성스러운 아들을 둔 것을 부끄러워했다. 손님이 오면 아버지는 일종의 벌로 저녁 식사 자리에서 반드시 그 이야기를 꺼냈다. 내 인생 최악의 순간들이었다. 이복형제들이 방학을 보내러 오거나 사촌들이 찾아올 때도 마찬가지였다. 나는 항상 형편없는 존재였다. "봤지? 쟤는 자신을 지킬 줄 알아. 축구도 할 줄 알고. 여자 친구도 있어." 하지만 나도 부모님이 부끄러웠다. 우리의 가난이 부끄럽고, 우리가 아름다움과 크게 동떨어져 있다는 사실이 부끄럽고, 온 마을 사람들이 보는 앞에서 떠들썩하게 술주정을 부리는 아버지의 모습이 부끄럽고, 여덟 살 때부터 행상을 해야 했던 것이 부끄럽고, 무언가에 쓸모 있는 아들을 갖고자 하는 아버지의 욕구가 부끄러웠다. 나는 가족의 일원이 아니었다. 나는 나라는 이유로 추방당했고, 부모님이 맺은 계약에 언급되지도 않았다.

마침내 그녀의 눈 속에 반짝이는 빛의 세례식 날이 찾아왔다. 케이크가 구워지고, 전채 요리가 준비되고, 테이블에는 다양한 색과 맛의 간식들이 가득하고, 잔마다 쭈그렁바가지들을 위한 샴페인과 레드 와인과 사과주, 아가씨들을 위한 탄산음료와 주스가 넘쳐흘렀다. 장식용 깃발, 최대한 화려하게 치장한 트라베스티들, 심각한 마약중독자가 아닌 사람들만 초대했기에 꽤나 점잖게 구는 애인들, 여전히 사진발이 잘 받는 사람들.

언어장애인인 마리아는 자기 방에 틀어박혀 나오기를 거부했다. 아기가 온 뒤로 마리아는 줄곧 매우 바쁘게 지냈다. 엔카르나 아줌마는 그녀에게 아이를 돌봐주고 항상 곁에 있어달라며 급료에 더하여 그 집에서 무상으로 살게 해주겠다는 추가적인 유인책까지 제시했다. 마리아에게 그것은 아이가 다 크거나 경찰이 아이를 데려가거나 엔카르나 아줌마가 아이를 다시 세상에 돌려보내기로 결정할 때까지 거리에서 벗어나 집에서 행복하게 지낼 수 있다는 것을 의미했다.

아줌마의 제안은 유혹적이었지만, 동시에 우리끼리 공원에서 고객을 기다리며 나누는 잡담, 함께 저지르는 부도

덕한 행위, 잘생기고 후한 손님, 우리의 가장 열정적인 자아를 과시할 수 있는 공간인 광장을 포기해야 한다는 사실을 의미하기도 했다. 마리아는 며칠 동안 그 제안에 대해 계산하고, 지웠다가, 한 번 더 계산하며 심사숙고했다. 그러다 마침내 역제안을 들고 엔카르나 아줌마를 찾아갔다. 집주인이 원하는 대로 그녀의 눈 속에 반짝이는 빛의 유모가 되고 매춘을 그만두는 데 동의하되, 대신 뱀 브로치와 자신이 디디는 땅까지 숭배하는 어린 남자 친구, 다시 말해 마리아 자신이 미친 듯 빠져 있는 쓰레기 수거원의 방문권이라는 두 가지 사항을 추가로 원했다.

엔카르나 아줌마는 거래에 동의한 후 브로치를 주었고, 마리아는 밤낮으로 아이를 돌보기 시작했다. 마리아의 성격이 워낙 불같아서 엔카르나 아줌마는 마리아를 계속 행복하게 해주기 위해 자신의 모든 술책과 권위를 동원해야 했다. 그럼에도 마리아는 분별력, 검약, 재사용할 수 있는 물건은 절대 버리지 않는다는 방침으로 그 집을 조금이나마 순조롭게 유지할 수 있는 유일한 사람이었기에 우리 모두는 무리 사이에 그런 여성이 있다는 것을 행운으로 여겼다. 또한 그 아이, 그러니까 우리 가운데 살지만 우리의 천국에서 우리를 내려다보며 보호해주는 트라베스티 여신들에게는 아직 바쳐지지 않은 이 남자아이가 마리아를 사랑했다. 마리아가 수어로 아이에게 말을 건네면 반짝이는 빛은 넋을 잃은 채 그녀를 빤히 바라보았다. 그 애가 마리아와 함께 있을 때면 집 안 어디에서나 잔물결처럼 퍼지는 아이의 웃음소리가 허공을 뚫고 날아올라 우리 각자에게 닿았으니, 몹시 행복하고 궁극적으로 희망을 안겨주는 그 소리에 우리는 늘 기분이 좋았다. 사실 마리아는 자신이 만나는 모든 사람에게 친절을 베풀었다. 행복이 전이되고 전파될 수 있다는 것이 사실이라면, 언어장애인인 마리아에게는 행복을 퍼뜨리는 재주가 있었다.

마리아야말로 평소 집안 살림을 꾸리는 모든 요령을 꿰고 있는 사람이었기 때문에, 우리는 파티를 능률적이고 효율적인 방식으로 준비하는 데 조금 애를 먹었다. 엔카르나 아줌마의 갖가지 지시와 요구 사항들에 다들 화가 나서 미칠 지경이었다. "잔은 여기에 가져다 두지 마. 와인은 거기 내지 말고. 당연히 테이블에서 술을 마셔야지. 너는 전채 요리에 간을 하고, 너는 문을 열러 나가고, 너는 그 빌어먹을 전화 좀 받아." 예상보다 잠깐이라도 시간이 지체되면, 아줌마는 트라베스티들은 머리를 너무 많이 얻어맞아서 모두 바보가 되었다고, 마리아는 어디에 있느냐고, 자신이 입양한 이 시끄러운 딸들 가운데 똑똑한 사람은 그 애뿐이라고 호통을 치기 시작했다.

방에 있는 마리아를 찾아오도록 내가 파견되었는데, 내 눈에 그 방은 분홍색 집에서 가장 좋은 방, 그러니까 심지어 에메랄드 속으로 발을 내딛는 듯한 기분이 드는 엔카르나 아줌마의 방보다도 더 좋은 방으로 보였다. 마리아의 정신을 완벽하게 반영한 양 아랫단에 술 장식이 달린 레이스가 언제라도 날아가버릴 듯한 커튼, 리키 마틴의 사진으로 뒤덮이다시피 한 옷장 거울, 침대 위에 즐비한 동물 봉제 인형들. 니스 칠이 된 베이지색 액자 속에 보이는 어머니 사진. 그리고 방 곳곳에 흩어져 있는 속옷은 마리아 또한 우리처럼 트라베스티임을 선언하는 함성 같았다.

"그 애는 새끼 염소 같았어." 엔카르나 아줌마는 마리아와의 첫 만남에 대해 그렇게 말했다. 마리아를 처음 본 순간 나도 우리 아버지가 배고픔에 시달려 도축하기 전까지는 내 반려동물이었던 염소들을 떠올렸다. 청각장애인이자 언어장애인인 마리아는 고통스러워하는 염소처럼 깩깩거리는 작은 소리를 냈다. 우리 모두 저마다 소박한 예물을 가져온 카니발 같은 세례식에 마리아가 참석하지 않다니, 나로서는 상상할 수 없는 일이었다. 대체 왜 그녀는 엔카르나 아줌마와 반짝이는 빛과 함께 아래층에 서서 손님들을 맞이하지 않았을까? 그러는 대신 그녀는 자기 방에 틀어박혀 밖으로 나오기를 거부하고 있었다. 빌어먹을 세례식이 곧 시작될 참이고 엔카르나 아줌마 때문에 우리 모두 미칠 지경이니 제발 내려와달라고 애원해봤지만 소용없었다. 그야말로 어림없는 일이었다. 마침내 내가 겨우 안으로 들어갔을 때, 마리아는 보일 듯 말 듯 침대에 웅크리고 있는 아주 자그마한 존재였다. 특유의 염소 우는 소리로 칭얼거리고 눈물을 글썽이며 손을 내저어 나를 쫓아내려 했다. 하지만 트라베스티가 눈물을 흘리며 저리 가라고 할 때는 그대로 남아 있는 것이 낫다. 트라베스티가 자신의 진정한 고통을 드러내는 드문 경우, 그 고통은 마법의 주문과도 같이 우울한 황홀경과 인광을 발하는 슬픔을 유도하기 때문이다. 마리아는 결국 굴복하고 나를 곁으로 불렀다. 그러곤 아들이 십자가에서 죽는 모습을 본 성모마리아의 망토처럼 눈물에 흠뻑 젖어 축축한 블라우스를 들어 올리고 제 왼쪽 갈비뼈 중 하나를 보여주었다. 거기에 마치 얼룩덜룩한 암탉의 것처럼 아주 자그마한 회색 깃털들이 돋아나 있었다. 마리아는 걷잡을 수 없이 흐느껴 울었고, 내가 할 수 있는 일이라고는 손을 뻗어 깃털들을 쓰다듬는 것뿐인 듯했다. 그 깃털들이 그녀가 직접 접착제로 붙인 것이라는 가정하에 말이다. 그런데 아니었다. 마리아는 그것이 자신의 피부에서 자라났다는 것을 증명하기 위해 깃털 하나를 뽑아 내 얼굴 앞에 들이밀었다. 깃털이 있던 자리에 핏방울이 맺혔다. 그 순간, 그 자리에서, 나는 마리아가 성인聖人으로 변할 것이고 그것이 그녀의 운명이라고 생각했다. 어떻게 우리 가운데 성인이 살고 있다는 걸 아무도 알아차리지 못할 수 있었을까? 마리아, 찍찍 우는 소리로 말하는 깡마르고 왜소한 청각장애인이자 언어장애인인 매춘부, 자기가 직접 하면 항상 베이기 때문에 우리더러 면도해달라고 침을 흘리며 부탁하는 아름다운 마리아가 우리 예배당의 성인이었다.

문제는 마리아 자신이 그렇게 생각하지 않는다는 것이었다. 그녀는 겁에 질려 있었다. 우리와 의사소통할 때 사용하곤 하던 화이트보드에 그녀가 이렇게 적었다. 누가 이런 나르 원하겠어? 내가 무슨 말을 할 수 있었을까? 새처럼 변해가는 듯 보이는 여자를 원하지 않는 남자는 쉽게 잊어버려도 좋을 만한 바보였다. 그녀는 보드를 지우고 이렇게 적었다. 내가 어떠케 일을 하겠어? 나는 내가 우리 둘 모두를 위해 일하겠다고 말했다. 비록 진심은 아니었지만 말이다. 아니고말고. 마리아는 고개를 가로저으며 가장자리에 물방울무늬 레이스가 둘린 베개에 얼굴을 파묻었다. 난 괴무리야. 그녀는 보드를 거의 보지도 않고 그렇게 적었다. 나는 보드를 빼앗은 뒤 곁에서 머리를 쓰다듬어주며, 그녀가 상황을 악화시키고 있을 뿐이라고 이야기했다. 결국 엔카르나 아줌마가 대체 무슨 일인지 보러 올라올 테고, 그러면 병적으로 흥분한 모계사회의 모든 구성원들 앞에 그녀의 모습이 노출될 것이었기 때문이다.

하지만 언어장애인인 마리아는 자신이 새로 변한다는 생각을 못 견뎌 했고, 나는 어리석었기 때문에 그녀를 진정시킬 방법을 생각해내지 못했다. 마리아가 내 입술을 읽을 수 있게끔 천천히, 그녀는 새로 변하고 있는 것뿐이라고, 내가 그녀를 병원에 데려갈 거라고, 심각한 일일 리 없다고 계속 말했을 따름이다. 나는 나 자신과 다른 사람들의 온갖 질병을 다뤄본 경험이 많았기에, 그녀에게 걱정하지 말라고 말했다. 그 깃털들은 예쁜 데다가 블라우스 안쪽에 있어 보이지도 않는다고, 나와 함께 파티오로 내려가는 게 어떻겠냐고, 다들 세례식을 하기 위해 우리를 기다리고 있다고, 아기는 갓 구운 빵처럼 아주 멋져 보이고 거기 있는 사람들 모두 아주 친절하니 아무것도 잘못될 리 없다고 말했다. 결국 마리아가 나를 껴안았고 우리는 세상으로 나갔다. 당시 우리는 둘 다 스물한 살이었다.

파티에 합류했을 때, 아기는 탄성 좋은 나뭇가지 바구니에 담겨 파티오 한가운데 놓여 있었다. 그 옆에는 막 무덤을 파고 장례를 치르는 사람처럼 울부짖는 엔카르나 아줌마가 있었고, 맞은편에는 세례식을 감독하는 여사제가 있었다. 사제는 표범처럼 보이는 동물무늬 옷을 입고 빨간색 붙임머리를 정수리로 올려 나비매듭으로 묶은 채, 엄청나게 큰 손톱으로 바구니 옆면을 쓸면서 아기에게 살금살금 다가가는 중이었다. 이 세례에는 중요한 의미가 있었다. 라 마시가 남자아이에게 세례를 베푸는 것은 흔히 있는 일이 아니었다. 나디나와 라우라가 자녀들에게 세례를 받게 해주려고 애써봤지만, 라 마시는 그 아이들이 여신들께 바쳐질 준비가 되지 않았다고 일축했던 터였다.

라 마시는 언젠가 자신을 강간하려 한 경찰관의 성기를 반쯤 찢어놓았던, 파라과이 출신의 덩치 큰 트라베스티였다. 의식이 시작되기 전에 그녀는 매우 섬세하게 식각된 크리스털 잔으로 잉크처럼 보이는 짙푸른 액체를 마셨다. 손끝으로 잔을 들어 올리고, 대지가 미소 지으며 그 아이를 환영하기를 기원하는 노래를 케추아어[37]로 불렀다. 그렇게 아이는 우리 트라베스티 무리의 일원이 되었다. 사랑을 알기에 강하고 행복할 것이요, 얼굴에 불어오는 바람으로 더 사랑스러워질 것이며, 죽음이 잠든 그를 부드럽게 데려가리라는 보장을 받으면서.

---

37 페루, 에콰도르, 볼리비아, 아르헨티나, 콜롬비아에서 쓰는 남아메리카 인디언 최대의 언어.

봄에 세례를 받은 그녀의 눈 속에 반짝이는 빛은 트라베스티들이 제일 좋아하는 사람이자 동방 여박사들로부터 제일 많은 선물을 받은 아이로, 가장 단순하고 값싸고 작은 장신구에도 그 애를 위한 성스러운 기운이 깃들어 있었다. 배수로에서 발견된 그 남자아이는, 어느 누구의 딸도 아니며 그 애처럼 고아에다 아무것도 배우지 못했고 쾌락의 여사제요 잊혀버린 타락한 여자인 우리 모두의 자식이었다. 포식자 복장을 한 파라과이 창부가 아이에게 세례를 주고 그 얼굴 위로 축복을 불어 보냈으니, 그녀는 우리의 눈물을 인조 손톱으로 퍼 올려 아이의 이마를 축복하는 데 사용했다. 반짝이는 빛은 한 번도 울지 않았다. 사실 아이는 방긋 웃었고, 의식 중간쯤에는 뻔뻔스럽게 방귀를 뀌어서 우리 모두를 포복절도하게 했다. 이윽고 건배와 일상적인 수다가 이어지는 동안, 마리아는 새가 될 자신의 운명에 대해 잊은 듯했다. 그럴 때일수록 사람은 기억할 수 있기를 바란다. 그럴 때일수록 기억에 자신을 맡긴다.

엔카르나 아줌마가 발견한 아기에 대한 소식이 여성 공동체 전체에 퍼져 아기를 만나기 위해 사방에서 사람들이 밀려들었다. 저녁이면 고음으로 노래를 부르던, 옥수수처럼 둥그스름하고 달콤하며 피부색이 짙은 북부 출신의 여자들. 그냥 들러봤다고 했지만 진짜 이모라도 되는 양 엔카르나 아줌마의 아들을 만나 함께 사진도 찍지 않고 떠난다면 스스로를 용서하지 못했을 외국인들. 한때 감정이 상해서 뛰쳐나갔거나 엔카르나 아줌마가 추측에 불과한 사소한 일로 쫓아냈던 방탕한 딸들. 우리 모두 그녀의 눈 속에 반짝이는 빛의 부름을 들었고, 비록 애정 외에는 줄 수 있는 것이 거의 없었지만 그 애의 비밀 입양을 축하하고 싶었다. 우리 모두 엔카르나 아줌마의 손바닥에 대고 그녀의 눈 속에 반짝이는 빛에 대해 아무에게도 말하지 않겠다고 맹세했다. 그 바이러스가 돌고 있는 데다 그런 식으로 죽는 것이 무서웠기 때문에 계약을 피로써 확인하지는 않았다. 하지만 그렇게 한 것이나 다름없었다. 우리 모두 같은 어머니의 딸이고, 같은 짐승으로 태어나 같은 젖, 그러니까 심술궂은 계집애와 매춘부, 돼지 같은 인간들을 낳은 우리 어머니의 젖을 마셨으니까.

이 세상에 존재하는 무기력하고, 신랄하고, 각박하고, 불량하고, 타락하고, 외롭고, 교활하고, 마녀 같고, 불임인 몸뚱이들.

그녀의 눈 속에 반짝이는 빛은 세례를 받았다. 그 애는 죽으면 트라베스티의 천국에 갈 터였다. 엔카르나 아줌마는 황홀감에 흠뻑 젖었다. 쟁반을 들고 왔다 갔다 하며 남은 음식을 골라내고 잔을 씻고 바닥을 쓸고 이단 신앙을 밝혀주는 등롱을 내리는 등등, 파티가 끝나고 정리정돈하는 모습으로 보아 그랬다. 우리는 우리의 어머니를 사랑하지 않을 수 없었다. 그녀만큼 아름다운 존재는 없었다. 어떻게 그녀에 대한 우리의 사랑을, 혹은 우리를 미칠 지경으로 몰아가는 괴물인 친어머니들에 대한 사랑을 부인할 수 있겠는가? 세상의 증오를 어깨에 짊어진 채 거기 서 있던 그 여인은 심술궂은 계집이자 독재자, 무슨 짓이든 할 수 있는 절박하고 고독한 여인일지라도 우리의 사랑을 훨씬 더 많이 받을 만했다. 다른 세상 사람들이 우리를 쫓아낼 때 우리를 먹여 살린 여인이니까! 이제 그녀에게는 합법적인 아들이 있었으며 그 애의 입양은 역사적 사실이었다. 그녀는 그 애에게 세례를 받게 해주었고, 세례식 파티가 끝난 후 청소를 하는 중이었다.

그녀의 눈 속에 반짝이는 빛은 말년의 마지막 황제처럼, 제라늄과 월계꽃에 점령당한 파티오가 있고 도시의 폭력과는 거리가 먼 분홍색 하숙집에서 그렇게 살았다. 만약 그 집에 폭력이 존재했다면, 그건 우리가 우리 자신의 몸에 담아 함께 가져온 것이었다. 우리는 폭력에 오염되어 있었다. 그래서 엔카르나 아줌마는 우리에게 들어올 땐 신발을 벗어 문 옆 고리버들 선반에 놓아두라고 부탁했다. 그렇게 유배 상태로 함께 놓인 신발들을 보며, 우리는 집 안쪽에서 맨발로 호기심에 차 웃음을 터뜨렸다. 그 신발 중 일부는 13이나 14 사이즈로 거대하고 무시무시했고, 일부는 마치 엔카르나 아줌마의 선착장에 들어온 원양 정기 여객선들처럼 보였다.

사실 몰락이 시작되기 전 한동안 거리의 폭력은 그 집에 결코 발을 들여놓지 못했다. 그 애를 보호하고 구하기 위해 우리의 신발 밑창으로 폭력의 접근을 막아냈다는 얘기다. 우리를 비난해서는 안 된다. 우리에게는 순진하게 굴 권리가 있었다.

나는 아직 어린아이였고 혼자 힘으로는 살아남을 수 없었다. 밤마다 기도를 했다. 기도하라는 가르침을 받으며 자랐고, 아직은 아주 어렸기 때문에 믿음이 있었다. 내게는 묵주에 깃든 신이 주어져 있었다.

언젠가 가족이 모인 자리에서 아버지가 말했다. "나한테 호모나 마약중독자인 아들이 있다면, 죽여버릴 거야. 그런 아들이 있어봐야 무슨 소용이야?" 아버지가 테이블을 둘러보았다. 모두들 고개를 끄덕여 동의하면서, 정말이지 그런 아들이 무슨 소용이겠냐고 말했다. 어머니도 동의했다. 나는 나를 휘감고 있는 여성성과 관련된 모든 것을 잘 이해하고 있었기에 그 암묵적인 위협을 알아차렸다. 며칠 전 밤에 어머니에게 왜 내 목소리는 여자아이 목소리처럼 들리는지 물어보자 어머니는 모르겠다고 대답했다.

아버지가 나를 죽이고 싶다고 말하는 것을 들은 후, 나는 두려움에 휩싸였다. 아버지는 이미 내 머리에 총을 겨누고 있었다. 나는 아버지가 어머니를 때리는 것을 보았고, 어머니가 쓸모없는 짐승처럼 아버지가 하는 모든 일에 복종하는 것을 보았다. 그래서 나는 기도를 했다. 그 악몽이, 내 인생 최악의 악몽이 끝나기를 기도했다. 죽음에 대한 동경은 내가 아주 어렸을 때 시작되었다. 어릴 때부터 자살의 유령이 항상 나를 따라다니며 괴롭혔다. 나는 그 망령이 거기 있다는 것을 알고 있었고, 다른 잠재적인 소원들 사이에서 그것을 분명히 볼 수 있었다. 트라베스티가 되면 그 망령에게서 벗어나게 되리라는 것, 예상과 달리 구원이 하이힐 한 켤레와 분홍색 중고 립스틱의 형태로 찾아오리라는 것을 깨닫기 전까지는 말이다.

나는 잠에서 깨면 삶이 달라져 있기를 기도하고 또 기도하며 수많은 밤을 보냈다. 처음에는 변하게 해달라고, 그들이 원하는 대로 되게 해달라고 기도했다. 하지만 믿음이 커지면서, 이튿날 잠에서 깨면 내가 되고 싶은 여성이 되어 있게 해달라고 기도하기 시작했다. 그 여성이 내 안에서 너무나 노골적으로 느껴져 결국에는 기도 시간 전부를 여성을 위한 간구로 보내게 되었다. 어린 동급생과 사랑에 빠졌을 땐 여자아이로 보이게 해달라고 기도했다. 내가 꽃을 피우기 시작했을 때는 하룻밤 사이에 젖가슴이 커지게 해달라고, 부모님이 나를 용서하게 해달라고, 가랑이에 질이 생기게 해달라고 기도했다. 하지만 그렇게 되지는 않았다. 내 가랑이에는 칼이 있었다.

 우리는 한낮에, 당장 멈춰 서도 이상하지 않을 자주색 트럭을 타고 도착했다. 트럭에는 부모님이 6년 동안 함께 살면서 그럭저럭 모은 형편없는 가구들이 죄 실려 있었다. 의자와 테이블 몇 개, 낡은 침대들, 집에서 가장 귀한 물건이었던 커다란 옷장, 어머니의 할머니가 물려준 곧 부서질 듯한 찬장 몇 개와 샐러드용 유리 그릇 하나. 어머니가 수집한 멋진 커피잔도 몇 개 있었는데, 어머니의 훌륭한 취향을 증명하는 것들이었다.

 우리가 이사할 집은 산마르코스 시에라스에서 크루스 델 에헤로 가는 도로변에 있었다. 도로 양옆에 집들이 드문드문 모여 있고 우거진 덤불이 언제 덮쳐올지 모를 취약한 마을이었다. 버려진 철길이 마을을 둘로 나눠놓았다. 가끔씩 기차가 지나가는 것을 보는 즐거움조차 우리에게는 허락되지 않았다. 조부모님 곁에 산다는 안도감을, 학교 친구들과 금지된 애인을 무엇 때문에 뒤로하고 떠나야 하는지 나는 알지 못했다. 아무도 내게 묻지 않았고, 내가 물어봤을 때는 투덜거리지 말라는 말만 들었다. 우리는 이제 여기에 살고 있었다.

집에 가려면 도로에서 벗어나 흙길로 접어든 다음 햇볕에 말린 진흙 벽돌집들이 늘어선 좁은 길로 이어지는 돌계단을 걸어 올라가야 했다. 집의 바닥은 목재처럼 보이는 타일로 되어 있었다. 아버지는 그 집의 가치가 아주 크다고 말했다. 아버지가 애인이자 동업자에게 거의 완벽하게 속아 남은 것이라고는 걸친 옷 한 벌뿐일 만큼 완전히 망하기 전에, 궁여지책으로 간신히 구매한 집이었다.

집 안쪽에는 아버지가 한 가족에게, 그러니까 조부모와 부부, 한 명은 청각장애인인 두 자녀에게 세를 주었던 아주 커다란 거실이 있었다. 그들은 아직 그곳에 살고 있었다. 우리의 도착으로 계약은 끝났지만 그들은 떠나지 않았고, 따라서 한동안은 그들과 함께 살아야 할 터였다. 그 집에는 실내 화장실이 없었다. 정원에 구덩이를 파서 만든 변소뿐이었다.

이전에 우리는 할머니네 차고에서 살았다. 왜 아버지가 어머니와 나와 함께 있지 않았는지는 기억나지 않지만, 어느 날 아버지가 나타났고 며칠 뒤 우리는 이사를 위해 모든 짐을 싣고 있었다. 그러곤 그 마을과 원주민인 할머니를 뒤로하고 벽지로 떠났다. 말도 안 되는 일이었다. 적어도 할머니네 차고에서 살 때는 할머니네 화장실을 사용할 수 있었고, 모두 서로 가까이에 있었다. 나는 사실은 이모

할머니지만 우리 어머니보다 훨씬 더 젊은 로자 이모에게 정이 든 상태였다. 이제는 밤중에 밖으로 나가고 싶지 않으면 양동이에 소변을 봐야 했다.

우리가 밤중에 위험을 무릅쓰고 밖으로 나가기를 꺼려할 까닭은 충분했다. 덤불이 사방을 둘러싸고 있는 데다, 얼마 지나지 않아 이웃들이 그곳에 도사린 위험 요소들에 대해 경고해준 터였다. 여우, 퓨마, 뱀, 거미 등 그 지역의 다양한 동물들이, 우리가 등을 돌리는 순간 우리를 게걸스레 먹어치울 준비를 마친 상태였다. 내가 몹시 싫어한 그 집에 대한 보상인 양 정원 옆에는 개울이 흐르고 있었다. 그것은 완벽했다. 그 물은 마실 수 있었다. 개울은 우리가 마시고 씻고 빨래를 하는 등 온갖 용도로 쓰는 우물에 물을 공급해주었다. 물의 기적이었다.

그해 초, 그러니까 여름에 이사했기 때문에 처음 몇 주 동안 개울은 피난처였다. 물속에서 더 깊숙이 들어가려고 몇 시간씩 모래를 파 내려갔다. 그러는 사이 부모님은 박쥐들에게 서식지를 제공하는 높은 천장과 들보를 갖춘 낡은 집을 복구했다. 내 방에는 창살과 덧문이 달린 창문이 하나 있었는데, 덧문이 너무 높아 혼자서는 절대로 열 수 없었다. 빛이 필요하면 다른 사람에게 부탁해야 했다. 하지만 나는 눈에 띄지 않는 존재였기 때문에 내 방은 하루

종일 어두컴컴했다.

눈에 띄지 않으며 제자리를 벗어난 어린아이. 벽지의 아이. 퀴어인 시골뜨기.

아버지는 그 집을 처음 방문했을 때 그곳이 아르헨티나 교육의 아버지 사르미엔토[38]의 어머니인 도냐[39] 파울라 알바라신의 집이었다는 말을 들었다고 했다. 이를 증명하는 명판이 있었지만 나는 아직 읽을 줄 몰랐다. 그 말이 사실인지 아닌지는 결코 알 수 없을 것이다. 어쨌든 나는 역사의 기운이 감도는 집에서 살았다.

그사이 세입자들이 마침내 이사를 나가 우리끼리 지내게 되었다. 우리가 그 마을에서 지낸 지 몇 주쯤 되었을 때였다. 나는 학교에 다녔다. 일곱 개 학년이 모두 같은 교실에서, 칠판을 일곱 부분으로 나누어 같은 선생님께 배우는 시골 학교였다. 서서히 우리는 이 새로운 생활 방식에 익숙해졌다. 마을에는 두 개의 상점이 있었는데, 그중 한 상점은 우리 어머니를 화나고 의기소침하게 만드는 터무니없는 값을 요구했다. 신부는 한 달에 한 번 마을에 와서 미사를 올렸고, 의사도 비슷한 간격으로 방문하여 잡화점에

---

38 도밍고 파우스티노 사르미엔토. 아르헨티나의 작가, 교육자, 정치가. 아르헨티나 최초의 민간인 대통령으로 재임시 공립교육 육성, 상업 및 농업 발전, 고속 수송 및 통신 개발 등 국가 발전의 기반을 닦는 데 힘썼다.
39 '부인', '여사'라는 의미의 스페인어.

딸린 곁방에서 환자들을 진찰했다.

우리 맞은편 집에는 도냐 카르멘과 돈 랄로가 10대인 딸과 함께 살았다. 그들은 정말로 아주 친절했다. 때때로 내가 가면 만화를 보게 해주었다. 고귀하디고귀한 우리 집에는 전기가 들어오지 않았다. 우리가 지루함을 잊고자 도로에 지나가는 자동차들을 세고 밖에 나가지 않기 위해 양동이에 소변을 보며 소박한 시골 생활에 익숙해지기 시작했을 때, 나를 이름 대신 호모라고 부르는 새로운 동급생들의 잔인함에 내가 익숙해진 바로 그 순간에, 아버지가 떠나겠다고 선언했다. 아버지는 일을 해야 한다며 어머니와 나를 이 세상에서 가장 지긋지긋한 곳인 로스 사우세스에 둘만 남겨두었다. 어머니는 말했다. "아니, 당신은 그 여자랑 함께 있으려고 떠나는 거야." 아버지는 반항한다는 이유로 어머니를 때렸고, 이튿날 도로를 따라 지나가는 자동차를 얻어 타고 떠났다.

며칠 동안 어머니는 계속 울며 줄담배를 피웠다. 박쥐들이 정답게 자장가를 속삭이고 전기도 들어오지 않는 그 크고 어둡고 위험한 집에서 어머니가 어디에 있는지 알고 싶으면 담배 연기 흔적을 따라가기만 하면 됐다.

나는 슬픔에 잠긴 어린 요정[40]이 되었다.

다행히 이웃 사람들이 어머니를 딸처럼 받아들인 덕에

모든 것이 수월해졌다. 스물일곱 살이던 어머니는 이웃집의 10대 딸과 친구가 되어서 더 이상 그리 외롭지 않았다. 하지만 동성애적 성향이라는 오점으로 얼룩진 나는 단 한 명의 친구도 사귀지 못했다. 시골의 우울한 외로움은 내 운명이었다. 귀뚜라미, 붉게 물든 하늘, 야행성 짐승들로 인한 고통도 마찬가지였다. 다행히 개울이 있어서, 그 정화수에 모든 것이 씻겨 내려갔다. 개울가에는 뉴트리아 가족이 살고 있었다. 멋진 암회색 털을 가진 거대하고 길쭉한 쥐 같은 그 짐승들은 좀처럼 물 밖으로 나오지 않았다. 그리고 학교에서 가장 잘생긴 남학생도 있었는데, 7학년인 그는 쉬는 시간이면 나를 자기 무릎에 앉히곤 했다. 그가 나를 호모라고 부르면 나는 너무 좋았다. 때때로 그는 나를 화장실로 데려가서 자기 반바지에 내 손을 밀어 넣어 뜨겁고 고약한 냄새가 나지만 말은 잘 듣는 작은 뱀을 만지게 했고, 그러면 그것은 금세 아주 단단해졌다. 그가 내게 성기를 손으로 만지는 법을 가르쳐주었다. 우리 둘 다 운이 좋아서 한 번도 걸리지 않았다. 심지어 여섯 살 때도 나는 그렇게 만져대는 행위가 어떤 결과를 초래할 수 있는지 알고 있었다.

---

40 속어로 '호모'를 뜻하기도 한다.

육체에 이끌리는 호모 소년.

때때로 아버지는 보살필 동물을 데리고 돌아왔다. 처음에는 암탉이었다. 닭들을 정원에 풀어놓고, 닭장을 짓고, 돌보는 법을 배운 지 얼마 지나지 않은 어느 날 아침 일어나보니 닭들이 모두 죽어 있었다. 이웃들은 덤불에 여우와 대형 고양잇과 동물들이 가득하다고, 덫을 설치하지 않으면 포식자들이 동물들을 죽일 거라고 다시 한 번 일깨워주었다.

아버지는 집 주변 곳곳에 덫을 놓았다. 가끔 우리는 고통과 분노 속에 죽어가는 여우를 우연히 발견하곤 했다. 어떤 때는 퓨마도 걸렸다. 아버지는 그들이 고통을 겪지 않도록 모두에게 최후의 일격을 가했다. 그러던 어느 날 우리는 실수로 덫에 걸린 뉴트리아를 발견했다. 그 얼굴에 어린 증오에 겁이 났다. 뉴트리아는 더 이상 물을 가르며 아주 우아하게 헤엄치는 작은 동물이 아니라, 복수를 벼르는 야수였다. 덫에 걸린 동물들의 증오는 특히 그들이 털을 곤두세운 모습에서 분명하게 드러난다. 만약 자유의 몸이 된다면 그들은 주저하지 않고 온 가족을 잡아먹을 터였다. 어머니와 아버지를, 그런 다음 나까지도 게걸스레 먹어치울 것이었다.

덫에 걸린 동물들의 분노는 아버지가 고기를 팔기 위해 도축한 돼지와 염소와 다른 동물들의 눈에서 보았던 것과 똑같았다. 아버지는 어머니와 나에게도 이런 도륙에 참여하기를 강요했고, 우리를 도살의 공범으로 만들었다. 어머니는 아버지가 아무짝에도 쓸모없는 인간이라고 소리를 지르는 동안 눈길을 돌리고 다리를 더 세게 잡아 쓸모 있는 사람이 되어야 한다는 것을 알았다. 대상이 어머니가 아닐 때는 바로 나였다. 무력감에 빠져 울고 있는 쓸모없는 호모 소년 말이다.

그곳에서의 삶이 너무 힘들어서 나는 아버지에게 무언가 정말 나쁜 일이 일어날 것이라고, 언젠가 그 동물들 중 한 마리에게 잡아먹히고 털과 깃털과 비늘과 피투성이 내장 더미 아래에서 그들이 당했던 것처럼 아버지의 내장도 뽑힐 것이라고 생각했다. 아버지가 저지른 그 모든 해악, 때로는 어머니의 손아귀에서, 때로는 내 손아귀에서 벗어나려 안간힘을 쓰며 불쌍하게 죽어간 생명체들이 뿜어낸 그 모든 증오 때문에. 동물들의 비명과 절망, 고통스럽고 끝없는 탄식은 내게 견디기 힘든 악몽을 안겨주었다. 벽지에서 산다는 것은 열기와 분노 속에 사는 것이었다. 아버지는 학대의 기술을 가르치고, 어머니는 조종의 기술을 가르쳤다. 아들은 여섯 살에 닭을 죽이는 법을 배웠다.

덫에 걸린 사나운 동물들의 눈길에 대한 공포가 수년간 내게 남아 있었다. 그들은 죽게 되리라는 걸 알았고, 뭐라도 해보라는 내면의 명령을 받았다. 게거품과 분노가 소용돌이치는 송곳니에 그들의 삶 전체가 달려 있었다.

그것은 아버지가 술을 마실 때의 모습과 꼭 같았다. 아주 오랫동안 죽음과 밀접하게 지내왔기에 아버지의 내면에도 똑같은 분노와 증오가 박혀 있었다. 아버지는 스스로의 덫에 걸린 채, 동물들과 똑같은 방식으로 우리를 쳐다보았다. 그 덫은 아버지가 자기 집안에서 태어났다는 사실이었다.

수년이 지난 뒤, 나는 두 명의 트라베스티가 싸움을 벌이는 동안 그런 사나운 모습을 다시 보게 되었다. 벽지의 야만적인 삶이 다시금 나를 찾아낸 듯했던 수많은 밤 중 어느 밤에 있었던 일이다. 사람은 누구나 때로는 피해자가 되고, 때로는 가해자가 된다. 그때 우리는 모두 게이 전용 디스코텍 출입구에 모여 길거리에 설치된 작은 노점 한 곳에서 커피를 사 마시려던 참이었다. 아직 동이 트기 전이었다. 어둠 속에서 더 강한 힘에 내몰린 한 육체가 튀어나왔다. 아스팔트에 쓰러진 트라베스티는 몸을 뒤틀며 애써 다시 일어서더니, 물러서지 않고 상대에게 달려들었다.

그들은 서로를 산 채로 잡아먹을 태세였다. 시바[41]보다도 팔이 많아 보일 정도로 정신없이 주먹을 휘둘렀다. 구두, 지갑, 귀걸이, 피, 손톱, 붙임머리, 인조 속눈썹, 치아 따위가 허공을 날아다녔고, 우리 아버지가 도끼 등으로 이마를 정통으로 내리쳐 기절시킬 때 돼지들이 그랬던 것처럼 둘 다 날카롭게 씩씩거렸다.

우리 중 중재를 시도한 사람들은 노력한 보람도 없이 발에 차이고 생채기가 났다. 경찰도 중재를 시도했지만 같은 방식으로 밀려날 수밖에 없었다. 왜 시작했는지, 또는 누가 시작했는지 아무도 모르는 그 싸움이 저절로 끝날 때까지 그냥 기다려야 했다. 한 쌍의 트라베스티가 그런 식으로 서로를 공격하는 모습은 정말이지 소름 끼쳤다. 손에 너무 많은 피가 묻어 마치 장갑을 낀 것처럼 보일 지경인 그들 두 사람을, 다른 트라베스티들이 얻어맞아가면서 질질 끌어 떼어놓았다. 결국 우리 모두는 긁히고, 맞고, 둘 중 하나 또는 둘 모두의 피를 뒤집어쓰며 그들의 잔인한 행동에 대한 대가를 치렀다. 모두 경찰서에 가서 어쩔 수 없이 진술을 하고, 차에 태워져 거친 대접을 받고, 감방으로 떠밀려 들어가야 했다. 경찰은 우리를 구금하고 못 쓰

---

41 힌두교의 파괴와 생식의 신으로, 네 개의 팔, 네 개의 얼굴, 그리고 과거, 현재, 미래를 투시하는 세 개의 눈을 가졌다.

게 된 장신구 다루듯이 조롱했다. 두 트라베스티의 잔인한 눈빛, 싸우는 그들의 증오에 찬 눈길. 술을 너무 많이 마셨을 때 우리 아버지의 눈빛이 바로 그랬다. 강철 덫에 걸린 동물들은 모두 그런 눈빛이다.

지금껏 내 기억에 남아 있는 또 하나의 눈빛이 있다. 이 눈도 비명을 질렀지만 이번에는 애정이 담긴 비명이었다. 그는 매월 초, 월급을 받은 직후에 찾아왔다. 그는 목발에 의지해 돌아다녔고, 몸이 한쪽으로 완전히 기울어 있었다. 다리가 약하고 기형이었지만, 가슴과 얼굴은 완벽하며 아귀 힘이 셀 뿐 아니라 몸을 지탱하려 애쓰느라 탄력이 붙은 팔은 세상에서 가장 아름다웠다. 그런 얼굴과 몸에 그렇게 쓸모없는 다리가 달려 있다는 것을 믿을 수 없는 듯, 그는 나머지 부분의 아름다움을 더욱 두드러지게 할 뿐인 장애에 대한 분노를 품고 살았다.

그는 거칠었고, 육체의 상태로 인해 냉담해져 있었다. 그럼에도 숨이 멎을 정도로 잘생긴 사람이었다. 그는 내 엉덩이 사이의 냄새를 맡기 위해 돈을 지불했지만, 너무나도 게걸스럽게 탐했기에 마치 사랑을 나누고 있는 듯 느껴졌다. 그는 벌어들인 돈을 나 같은 창부에게 모조리 다 썼고, 중등학교 시험 감독관으로 받은 그의 월급은 내 둔

부 사이로 들어갔다. 그에게 이는 나와의 연결을 느낄 수 있는 기회요, 우리가 우리라는 이유로 경험하는 죽고 싶을 만큼의 고통을 공유하는 행위였다. 그는 내 넓적다리를 세게 움켜쥔 채, 격한 분노가 깨워낸 거친 숨이 입김으로 변할 때까지 저 아래쪽에 계속 머물러 있었다. 만일 내가 부탁한다면 나를 자기 아내로 맞으리라는 것이 느껴졌다. 세상으로부터 나를 지켜줄 그의 거대한 페니스, 그리고 그와 함께하는 밤보다 더 다다르기 쉬운 낙원은 생각해낼 수 없었다. 그런 남자가 수중에 있는 급료를, 열대 과일처럼 달콤하면서도 쌉싸름한 그 돈을 모조리 건네줄 준비를 하고 찾아왔던 것이다.

그러던 어느 날 나는 그에게 더 이상 돈을 요구하고 싶지 않다고, 마음 내킬 때 언제든 와도 되지만 내게 돈을 지불할 필요는 없다고 말했다. 그는 불쾌해했다. 내 동정을 바라지 않는다고 대꾸한 뒤 떠나서 다시는 돌아오지 않았다. 얼마 후 거리에서 그를 보았다. 옷을 아주 잘 차려입고 부모님과 함께 길을 가는 중이었다. 대단치 않은 부모. 우리 둘 다 그런 부모님을 두었지만 거리 곳곳에, 건물마다, 흐릿해 보이는 나무마다 스며들어 있는 그의 다정함이 느껴졌다. 그 다정함이 공기를 바꾸고 산소를 애정의 매개체로 변모시켰기에 나는 어디에서나 그것을 알아볼 수 있었다. 그는 휠체어를 타고 있었다. 우리는 처음 만난 사이인 양 서로를 쳐다보았다. 지금 여기서 한 번 더 말하는데, 나는 그를 남편으로 원했다. 하지만 이제 모든 것이 달라졌다. 그의 눈빛도, 내 눈빛도, 그 뜨겁던 시에스타의 습관과 내 엉덩이 사이에 와 닿던 그의 입김을, 나무 몸통에 난 구멍인 양 내 엉덩이에 대고 속삭이던 증오를 감히 떠올리지 못한다.

나탈리는 매달 집 안쪽에 있는 방에 자발적으로 갇혔고, 한 손에는 아이를 안고 다른 한 손에는 산탄총을 든 엔카르나 아줌마가 그곳을 지켰다. 방문은 굵은 쇠사슬과 거대한 맹꽁이자물쇠로 잠겨 있었다. 나탈리는 자기 가족 중 일곱 번째[42] 아이이자 생물학적 성별이 남성인 딸이라 보름달이 뜨는 밤마다 암컷 늑대로 변했다. 우리가 주의를 기울이지 않으면 나탈리는 결국 다치고, 가장 선정적인 언론사를 제외하고는 모두가 술김에 본 환영이라 일축할 법한 소란을 피운 뒤 옷이 갈기갈기 찢긴 채 나무 밑에서 깨어나곤 했다. 그녀는 일곱 번째 아이로 태어난 생물학적 남성인 딸이라는 신분 때문에 전통에 따라 제 세례식에 참석했던

---

42 전설에 따르면, 일곱 번째 아이나 붉은 반점을 가지고 태어난 아이는 자라서 늑대 인간이 된다고 한다.

알폰신 대통령[43]의 대자녀가 되었고, 이후 그녀의 모든 가족, 그리고 그들과 가까운 사람들은 페론주의자들보다 급진당을 지지했다. 그 전까지는 그들 중 정치에 조금이라도 관심을 보인 사람이 아무도 없었는데 말이다. 나탈리는 훌리오 이글레시아스[44]의 〈나탈리〉를 들을 때마다 제 처지에 대해 푸념하며 보름달이 뜨는 밤에 자발적으로 갇혀 있지 않으면 끔찍한 일을 저지르게 될 것이라고 주장했다. 그래서 엔카르나 아줌마의 집으로 이사를 와서는, 매달 자신이 난폭해지면 사슬로 묶어두거나 약을 먹이거나 이마를 세게 때려 기절시켜달라고 아줌마에게 부탁했다. 짐승으로의 변신이 그녀의 몸에 무시무시한 결과를 초래했기 때문이다. 우리는 일하러 나가기 전에 잠시 문 앞에 서서 그녀의 곁에 있어주거나 노래를 불러주거나 상태가 괜찮은지 물어보곤 했다. 하지만 나탈리는 대부분 으르렁거리는 소리로만 답했다. 아주 드문 경우에만 위스키를 많이 마셔서 쉰 것 같은 트라베스티 특유의 목소리로, 결코 아무렇지도 않을 수는 없으니 그냥 내버려두라고 대답했다.

나탈리에게 평온이란 결코 존재하지 않았다. 그녀는 언

---

43 라울 알폰신. 아르헨티나의 민주화를 위해 노력한 정치인으로 제45대 대통령을 역임했다.
44 스페인의 국민 가수이자 라틴 발라드의 황제라 불리는 훌리오 이글레시아스가 1983년 발표한 곡인 〈나탈리〉를 말한다.

어장애인인 마리아와 마찬가지로 동물로 변하는 저주를 받은 데다, 우리 모든 트라베스티와 마찬가지로 급격한 인격 변환까지 겪었으니 말이다. 가여운 나탈리는 개, 늑대, 트라베스티가 그러듯 점점 더 빠른 속도로 노화하여, 제 처지로 인해 피폐해진 채 요절했다. 인간인 트라베스티에게는 각각 7년의 시간이 주어진다.

가장 슬픈 점은, 남은 시간 동안 나탈리가 그녀의 눈 속에 반짝이는 빛의 배에 바람을 불어넣고 함께 까꿍 놀이를 하며 아이와 아주 잘 지냈다는 것이다. 나탈리가 너무도 친절했기에, 우리는 어두운 방에서 이빨을 드러내고 으르렁거리는 야수와 그 달의 나머지 기간 내내 집 안 모든 이들의 사랑을 받는, 혼혈인의 용모를 지닌 작은 여성을 일치시킬 수가 없었다. 하지만 동시에 나탈리가 인간의 뼈를 잘 익은 과일처럼 으스러뜨릴 수 있는 이빨을 가지고 있음을 우리 모두 잘 알았다.

결국 우리는 나탈리의 주기에 맞춰 분홍색 집의 일상을 정리했다. 마치 무리 전체가 월경을 하는 것 같다고 얘기하면서. 나탈리를 저버릴 수는 없기에, 경계를 늦추어선 안 된다는 생각으로 음력을 따랐다. 매달 우리는 그녀가 늑대의 모습으로 돌아가 죽어가는 것을 보았고, 매달 그녀는 조금씩 더 쇠약해진 채 방에서 나왔다. 그녀를 위해 우리가 해줄 수 있는 일은 아무것도 없었지만, 그녀는 내가 아는 모든 트라베스티 중에서도 가장 용감하고, 두 배나 늑대다우며, 곱절이나 야수다웠다.

나탈리의 생애 마지막 몇 달 동안, 도시의 특권층 거주구역 중 한 곳 출신으로 밤에만 트라베스티가 되고 낮에는 남성의 가면을 쓴 채 사는 한 쌍의 트라베스티 자매가 공원으로 우리를 찾아왔다. 상류층의 부유한 아이들이었다. 그들은 마치 참회자처럼 부끄러운 척 종종걸음으로 우아하게 걷고 그들 계층의 모든 면책특권을 누리면서 우리가 가는 곳마다 따라다니다가 결국 모임에 합류하게 되었지만, 트라베스티들은 그 둘을 신뢰할 수 없다는 반응을 보였다. 하지만 그럴 때 그들은 샤넬 가방을 열어 부모님이 집을 떠나 전 세계를 여행하는 동안 훔쳐낸 고급술을 꺼냈다. 우리에게 그 술은 맛이 쓰고 강했는데, 어떤 사람들이 사치품에 쓸데없이 돈을 낭비하면 일어나는 일이다. 우리는 좋은 술을 음미하는 법을 몰랐고, 그 술 때문에 당황했다. 다들 값싼 위스키, 진, 럼, 또는 클로나제팜이나 코카인이나, 선택의 여지가 없다면 소다수를 섞은 아니스가 주는 무딘 충격에 익숙했던 것이다. 값비싼 술, 윤기 나는 피부, 수입 화장품을 가진 이 여성들로 인해 우리의 조악한 면모가 적나라하게 드러났다. 그들이 이모들에게서 물려받은 천연

모 가발은 우리의 건조하고 잡종견 털처럼 부스스한 더벅머리와 사뭇 달랐다. 우리는 그들을 '까마귀들'이라 불렀는데, 그들이 우리와 함께 쓰레기통 뒤지기를 좋아했기 때문이다. 하지만 그들이 왜 찾아왔는지, 그 진의를 결코 알 수 없으리라는 걸 다들 알고 있었다. 거리의 여자들, 가출한 사람들로 구성된 잡다하고 문제 많은 우리 무리의 매력이 대체 무엇이었을까? 우리는 인사불성이 되고 무감각해져야만 견뎌낼 수 있었다. 하지만 그들은 어머니의 멋진 블라우스를 입고 고혹적인 향수의 후광에 싸여 우리에게 찾아와 우리의 가난과 보잘것없는 출신, 그러니까 비닐 테이블보와 조잡한 미송 가구, 우리가 물려받기 전에는 친척들의 몸을 덮었던 더러운 담요들 따위를 다시 한 번 떠올리게 했다. 더하여 우리는 그들이 남성으로서 향유하는 이중생활 때문에 그들을 더더욱 불신했다. 거짓말은 하지 않겠다. 우리 중 많은 사람들이 때때로 잠시 남성으로 돌아가 남성의 몸을, 우리가 부인하고 때로는 증오하기까지 하는 겉모습을 슬그머니 택해 수치스러운 길을 따라갔다. 하지만 까마귀들에게는 우리의 속을 뒤집어놓는 구역질 나는 남성적 분위기가 배어 있었다. 단순히 그들이 커밍아웃 하지 않았다는 사실보다, 그렇게 지내는 것이 그들에게 더 쉽다는 사실이 문제였다. 그들의 평안은 우리의 불편을 두드러게 했다. 애초에 우리에게는 성 정체성을 숨길 기회조차 없었으니까. 우리는 우리의 타고난 겉모습 덕분에 정체성을 드러낼 수밖에 없었다. 그래서 그들을 마음속 깊이 미워했다. 그리고 그들은 우리가 필요했기 때문에, 그러니까 그들 자신의 특권을 일깨우는 일에 우리가 절대적으로 필요했기 때문에 우리를 미워했다. 비록 우리에게 선물을 가지고 왔고, 자기들 어머니가 충분히 고급스럽다고 생각하지 않는 향수나 이미 많이 입은 유명 디자이너의 옷이나 화려한 과거가 담긴 낡은 지갑을 공손한 태도로 건네기는 했지만 말이다. 자신들도 우리처럼 되고 싶다고 항변했지만 이런 찌꺼기들은 우리 사이의 간극을 강조했다. 그들은 우리를 모방했으나 계급의 장벽을 넘지는 못했다. 여러 개의 언어를 구사하는 그들은 물론 우리의 언어도 잘했고, 우리가 걷는 방식을 흉내 냈으며, 우리의 성매매 고객들과 섹스를 했다. 다만 돈을 달라고 하지는 않았다. 그들이 그렇게 한 건 마음껏 즐기기 위해서였다. 몸을 파는 일이 그들이 선택할 수 있는 유일한 것이어서가 아니었다. 그들은 그저 재미 삼아 다른 사람의 삶을 살아보고 있을 뿐이었다.

물론 반항을 일으키는 그들의 매력은 적잖은 사람들의 눈길을 사로잡으며 고조된 욕망과 열망을 품게 했다. 언어장애인인 마리아는 그들처럼 옷을 입고 싶어 했다. 어느 날 그녀는 중심가의 한 고급 상점에 갔다. 여성 판매원들은 마치 유령이라도 본 것 같은 표정이었다. 마리아는 깡마른 몸에 피부가 까무잡잡하고 팔은 깃털로 덮인 모습으로, 입만 움직여 짹짹거리는 작은 소리를 냈다. 다른 뜻 없이 하는 말인데, 화려하게 꾸민 어린 여점원들에게 그것은 악몽 같은 광경이었다. 마음만 먹으면 우리 세계로 성큼성큼 걸어 들어올 수 있는 까마귀들처럼 가여운 마리아도 다른 세계로 들어가려고 했을 뿐이다. 하지만 거꾸로 이동하는 것은 허용되지 않았다. 점원들은 두려움과 적의에 차 비웃으면서, 경비원을 불러 마리아를 다시 거리로 밀어냈다. 마리아는 완전히 새로 변신할 때까지 두 번 다시 자기 위치를 잊고 일을 저지르려 하지 않았다.

동물적인 지혜를 가진 엔카르나 아줌마는 까마귀들에게 우리보다 훨씬 더 냉정한 태도를 보였다. 서서히, 그녀는 우리 몰래 수군수군 험담을 나누는 이 두 낯선 사람이 정말로 누구인지, 모든 질문에 준비된 답을 가지고 있고, 어느 날 길거리에서 우연히 우리를 발견하면 눈길을 마주치지 않기 위해 별안간 배낭에서 무언가를 찾아야 하고, 아빠가 준 차를 몰아 공원에 오지만 조심스럽게 주차하고, 우리 트라베스티들은 미래에 대한 감각이 없다 단언하고, 대번에 우리의 취향 부족을 비난한 이 여자들이 누구인지 우리에게 알려주었다. 엔카르나 아줌마가 더없이 적절하게 칭했듯이, 이 두 낯선 사람의 눈길에는 무언가 죽은 것이 있었다. 그들이 지는 법을 모르며, 아무도 그것을 그들 양육의 일부로 삼지 않았다는 것을 우리에게 암시하는 무언가였다. 그들은 오직 이기는 데만, 주어진 기회를 이용하는 데만 관심이 있었다. 그들이 우리와 함께한 것은 위험을 감수하지 않고도 여성이 될 수 있는 유일한 방법이라고 생각했기 때문이다.

하지만 여전히 그들은 스스로 정체를 드러냈다. 예를 들어, 그녀의 눈 속에 반짝이는 빛과 함께 있을 때면 전혀 그들답지 않은 순진한 태도로 아이에 대해 상처가 되는 말들을 했다. 그들이 아이를 품에 안아 얼러도 나는 속아 넘어가지 않았고, 마리아 역시 마찬가지였다. 상점에서 있었던 사건 이후 마리아는, 어쩌면 엔카르나 아줌마보다도 훨씬 더 그들을 싫어했다. 나탈리의 마지막 생일 파티 때 마리아는 그들을 홀로 죽지 않으려고 계속 함께 지내는 한 쌍의 늙은 신흥 재벌처럼 보이게 하는 끔찍하고 값비싼 드레스에 펀치 한 통을 들이부었다. 그들은 마리아를 쓰레기 같은 인디오라고 부르며 난리를 쳤다. 그러자 나탈리가 케이크를 자르느라 쓰고 있던 큰 식칼을 잡아 테이블에 박아 넣고는 화난 어조로 한 번 더 말해보라고, 자기 친구를 다시 모욕해보라고 을러댔다. 그들은 교활했기 때문에 우리는 모두 인디오이고 악의는 없었다고, 여기서는 모두가 친구라고 말하며, 특권계층 특유의 태도로 즉시 사과했다.

나는 그들에게 반짝이는 빛을 소개하는 것은 위험하다고 생각했다. 하지만 엔카르나 아줌마에게는 그들이 무슨 짓이라도 벌이려 할 경우 그들의 삶을 골치 아프게 만들어줄 모든 수단과 인맥이 있었다. 어느 날 아줌마는 농반진반으로, 만약 그들이 한 번이라도 자신이 입양한 아들을 배신한다면 그들이 사는 곳을 알고 있으니 아주 기꺼이 그곳을 홀랑 태워버릴 뿐 아니라 코르도바 전체에 그들이 여장을 하고 공원에서 우리와 어울려 다닌다는 사실도 알리겠다고 했다. 엔카르나 아줌마는 종종 그랬듯 미소를 머금은 채 그들의 눈을 똑바로 쳐다보며 이렇게 말했다. "어쨌든 너희 같은 가문들의 대저택을 홀랑 태워버린다고 해서 무슨 해가 되겠어? 건국자 가문들, 자기들 부의 찌꺼기가 그다지 고귀하지 않은 사람들의 머리 위로 흘러내리도록 내버려둔 명문가들. 어떤 피해가 있겠어? 잃을 게 뭐가 있어?" 아줌마는 까마귀들을 뚫어져라 쏘아보며 과장스럽게 물었다. 우리는 웃음을 터뜨렸지만, 그 위협이 더없이 진심이라는 것을 알고 있었기에 불안하기도 했다. 게다가 이 부르주아 여성들이 그 사실을 아는지도 확신할 수 없었다. 화려한 매력은 있어도 그다지 영리하지는 않은 이들이니까.

민중의 성인, 기적을 행하는 사람, 기독교인들이 훔쳐 간 인디오의 신화적 인물, '디푼타 코레아'로 알려진 데오린다 코레아는 열 살이다. 그녀의 어머니는 죽고 없다. 그녀는 시골 한가운데 있는 집에 혼자 있다. 그녀는 잠을 자려고 눕는다. 삶은 거대하고 아득하다.

그녀의 아버지가 술에 취해 집으로 돌아온다. 방에 들어간 아버지는 잠든 그녀의 모습을 보고 그녀의 어머니로 혼동한다. 딸 위로 몸을 구부리고 소녀의 땀 냄새를 맡는다. 그로 인해 어지럽고 조금 메스꺼워지지만, 그래도 아이의 입에 키스한다. 잠에서 깨어난 데오린다는 삶과 밤의 내재성으로 인해 꼼짝도 못 하고 얼어붙는다. 그렇게 그녀는 자신의 첫 번째 커다란 비밀을 알게 된다.

어둠 속에서 무언가 시작되었다. 나는 지금 내 어둠에 대해 이야기하고 있다. 나 자신에 대해 이야기하고 있다. 내게 하느님이 직접 흙 몇 움큼을 억지로 먹이는 느낌에 대해 이야기하고 있다.

어느 날 밤, 우리는 우리 무리 중 하나가 쓰레기봉지에 싸여 죽은 채 그녀의 눈 속에 반짝이는 빛이 발견되었던 바로 그 배수로에 누워 있는 것을 발견했다. 경찰을 피해 숨어 있던 중이었는데, 경찰들이 그 지역을 둘러보며 감옥에 수감할 창부들을 새로 보충하고 자기들의 잔인성을 배출할 수단을 찾던 터였다. 다들 통굽 구두와 스틸레토 힐을 신은 채 산토끼처럼 단테 거리를 가로질러 건너고 덤불과 구덩이를 뛰어넘어 배수로에 뛰어든 뒤 시체처럼 가만히 누워 있었는데, 바로 그때 악취와 파리가 우리에게 다가왔다. 엔카르나 아줌마는 손톱으로 봉지를 뜯었다가 친구의 흉측하게 훼손된 얼굴과 맞닥뜨렸다. 이미 구더기 떼가 자리를 잡아 그녀를 몸 안쪽에서부터 바깥쪽으로 먹어치우고 있었다. 엔카르나 아줌마는 하늘에 가 닿을 만큼 큰 소리로 절규했다. 어째서? 어째서? 아줌마는 죽은 여자의 머리를 잡고 품에 꼭 끌어안았다. 눈물이 아줌마의 뺨을, 우리 모두의 뺨을 타고 흘러내렸다. 어째서? 어째서? 아줌마는 시신의 머리를 땅바닥에 세게 내리쳤다. 마치 그것을 깨뜨리려는 것처럼. 어째서? 어째서? 구더기가 튀어나오고 파리가 윙윙거리며 돌아다녔다. 엔카르나 아줌마는 그 머리로 계속 땅바닥을 때리면서 눈물과 콧물 범벅이 된 채 몇 번이고 되물었다. "어째서 자신을 방어하지 않았어? 어째서 자신을 방어하지 않았어?" 마리아가 진정시키려 해봤지만, 엔카르나 아줌마는 그녀를 사납게 깨물고는 누구든 이 비겁한 짓을 저지른 자에게 복수하겠다고 맹세했다. 우리 중 한 명을 죽였다. 트라베스티를 죽였다. 명백한 잔학 행위였다.

한편 아이는 엔카르나 아줌마의 품에서 자라나고, 먹고, 잠을 잤다. 피부가 까무잡잡하고 활기찬 아이였다. 욕구로 가득한 아이의 울음소리가 온 집 안에 울려 퍼지며 우리를 미치게 했다. 엔카르나 아줌마는 방세로 먹고살면서 원만하고 관대해졌다. 마침내 백일흔여덟 살 나이에 평온한 삶을 살게 된 것이다. 아기의 씁쓸한 냄새가 아줌마의 침대를 향기로 채웠다. 아줌마는 그 애를 사랑했다. 우리 모두 그 애를 사랑했다. 아이는 우리를 보고 방실 웃으며 잠이 들었다. 눈에 넣어도 아프지 않을 만큼 소중한 아기였다. 디푼타 코레아의 독실한 추종자인 엔카르나 아줌마는 아기가 실제로 그 성인의 아이라고 말했다. 사람들은 이야기의 그 부분, 그러니까 사르미엔토 공원에서 일하는 한 무리의 트라베스티들이 아기를 키웠다는 것을 알지 못한다.

산드라는 무리 안에서 가장 슬픈 트라베스티였다. 우리는 항상 이런저런 말도 안 되는 일로 그녀를 위로해야 했다. 그녀는 어쩌다 우울함에 마음을 빼앗기게 되었을까? 우리는 슬픔이 사람을 압도하도록 두어서는 안 된다고, 그것은 잘못된 일이라고 여겼다. 물론 슬픔을 느끼지 않으려면 돌로 만들어져야 되겠지만, 산드라의 슬픔은 그 정도가 아니었다. 그것은 한계를 넘어선 슬픔, 영혼 속에 아주 오랜 시간 숨어 있다가 산들바람처럼 조금씩 부드럽게 스쳐 가는, 그런 유형의 슬픔이었다.

산드라가 한 고객 앞에서 눈물을 흘렸다. 고객은 화를 내며 손등으로 그녀를 때렸다. 이에 산드라는 얼굴에 상처를 입었고, 그 뒤에 숨겨져 있던 악의에도 상처를 입었다. 그녀의 얼굴은 슬픔으로 일그러졌다. 그녀의 남자 친구도 가만히 맞고만 있었다는 이유로, 감정을 추스르지 못한다는 이유로 그녀의 명치를 때렸다. 산드라의 슬픔은 그녀가 항상 폭력에 시달린다는 의미였다. 내가 이 글에서 폭력이라는 단어를 대체 몇 번이나 썼을까?

나 역시 무엇을 해야 할지, 어디에 숨어야 할지 몰라서 도시를 헤매고 다녔다. 사랑이 찾아오지 않았기 때문이다. 내 젊음은 손가락 사이로 스르르 빠져나갔고 사랑은 찾아오지 않았다. 그래서 나는 고통스러웠다. 거절당하는 것도 고통스러웠다. 하지만 가장 끔찍한 것은 사랑의 부재였다. 해결책은 진정제 서른 알, 항경련제 몇 알, 부모님께 보내는 편지 한 통이었다. 힘이 사라져가는 것, 그러니까 우리 나름의 방식으로 살아갈 힘이 점점 빠지고 있다는 것을 느꼈을 때, 내 안의 무언가 동거인들에게 도움을 요청했다. 반발심이 솟구치는 것 같았다. 죽음은 나약함 속에 도사리고 있으니까.

이런 겁쟁이, 비겁하고 음울한 매춘부 같으니. 비겁한 사람은 정말이지 매력 없어. 내 안에서 치밀어 올랐던 그 외침은 진심에서 우러난 것이었고, 내 몸은 죽을 준비가 되어 있지 않았다. 결코 다시는 모든 것을 끝내고 싶다는 유혹을 받지 않을 것이다. 이제 그것은 나를 부끄럽게 하는 부르주아적인 나른함과 함께 가끔 찾아오는 가벼운 자살 충동일 뿐이다.

트라베스티들은 목을 맨다. 손목을 긋는다. 죽은 후에도 구경꾼들의 호기심, 경찰의 수사, 수군수군하는 이웃들, 침대 위에 남아 있는 아직도 따뜻하고 찐득한 피 때문에 계속 고통 받는다.

산드라는 공원의 다른 한 여성을 안쓰럽게 여겼다. 바하다[45] 푸카라의 프로빈시아 은행 앞에 사는 부랑인, 많은 모직물을 가지고 한 떼의 개들과 더불어 혼자 힘으로 차지한 기막히게 좋은 자리에서 몇 시간 동안 사색에 잠길 수 있는 능력을 가진 떠돌이 여자였다. 그녀는 노란색과 보라색이 섞인 자기 텐트가 설치된 곳에서, 비만으로 다리가 불편해진 탓에 이동에 꼭 필요한 카트에 기댄 채, 파이프 담배를 피우고 개들에게 먹이를 주며, 서쪽에서 저물어가는 해를 바라보곤 했다. 당뇨병 환자이자 개들의 어머니이자 트라베스티들의 친구인 실비아. 그녀의 두 다리가 절단되었을 때 우리는 매일 아침 병문안을 갔다. 우리 하이힐이 또각거리는 소리에 병원 창문이 흔들렸다. 의사들은 천천히 조용히 세상과 작별하는 환자들의 기운을 북돋아주는 우리의 개성과 인조 보석 장신구에, 강렬한 향기를 풍기는 향수에 고마워했다. 실비아의 입원은 우연한 일

---

45 '내리막길', '경사로'라는 의미의 스페인어.

이었다. 새벽 3시, 그녀가 심장마비를 일으켰던 순간 때마침 산드라가 와인 한 병을 들고 지나가지 않았더라면 저세상으로 갔을지도 모른다. 아마 즉시 사망했다면 다리는 지킬 수 있었을지도. 실비아 아줌마는 모든 것을 포기했고 모든 것에 질렸다고 말하곤 했다. 하지만 더 이상은 그러지 못한다. 다리를 잘라낸 바로 그 겨울에 폐렴으로 죽었으니까. 사람들 말로는 병원에서 바이러스에 감염된 탓이었다. 우리는 어느 날 아침 면회를 갔다가 그 사실을 알게 되었다. 그녀는 예정대로 회복하는 대신 병원에서 죽기로 작정한 것 같았다. 쌕쌕거리며 피거품을 토하고는, 개들을 부탁한다는 얘기를 우리한테 전해달라고 간호사들에게 말했다. 우리가 개들을 위해 자리를 지켜주기를 바란 것이다. 따뜻한 잠자리를 마련해주고 날마다 물과 음식을 내주기를 바란 것이다. 우리는 약속을 지켜 최선을 다해서 개들을 보살폈다. 개들은 고아 신세가 되었다는 사실에는 전혀 신경 쓰지 않고 자연스럽게 우리에게 달라붙었다. 우리는 서로 임무를 분담해 개들에게 음식 찌꺼기를 먹였다. 어쨌든 우리도 그 도시의 찌꺼기였다. 암캐들이 다가와 우리 손을 핥았는데, 몇몇은 예민해져서 우리를 물 것 같기도 했지만 나머지 개들이 녀석들이 우리 옷을 더럽히지 못하도록 쫓아버렸다. 개들이 우리가 얻어맞지 않게 지켜준 적도 많았다. 긴장감이 감돌 때마다 난데없이 나타나곤 했다. 그런 뒤에 자기들을 거둬주었던 그 여자의 텐트로 조용히 돌아갔다. 때때로 그들은 새끼를 낳았는데, 강아지들은 일단 젖을 떼면 즉시 떠났다.

겨울이 끝나갈 무렵, 엔카르나 아줌마가 위험한 짓을 하기 시작했다. 우리 모두 경고를 하면서도 그 맹렬한 투지에 주눅이 들었다. 백주에 동네에서 모습을 드러내는 게 좋은 생각이 아니라는 것을, 아줌마를 열 받게 하지 않고 말할 방법을 우리는 알지 못했다. 엔카르나 아줌마는 그 애를 유모차에 태우고 나가서 쇼핑을 했다. 선택의 여지가 없다고, 햇볕을 쬐며 아이와 함께 걸어야 한다고 했다. 광장에 앉아 아이가 자는 모습을 지켜봐야 한다고. 자신의 아들, 그러니까 그녀가 배수로에서 발견한 그 아이를 세상에 보여주어야 한다고. 하지만 거리의 평범한 사람들에게 이는 충격적인 광경이었다. 아줌마가 고립무원이 되지 않도록 가끔은 우리가 함께 외출하기도 했지만, 그래봐야 엎친 데 덮친 격으로 또 하나의 위험 요소가 되어 상황을 더욱 악화시킬 뿐이었다. 남자들은 엔카르나 아줌마를 몹시 이상하게 바라보았고 여자들은 더 심했다. 아줌마는 아이를 품에 안은 채, 언어장애인인 마리아는 반짝이는 빛에게 필요한 모든 것이 가득 담긴 배낭을 어깨에 멘 채 나란히 걸어갔다. 그들은 광장에 앉아 각자 투명 망토로 몸을 가렸다. 날씨가 화창해, 햇살이 엔카르나 아줌마의 피부를 데우고 면도와 화장을 마친 뺨을 데웠다.

"내 조카예요." 엔카르나 아줌마는 꼬치꼬치 캐묻기를 좋아하는 사람들에게 그렇게 대답했다. "포르모사에서 온 내 여동생의 아들이죠. 여동생이 휠체어 신세를 지고 있어서 내가 이 애를 데리고 나와요." 사람들이 아이아버지에 대해 물으면 이렇게 말했다. "아버지요? 스페인에 자기 운을 시험해보러 갔어요."

경제 위기의 시기에는 모두가 스페인으로 갔기 때문에 처음에는 다들 그 말을 믿었다. 하지만 이내 아줌마의 커다란 손과 화장한 얼굴을 보았고, 그런 다음에는 대놓고 그녀를 면밀히 살펴보았다. 결국 그쯤에서 상황을 확실히 마무리하고자 마리아가 일어나 서둘러 그들을 집으로 데려왔다.

그러던 어느 날, 신문 판매점 남자가 우리를 호모 아동 유괴범이라고 불렀다. 엔카르나 아줌마는 마리아에게 자기 대신 그녀의 눈 속에 반짝이는 빛을 집으로 데려가라고 부탁했다. 그런 다음 판매점으로 걸어가 판매대에 몸을 기대고 남자의 기름투성이 셔츠를 움켜잡았다.

"콰라시노 몬시뇨르[46]가 호모와 트랜스젠더는 어딘가 섬에 가서 살아야 한다고 말했을 때, 그 얘길 귀담아들었어야 했는데. 하지만 우리는 바보라서 그대로 남아 있었지." 아줌마는 얼굴을 그의 코앞에 바싹 들이댄 채 으르렁거렸다. 신문 판매점 주인은 너무 무서워서 비굴하게 사과하기 시작했다.

어느 날 우리는 알베르디에 있는 덕 아일랜드에 가서 일광욕을 했다. 미니스커트에 짧은 탱크톱을 입거나 그냥 브래지어만 입었다. 잔디밭에 누워, 햇볕에 더 잘 그을리도록 코카콜라를 온몸에 문질러 발랐다. 다들 설탕으로 뒤덮여 벌을 끌어들였다. 우리는 덕 아일랜드의 꽃들이었다.

사실 우리가 선천적으로 야행성이라는 점은 사실이다. 우리는 햇빛을 피했다. 태양은 우리를 약하게 만들고, 우리의 피부 트러블과 오후 5시쯤이면 다시 자라 거뭇거뭇해지는 수염을, 남성이 아니어도 남성임을 부인할 수 없는 우리의 이목구비를 드러냈다. 우리는 대낮에 외출하는 것을 좋아하지 않았다. 고결한 사교계 여성들, 전문적으로

---

[46] 안토니오 콰라시노. 부에노스아이레스의 대주교직을 맡기도 한 가톨릭교회의 추기경. 몬시뇨르는 가톨릭 고위 성직자에 대한 경칭으로 '나의 주님'이라는 뜻의 프랑스어에서 유래했다.

손질된 머리를 하고 고급 양모 카디건을 입은 숙녀들이 분개하며 우리를 맹렬히 비난할 것이기 때문이었다. 그들은 하피[47]의 날카로운 손가락으로 우리를 가리키며 금방이라도 무너질 듯한 소금 기둥으로 바꿔놓았고, 세포 하나하나를 망가진 목걸이의 진주들처럼 산산이 흩어놓았다. 우리는 대낮에 외출하는 것을 좋아하지 않았다. 대낮의 외출에 익숙하지 않았고, 규제라는 코르셋에 적응할 수 없었다. 방에 틀어박혀 늦잠을 자거나, 텔레비전을 보거나, 그냥 아무것도 하지 않는 것이 더 좋았다.

낮에 우리는 생산적인 사회에서 자발적으로 추방당한 채 아무것도 하지 않고 지냈다. 하지만 그날 오후에는 햇볕을 좀 쬐기로 했다. 첫 온기와 햇살, 첫 더위, 남자 애인들과의 유희, 고무젖꼭지가 슬그머니 빠지게 두는 바람에 드러난 유두, 한껏 볼륨을 올린 음악, 우리에게 아름답다고 말한 행상에게서 산 아이스크림, 우리 쪽으로 다가와 옆에 누워 우리와 달리 옷을 다 입은 채 우리처럼 일광욕을 하는 페루 여성과의 대화.

우리는 글의 소재가 되기 위해 그곳에 있었다. 불멸의 존재가 되기 위해서 말이다.

---

47 그리스 신화에 등장하는 날개 달린 괴물, 혹은 폭풍의 여신들. 여자의 머리에 날카로운 발톱이 있는 맹금류의 몸을 가지고 있다.

그날 거리는 조용했다. 도시 전체에 사람이라고는 우리뿐이었다. 그날 오후 풀밭에 누워 햇볕을 쬐며 마테 차를 마시고 코카콜라의 캐러멜색 액체를 뒤집어쓴 우리를 본 사람이 있다면 아마 우리의 몸과 웃음소리에 대한 꿈을 꿨을 것이다. 그것은 마치 하느님의 환영처럼 참을 수 없는 모습이었을 것이다.

무척 더운 날씨, 미칠 듯이 더운 날씨다. 지옥 불 속에서 시달리며 지내온 오랜 시간 동안, 나는 창문마다 덤불숲의 열기를 차단해주는 커튼이 달린, 눈에 보이지 않는 시원한 집이라도 가진 양 필수적으로 시에스타를 지키곤 했다. 날씨가 너무 더워서 엄마는 우리 모두 흐물흐물 녹아버릴까 봐 걱정했다. 우리는 기운 없이 짐승처럼 땀을 뻘뻘 흘리며 낮잠을 잤고, 번갈아가며 공동 수도에 가 물을 길어 왔다. 더 이상 우물물을 마실 수 없었기 때문이다. 날씨가 너무 더워서 마을의 물과 땅과 음식, 마음과 영혼까지, 모든 것이 악화되었다. 더위는 여전히 나를 분노케 한다. 트라베스티에게도 더위는 더위였다. 끈적끈적하게 떡이 진 화장, 모공을 막아 공격을 받을 때 영혼이 빠져나가지 않도록 해주는 진흙 마스크 팩. 우리의 얼굴은 모든 마스크 중에서도 가장 아름다운 마스크로, 우리의 실제 용모보다 더 진짜 트라베스티 같은 모습으로, 또 하나의 세상, 그러니까 그런 마스크를 쓸 수 있는 더 좋은 세상을 위해 고안된 모습으로 바뀌어갔다.

한편 우리는 전투를 위해 물감을 바른 인디오들, 밤에 방심한 사람들을 찾아다니며 공원을 활보하는 짐승들이었다. 항상 화를 내고, 잔인하고, 예측할 수 없고, 미친 듯하고, 원망하고, 독기를 품은 이들. 언제나 그 일대를 싹 태워버릴 준비가 되어 있었다. 우리의 부모, 친구들과 적들, 안락함과 일상을 누리는 중산층들, 모두 똑같아 보이는 상류층 아이들, 우리를 몹시 경멸하는 명문가 출신 동성애자들, 우리가 계속 쓰고 있는 마스크들, 모르는 척 우리를 희생시켜서 스스로를 보호하고 단지 돈이 더 많다는 이유로 우리의 삶을 착취하는 세상에 항의하며 우리의 피부를 물들이는 분노까지 모두. 그렇게 우리는 더위에 시달리고, 모든 문제가 발길질과 주먹질로 해결되는 남자들의 뜨거운 세상에서 질식하는 요정이 되는 것보다 더 나쁜 일은 없다고 느끼며 고객들을 찾아다닐 수밖에 없었다. 그들을 모두 죽이고, 세상을 완전히 끝장내고, 그렇게 하면 우리 모두가 줄곧 당해온 학대에 대한 우리의 분노도 가라앉을지 확인해보고 싶다는 비밀스러운 소망을 품을 수밖에 없었다. 아마도 그것이 우리가 그들의 돈을 훔친 까닭이었을 것이다. 그리 큰 액수는 아니었다. 지갑에서 슬쩍 꺼낸 20페소, 50페소. 보잘것없는 푼돈. 그 정도에 굶주릴 가족은 없었다. 그건 그냥 의례적인 행위에 지나지 않았다. 나는 젊고, 내게 이런 일을 할 권리가 있다고 여긴다. 내가, 그리고 우리 둘 다, 다시 말해 성매매 고객과 내가 처해 있는 불리한 입장 때문에 그 돈은 내 것이라고 여긴다. 고객들은 나중에 집에서 손실을 알아차리고, 내가 가난한 사람들의 삶을 밝혀주는 작은 즐거움 중 하나에 이미 써버린 그 돈을 아쉬워할 것이다. 그즈음 나는 영화를 자주 보러 다녔다. 가끔은 책을 사기도 했다. 어떨 땐 나이트가운을 살 만큼 여유가 생길 때도 있었다. 다른 트라베스티들에게 배운바, 그들이 우리의 몸과 재능에 대해 지불한 푼돈을 고려하면 그것은 일종의 장사 비결이자 불가피한 일이었다. 동의 없이 빼낸 돈이니 팁은 아니다. 하지만 그것은 여전히 정당했고, 우리가 임한 모든 성매매에서의 보이지 않는 폭력에 대한 보상금이었다. 우리의 존재 전체가 범죄였다. 나는 신장 158.5센티미터의 도둑이 되어, 고객이 자고 있거나 화장실에 있을 때 빛의 속도로 주머니를 털었다. 얼른 깨달아야 할 것이 있다. 만일 너무 오래 머뭇거리다가 고객이 화장실에서 나와 자기 지갑에 함부로 손을 대는 모습을 발견하면 얻어맞게 된다는 것. 하지만 주저 없이 그냥 저질러버리면 시간은 충분했다. 나는 상당히 능숙하게 그 일을 해냈다. 그러던 어느 날, 마침내 한 고객이 나에게 문자메시지를 보냈다. "내 지갑에서 돈 훔쳤어?"

"난 도둑이 아니라 매춘부야." 나는 그렇게 답했다. 내가 어떤 의미로 그런 말을 하는지는 정말이지 나 자신도 알지 못했다. 그는 다시는 오지 않았는데, 유감스러운 일이었다. 잘생긴 남자였기 때문이다. 하지만 다른 모든 사람들에게 그렇듯 그에게도 그것은 자업자득이었다. 그들은 우리가 그들의 이성애적 사고방식으로 이해할 수 있는 것보다 더 비싸다는 사실을 알아야 한다.

내 생일날 밤은 1년 중 가장 더운 날이었다. 그날 일은 쉬기로 했지만 몇몇 동료에게 인사를 하느라 잠시 들렀다. 그런데 도중에 한 고객이 아주 좋은 제안을 하길래 수락했다. 일을 마치고 늘 모이는 곳으로 동료들을 찾으러 가니, 한 학생의 졸업을 축하하는 학생 무리에 그들이 둘러싸여 있는 것이 보였다. 부모가 가난한 사람들을 등쳐먹은 돈으로 사준 그 아니꼬운 사륜구동 트럭 한 대에 예쁘장한 남학생들이 트라베스티 복장으로 타고 있었다. 모두 술에 취해 축하하고, 우리를 향해서는 인간이 생각할 수 있는 최고로 모욕적인 말들을 날카롭게 외쳐댔다. 그들은 우리에게 맥주를 퍼붓더니, 차를 몰고 공원을 한 바퀴 돈 다음, 한 차례 더 욕설을 퍼부으러 돌아왔다. 우리는 수가 많지 않은 데다 이 일이 좋게 끝나지 않으리라는 것을 감지했기 때문에 점점 더 긴장하기 시작했다. 다들 회전목마 뒤로 피신해 카트에서 시원한 음료를 꺼내 마시기로 하고, 불만을 내비치지 않으려 애쓰며 조용히 있었다. 그러다 내가 소리 내어 물어보았다. "그냥 다 죽여버리고 싶지 않아?" 앙히에가 대답했다. "먼저 시뻘겋게 달군 다리미로 지져줄 거야." 산드라는 무력감과 두려움에 말문이 막혀 고개만 끄덕였다.

그것은 우리 각자의 내면 깊이 박혀 있던 분노였다. 우리는 이 도시를 무너뜨리고 싶은 생각이 간절했다. 단 하나의 참된 세상인 우리 자신의 세상이 아닌 모든 세상을 끝장내고 싶었다. 그들의 음식에 독을 넣고, 깔끔하게 깎은 잔디 정원을 엉망으로 만들고, 수영장의 물을 끓이고, 경멸스러운 트럭을 박살 내고, 그들의 목에서 금 사슬 목걸이를 뜯어내고, 예쁘고 잘 먹어 토실토실한 그 얼굴을 붙잡아 아스팔트에 문대서 뼛속까지 갈아버리고 싶었다.

우리가 분노를 억눌러 우리 트라베스티의 영혼 속으로 완전히 밀어 넣는 대신 그것을 조직화했다면 어땠을지 궁금하다. 하지만 대신 무슨 일이 일어났는가. 그저 독을 삼키기만 한 우리는 어디로 갔는가. 일찌감치 무덤 속으로 갔다. 가끔 느닷없이 동족상잔이 발생하는 경우를 제외하면, 트라베스티들은 파리 한 마리도 해치려 하지 않았다.

엔카르나 아줌마의 집에 처음 발을 들여놓은 바로 그 순간부터 나는 그곳이 천국이라고 생각했다. 이전에 살았던 하숙집들에서는 내 진짜 정체성을 숨기고, 내 물건이 한 치수 작은 팬티 속에서 질식할 듯한 고통에 개같이 시달리는 상태에 익숙했다. 하지만 분홍색 집에서 트라베스티들은 식물로 가득한 파티오를 벌거벗은 채 돌아다니고, 실리콘 젤의 효과에 대해 터놓고 이야기하고, 부끄러운 희망과 꿈을 공유하며 키득거리고, 부상을 당했던 날 밤에 생긴 멍 자국을 서로 비교했다. 마테 차용 빨대에 립스틱 얼룩이 묻어 있고, 겨드랑이와 향수의 냄새가 감돌고, 텔레비전에서 브라질 신파 연속극 소리가 끊임없이 요란하게 울리는 가운데 트라베스티들은 눈 속에 누운 갓난아기처럼 위험에 노출된 채 남겨져 있던 끔찍한 어린 시절의 기억들을 떠벌렸다. 우리 중 한 명이 갑자기 목이 메어 물러났다가 나중에 옷을 완전히 차려입고 죄지을 준비를 마친 모습으로 다시 나타나는 것은 드문 일이 아니었다.

내가 아직 신입이던 어느 날 오후, 그들과 함께 모여 마테 차를 마시며 턱수염을 흰 비누로 가리는 법이며 복용해야 할 호르몬제며 항공기 엔진오일을 주입하기에 가장 안전한 부위에 대해 들으면서 키득거리고 있었는데, 거리로 통하는 문이 갑자기 쾅 하는 소리와 함께 열리더니 건장한 여전사 같은 한 무리의 트라베스티들이 피투성이가 된 동료를 안고 들어왔다. 나는 경찰을 부르자고 제안했지만 그들은 더 분별력이 있었으니, 순수한 애정으로 직접 그녀를 처치해주기로 했다. 피해자의 남자 친구가 HIV 양성 판정을 받고 다름 아닌 자기 연인에게서 감염되었다는 사실을 알게 되어 결국 그녀가 의식을 잃을 때까지 화풀이를 해댄 터였다.

피, 타박상, 부러진 치아 아래에는 아름다운 여인이 있었다. 나는 그녀가 누구인지 알았다. 그녀는 나와 같은 계곡 출신이었다. 하지만 지금은 중태에 빠져 있었다. 남자 친구에게 정말 심하게 두들겨 맞은 것이다. 엉망이 된 얼굴에, 귀에서는 피가 흘렀고, 갈비뼈가 부러져 숨조차 제대로 쉬지 못했다. 끔찍한 전율과 경련에 시달리며 몹시 고통스러워했다. 우리 트라베스티들은 그녀를 돌보며 눈물을 흘렸다. 이 진절머리 나는 세상은 악의와 잔인성으로, 무의미한 불의로 넘쳐났고, 우리가 가는 길은 온통 불행에 뒤덮여 있었다. 무리 중 한 명의 고통을 우리는 다 함께 공유했다. 우리는 싼값에 불려온 전문 문상객이 곡을 하듯 꺽꺽 울면서, 요오드팅크와 알코올로 닦을 수 있는 것은 모두 닦아내려고 노력했다. 그러는 동안 브라질에서 배운 흑마술로 죽어가는 사람을 되살릴 수 있다고들 하던 라 마시가 도착했다.

라 마시는 머리숱이 적은 트라베스티로, 보아하니 남부끄럽지 않게 몸단장을 할 능력은 없는 것 같았지만 아주 튼튼해 대성당의 벽을 때려 부수는 대형 공성 망치로 사용할 수 있을 정도였다. 라 마시는 우리의 친구가 고통에 몸부림치는 동안 휙이 하며 우리를 한쪽으로 쫓아냈다. 비록 술에 취한 게 분명하고, 치아에는 립스틱 얼룩이 묻어 있는 데다, 얼마 남지 않은 머리카락에서는 고약한 담배 냄새가 났지만, 우리는 라 마시를 위해 옆으로 비켜서서 혀를 깨물며 참고 있었다. 환자는 엔카르나 아줌마의 침대에 눕혀놓은 상태였고, 아줌마는 아기를 부엌으로 데리고 가 그 애와 함께 거기 앉아서 삶의 불쾌한 측면으로부터 아이를 보호하고 있었다.

라 마시는 우리에게는 보이지 않는 누군가에게 말을 건네기 시작했다. "제가 성모님께 기도드리는 건, 그분이 여성이시고 우리를 이해하시기 때문이에요." 그녀가 그렇게 말하며 환자의 손을 가지런히 모아주는 순간, 우리의 몸을 관통하며 괄약근을 조이게 만드는 외마디 비명이 환자에게서 튀어나왔다. 라 마시는 환자의 몸을 파악하려는 양 두 손으로 그 몸을 죽 훑으며 기도했다. 우리 중 한 명이 아주 조금이라도 소리를 낼 때마다 이쪽을 매섭게 응시해가면서, 자신의 언어로 계속 기도했다. 첫 구역질 반사가 일어나자 그녀는 천과 찬물을 요구했다. 그런 다음 허리에 차고 있던 가방에서 고약한 냄새가 나는 시가를 꺼내 환자를 내려다보며 피우기 시작했다. 마치 천천히 시간을 들여 환자의 몸 안에 있는 악마를 평가하고, 그 악마를 물리칠 가장 좋은 방법을 결정하는 것 같았다.

그녀는 허리에 찬 가방에서 말린 고기 한 조각을 꺼내 얼마 남지 않은 치아로 야금야금 갉아 먹고는, 연기와 재를 들이마셨다가 환자의 몸 위로 불어 보내며 아주 침착하고 진지한 목소리로 무언가를 읊조리기 시작했다. 그러자 환자는 목이 베인 양처럼 쿨럭거리며 힘없이 신음했다. 라 마시는 의식에 몰두해 있었고, 우리는 와인 한 병을 손에서 손으로 건네는 것 외에 달리 무엇을 해야 할지 알지 못했다. 따뜻한 오후였는데도 모두 덜덜 떨고 있었다. 추위가 우리 마음속에 자리 잡은 탓이었다. 누군가 물을 끓이겠다고 제안하자, 다른 누군가 마치 막 악몽에서 깨어나기라도 한 듯 이렇게 말했다. "아, 그래!" 라 마시는 우리에게 화를 내며 닥치라고 쏘아붙인 뒤 계속 기도하고 또 기도했고, 그러다 마침내 환자가 강하게 트림을 했다. 그 트림과 구역질과 함께 기도는 점점 더 열렬해졌는데, 이것이 연기인지 아니면 그녀가 이 모든 구마 의식을 정말로 진짜라고 믿는지 정확히 판단하기란 어려웠다. 환자는 아파서 거의 숨도 쉬지 못했다. 라 마시는 눈을 홉뜨며 심호흡을 하더니, 줄곧 씹어대 이제는 검고 끈끈한 물질이 되어버린 고깃조각을 뱉어내고 날카롭게 외치기 시작했다. "저기 있다! 그렇게 많은 고통을 준 그놈이 저기 있다! 사악한 생명체, 뱀이다!" 우리를 아프게 하는 유일한 뱀은 우리 안에 있는 갈망, 우리를 가득 채우고 만족시켜줄 가운뎃다리에 대한 갈망이라고, 우리가 이토록 탐욕스럽기 때문에 그것이 우리의 돈을 요구하고 우리를 두들겨 패는 것이라고, 나는 마음속으로 생각했다.

라 마시는 땅바닥의 고깃조각을 짓밟았다. 그러다 갑작스럽게 동작을 멈추고는 이제 가장 고단한 부분, 즉 환자를 보살피는 일만 남았다고 했다. 그녀는 부엌으로 가서 쓰레받기와 비를 찾아 어질러진 곳을 말끔히 치운 다음 우리만 피해자와 함께 남겨둔 채 떠났다. 그녀의 일은 끝났다. 남은 건 트라베스티들의 마법뿐이었다. 천과 따뜻한

물로 상처를 닦고, 환자를 담요로 싸매고, 머리를 손질해 주고, 조용히 노래를 부르는 일 말이다. 아주 일상적인 종류의 마법. 누구나 부릴 수 있지만, 좀처럼 부리지 않는 마법이었다.

열다섯 살이 된 직후, 나는 부모님이 원하는 소년으로 위장하는 데 필요한 물품 중 하나인 엄청나게 큰 티셔츠에 매듭을 만들었다. 최근 날씬해진 몸통을 모두의 앞에 과시하기 위해서였다. 그 티셔츠에 바로 얼마 전 어린아이였을 때 입었던 아주 꽉 끼는 반바지를 입었으니, 이는 앞으로 다가올 일, 호모가 될 내 운명, 조숙한 트라베스티, 성적으로 흥분한 10대 청소년의 전조였다. 내 섹슈얼리티를 대체 어떻게 해야 할지, 나는 정말로 알지 못했다. 완전히 혼란에 빠져 있었고 대화할 사람이 아무도 없었기 때문에 나 자신의 몸을 세밀하게 분석하고 차근차근 탐구하면서 실험을 하기 시작했다. 자전거를 타고 트럭들이 지나가는 마을 외곽 도로로 갔다. 아침 공기를 가르는 크롬 도금 용과도 같은 그 자전거 덕분에, 나는 다시는 되찾지 못할 몸매를 과시하며 스스로 물건이자 금전적 가치를 지닌 몸이 되어 그 마을에서 선택할 수 있는 유일한 삶을 살 수 있었고,

내 존재 전체를 넘쳐나는 은밀한 관능에 온전히 바칠 수 있었다. 그것은 이미 나라는 사람 그 자체요, 내가 푹 빠져 있던 대상이었다. 도로 옆에 삐딱하게 주차된 트럭 운전석에서 기사들의 성기를 손으로 만져주고, 소액 지폐를 한 움큼씩 움켜쥐고, 이미 속임수에 정통하여 더 나이 든 척, 여성인 척, 그들의 애원을 귀담아들어주고, 제발 부탁한다고 애원하고, 이어 다른 사람, 또 다른 사람, 그리고 또 다른 사람을 찾아 떠났다. 삶에 대해 무언가를 배우고자 트럭에 올라타는 10대 소녀. 그것이 나였다. 바로 지금의 나.

그리고 다른 삶이 있었다. 합법적인 삶, 피부색이 밝고 매너 좋은 이성애자들 사이에서 사는 낮의 삶. 밤의 등 뒤에서 이뤄지는 대학 생활. 품위와 따분한 이웃들과 날마다 보는 학생들에 집착하던 잿빛 일상. 슈퍼마켓에, 수업에, 심지어 트라베스티로서의 경험은 생각조차 할 수 없는 파티에도 갔다. 적응하려고, 카멜레온 같은 사람이 되어 그들과 어울리고 그들과 같은 삶을 영위하려고 노력했다. 사람들의 호감을 얻으려고, 말수 적고 친절하고 똑똑하고 헌신적이고 부지런한 사람이 되려고, 지탄받거나 비난받지 않을 삶의 요구에 부응하려고 노력했다. 항상 방심하지 않았고, 항상 나 자신을 돌봤다.

겸손하고 순종적인 아들로서 부모님을 만나기 위해 집으로 돌아갔다. 화장기 없는 얼굴에 머리는 뒤로 넘겨 묶고, 펑퍼짐한 후드 셔츠와 트레이닝 팬츠 차림으로 배낭을 걸친 채, 달갑지 않은 시선을 피하고자 선글라스도 썼다. 그렇게 탕자가 되어, 내 동의 없이 내 몸을 차지한 작은 남자의 삶을 살아가는 나를 보고 싶어 하는 어머니와 아버지의 집으로 돌아갔다. 부모님은 마음속에서 나의 일탈을 지워버리고 완전히 신경을 꺼버렸다. 그 대가로 나는 내 역할과 의무를 다해야 했다. 다시 말해 여장을 하지 말아야 했다.

그것은 이중생활이었다. 시에라산맥을 넘어 부모님을 만나러 가는 여정, 메스꺼움, 모든 것을 포기해버리자는 끊임없는 충동, 감정의 동요, 부모님을 사랑하는지 아니면 미워하는지, 부모님의 사랑과 애정의 대가로 계속 부모님의 규칙에 따라 살 수 있을지, 아니면 결국 분노와 고통에 빠지게 될지 알 수 없는 상황.

끊임없는 비교. 같은 학교 학생들이며 교수님들과 교류하며, 그 점잖은 익살극을 계속하기 위해 날마다 노력했다. 여학생들의 머리 모양, 몸, 질, 남자 친구, 가족과의 관계를 부러워했다. 내가 바로 나라는 이유로 나를 거부한 남자들에게 강한 욕망을 느꼈다. 내가 매춘부라는 사실을 인정할 수 없었던 건, 트라베스티 매춘부가 사람들이 생각해낼 수 있는 최악의 일탈이었기 때문이다. 매일 밤 일과를 마치고 돌아와 한밤중에 글을 쓰면서, 쓸쓸한 셋방에서 내게 힘이자 동반자가 되어준 '라 네그라' 베르나시[48]의 라디오 프로그램을 귀 기울여 들었다. 커피와 마리화나. 애인의 은밀한 방문. 테이블 위에 놓인 대학 노트들을 읽고 이해해보려 노력했지만 불가능했다. 마찬가지로, 먹고살 만큼 벌고자 하면서 모든 수업에 출석하기를 바라는 것은 불가능했다. 날마다 산산조각 나는 낙관주의와 다짐, 항상 나의 패배로 끝나는 싸움, 가끔씩 부모님을 찾아봬야 한다는 의무감. 내 친구들, 그러니까 나와 한 가족이 된 트라베스티들은 내가 폭로와 햇빛을, 이성애자들의 싸늘한 시선을 어떻게 견뎌내는지, 나의 야행성 생존 양식에 대해 전혀 모르는 교수들 밑에서 어떻게 공부하고 시험을 치를 수 있는지 이해하지 못했다.

그 삶 속에서 나는 언제나 평범한 이들, 엄격한 중산층인 학교 친구들의 세계를 방문한 아웃사이더이자 아무것도 가진 것 없는 사람이었으니, 그들에게 숨겨야 하는 비

---

48 본명은 마리아 엘리자베스 베르나시. 아르헨티나의 방송인이자 유명 라디오 진행자. 별명인 '라 네그라'는 '흑인 여성'이라는 의미로, 아프리카계 라틴아메리카 사람을 부르는 별칭으로도 사용된다.

밀과 거짓말이 산더미였다. 욕망이 끝없이 억압되는 지긋지긋한 삶이었다. 하지만 그 삶이 바로 다른 삶, 즉 밤 생활을 가능하게 했다. 돈 때문에 섹스를 하고 남성에게 욕정을 느끼는 나의 밤 생활을 말이다.

그렇게 나는 거짓말하는 법, 내 비밀을 숨기는 법, 호기심에 찬 시선들로부터, 나의 부모님, 친구, 교수님, 육체의 순결과 영혼의 순종을 요구하는 진리의 수호자들로부터 나 자신을 보호하는 법을 배웠다. 나도 그들처럼 잘 적응했다고 말하기에 충분할 정도였다. 사실은 내가 더 잘 적응한 상태였다. 나는 그들처럼 될 수 있으면서, 동시에 내가 되고 싶은 모습이 될 수도 있었으니까. 그들은 자신들의 전형적인 세상이 완벽하다고 생각했기에 몹시 기뻐하여 박수를 쳤고, 자기 집 문을 열어 나를 맞아들이고 자기들의 위선을 바로 곁에서 목격하게 해주었다.

나는 그들이 지친 몸을 뉘고 휴식을 취하는 소파를 보았고, 자녀들의 사립학교 학비와 해변 휴가 비용과 아내의 보석값을 지불하기 위해 현금을 보관해두는 서랍을 보았다. 하지만 마찬가지로 그들이 기꺼이 페니스가 달린 여성에게 돈을 지불하기 위해 갓 뽑은 새 차를 타고 공원에 오는 모습도 보았다. 그들에게 그보다 더 짜릿한 일은 없었다. "네가 다리 사이에 그 칼을 달고 자는 모습을 보면 미치겠어."

 그리하여 그들도 우리와 마찬가지로 몹시 위선적이라는 것을 알 수 있다. 우리 절박한 트라베스티들은 돈을 받는 대가로 기꺼이 입을 다문다. 그것이 거짓말하기가 그렇게 쉬운 까닭이다. 상대가 듣고 싶어 하는 말을 하는 법을 금세 배우게 되는 까닭이다. 나는 고객들에게 거짓말을 했고, 대학에 다닐 때도 거짓말을 했고, 모든 부모의 꿈인 존경할 만한 직업을 가진 아들을 두는 것, 그 한 가지에만 신경을 쓰는 부모님을 만나러 갈 때도 거짓말을 했다.

 때로는 일을 마친 후 몹시 피곤하기도 했다. 내 몸이 엄청난 속도로 지쳐가는 것이 느껴졌다. 나이 든 독신녀인 도냐 로시타 말마따나, 한 해가 지날 때마다 입고 있던 또 한 벌의 속옷이 몸에서 찢겨 나가는 것 같았다. 때 이른 노화는 탈진의 형태로 나타나기 시작했다. 마치 나에게 한 줌의 아름다움을 주었던 어둠의 신이 이제는 손을 벌려 그것을 마치 모래처럼 손가락 사이로 스르르 빠져나가게 하는 것 같았다. 겨울 밤 일과를 마친 뒤 침대에 드러누울 때면 죽음과 매우 흡사한 피로가 덮쳐 왔다. 매일 밤 일을 하는 것도 아닌데. 고백하자면 나는 매춘부로서 썩 유능하지 않았다. 심각한 경제적 위기에 처했을 때만 마음에 들지 않는 고객과 잠자리를 했다. 빚더미에 올라앉을 때만 완전히 믿지 못하는 사람의 차에 올라탔다. 나는 프로다운 일과를 따르는 대신 필요에 따라 스케줄을 결정했다. 누구에게서 그렇게 야망 없는 성격을 물려받았는지, 근근이 먹고사는 것이 왜 그렇게 편안했는지 모르지만, 매일 밤 일을 하는 게 싫었다. 나의 매춘부 생활은 아주 간단한 규칙의 지배를 받았다. 만약 돈이 필요하면, 내 몸은 바로 그 자리에서 돈을 벌 준비가 되어 있었다. 만약 빵이 이미 테이블 위에 놓여 있으면, 나는 턱수염 난 천사처럼 집에 머물러 있을 수 있었다.

하지만 가난이라는 망토가 점점 더 나를 휘감았다. 이제부턴 방세를 청구하겠다는 하숙집 주인의 위협, 샴푸와 화장품과 옷과 신발, 병에 걸렸을 때 약에 쓴 돈 등등 그 모든 것이 나의 외출 빈도를 결정했다. 하지만 차나 옷이나 스마트폰에는 눈 한 번 깜짝 않고 기꺼이 큰돈을 지불하면서 트라베스티와는 그들의 머리 모양이 유행에 뒤처질 정도로 오랫동안 몸값을 놓고 말다툼을 벌이는 고객들과의 끈질긴 흥정 때문에 삶은 더욱 복잡해지기만 했다.

그렇게 나는 내게 주어졌던 일말의 아름다움을 두세 해 만에 탕진해버렸다. 아름다움은 덧없는 것이었다. 그것이 지속되는 동안은 아주 멋졌지만, 부족한 식사와 뜬눈으로 지새운 밤과 술과 코카인이 한때 아주 굉장했던 몸매를 조금씩 갉아먹었다. 몸이 망가지다 보니 동료들과 똑같은 돈을 달라고 하기가 점점 더 어려워지기 시작했다. 나는 엄청나게 큰 유방이나 성형수술을 한 얼굴을 가진 전통적인 트라베스티가 아니었다. 아주 작은 체구에 220밀리미터밖에 안 되는 자그마한 발, 매우 여성스러운 목소리를 가질 운명을 타고난 촌스러운 트라베스티일 뿐이었다. 다른 트라베스티들은 내게 이렇게 말하곤 했다. "네 목소리 말이야, 난 그게 너무 부러워."

나는 한 차례, 두 차례, 세 차례 섹스를 한 뒤 피곤에 짓눌려 집에 가서도 다른 사람들의 냄새를, 나 자신을 정육점 판매대의 살코기 한 덩어리처럼 진열하고 고객의 실망이나 후회를 견딘 대가로 얻은 씁쓸한 표정을 지워 없애야 했다. "넌 털이 많고, 못생긴 데다 까맣잖아." 한 남자는 그렇게 말한 뒤 차에 오르자마자 미친 사람처럼 경적을 울리며 떠나기도 했다. 그러면 나는 다시 하숙집에서 가서 기다렸다. 내가 집착하던 남자, 이 책을 읽지 않을 남자를 기다렸다. 그가 새벽 5시, 6시, 7시에 술에 살짝 취하거나 내가 감히 거부하지 못할 성적인 요구에 완전히 사로잡혀 내 창문을 두드리기를 기다렸다.

이따금 그는 일찍 도착해서 내가 고객을 즐겁게 해주는

동안 길거리에서 귀를 기울이고 있어야 했다는 이유로 불평하며 한바탕 소란을 피우곤 했다. 나는 몹시 지쳤고, 한때 매일 아침 깜짝 상자의 장난감처럼 불쑥 솟아오르던 신성한 에너지는 이미 잃은 지 오래였지만, 그래도 여전히 부리나케 문을 열고 그와 사랑을 나누었다. 그것도 진심으로. 맨얼굴로, 사랑을 담아 키스하며, 속을 채워 부풀린 브래지어를 착용하지 않고, 페니스를 숨기지 않고, 그것을 칼처럼 사용하지도 않고.

우리는 젊었고, 자정 넘어 이른 새벽에도 줄곧 몇 번이고 사랑할 수 있었다. 서로를 미워할 때까지 사랑할 수 있었다. 그는 내 삶을 일그러뜨린 열정의 대상이었다. 아무리 공격적이고 심지어 폭력적이라 해도 그를 원하지 않을 수 없었다. 그와 함께 있으면 나는 내가 되고 싶은 대로 될 수 있었다. 어린 시절 이후 끊임없이 이어진 두려움에서 비롯한, 주체할 수 없을 만큼 심한 피로에도 불구하고, 그와 함께 있으면 노예라는, 대상이라는 내 역할을 수용했다. 피곤하고 두려웠지만 그런 삶의 방식을 받아들였다. 순전히 그의 몸, 특히 내 몸 안에 있는 그의 몸과 나에 대한, 나의 여성성에 대한 그의 욕망의 증거가 나에게는 보상이었기 때문이다. 그래서 나는 순순히 굴복했다. 나는 창부만도 못했다. 창부보다도 훨씬 더 하잘것없었다. 사랑이라는 관념에 소름 끼칠 만큼 정신을 놓고 있었다. 그런 관계는 내 직업에 대한 모욕이었다. 나는 또한 그 사랑 때문에 대학 친구들 앞에서 부끄러웠다. 그렇게 추잡한 곳에 기꺼이 뛰어들려 하는데, 내 조막만 한 아름다움이 어떻게 지속될 수 있었겠는가?

나는 그 하숙집에서 여러 차례 그를 즐겁게 해주었다. 그는 잘생기고 무례했다. 평생 잘생긴 얼굴로 살아온 사람들이 그러듯이 나를 멸시했다. 가끔은 그가 지저분해서 샤워를 하라고 부탁해야 할 때도 있었다. 하지만 그는 잘생겼고, 고객으로 받아들이기에는 그것으로 충분했다. 그는 시 당국에서 교통 감시원으로 일했다. 항상 베이지색 옷을 입었는데, 이는 그의 정신을 반영하는 것이었다. 어느 날 그가 라디오 배터리를 내 항문에 쑤셔 넣는 대가로 평소보다 세 곱절 많은 돈을 주겠다고 제안했다. 한꺼번에 큰돈을 손에 넣을 수 있는 기회였기에 나는 받아들였다. 그 일에 대해 가난을 탓할 수는 없다. 어떤 핑계도 댈 수 없다. 내가 말할 수 있는 건, 그날의 굴욕에 대해 수 년간 죄책감을 느꼈다는 것뿐이다.

그 죄책감은 신경을 계속 갉아먹어 내 기대 수명을 몇 년이나 앗아 갔다. 그러가다 어느 날 오후, 마침내 나는 눈물이 얼굴을 타고 줄줄 흐르는 채로 엔카르나 아줌마를 찾아갔다. 그 일이 있은 후로 내가 어떻게 부모님이나 친구들의 눈을 똑바로 쳐다볼 수 있었겠는가? 엔카르나 아줌마는 아이를 품에 안은 채 나를 완전히 무시하며 집 안을 이리저리 돌아다녔고, 그러는 동안 나는 죄책감에 속이 울렁거리는 상태로 눈알이 빠지도록 울며 작은 애완견처럼 아줌마를 졸졸 따라다녔다. 그러다가 마침내 아줌마가 느닷없이 걸음을 멈추고 돌아서더니 비어 있는 손으로 나를 철썩 때렸다. "너희들이 스스로를 비참하게 여기는 꼴이 지긋지긋해!" 그러더니 블라우스를 열어 거의 품에 안은 아이만큼이나 큰 젖가슴을 드러냈다. 그녀가 젖꼭지를 엄지손가락과 집게손가락으로 잡고 꼭 짜자 젖이 눈물처럼 방울져 흘러나왔다. "자, 봐. 중요한 건 이거야." 아줌마는 블라우스 단추를 채운 다음 자기 침실 문을 내 면전에 대고 쾅 닫았는데, 그 전에 이런 말을 했다. "올해 크리스마스는 외롭지 않을 거야. 공원 아가씨 중 한 명이 집에서 바비큐 파티를 열 예정인데 우리 모두 초대받았거든."

오, 기적의 젖가슴을 가진 유모 엔카르나여. 오, 항공기 엔진오일 유방을 가진 디푼타 코레아여. 후회로 가득한 밤 우리를 위로하고 고통 받지 않는 법을 가르쳐줄 어머니를 부단히 찾던 우리가 발견해낸, 우리 모두의 성스러운 후원

자여.

 크리스마스이브에, 나는 샌들을 벗고 맨발로 흙길을 걸어서 파티가 열리는 집에 가야 했다. 아가씨 하나가 호스를 손에 들고 대기하다가 킥킥거리며 우리의 발을 씻어주었다. 그녀는 가끔씩 호스를 자기 치골에 대고 이렇게 외쳤다. "난 자유다!"
 다른 트라베스티의 보금자리에 초대받는 것은 서로의 공통점과 차이점을 확인할 수 있는 아주 멋진 기회다. 그것이 우리가 우리의 정체성과 미래의 보금자리를 구축하는 방식이다. 그보다 더 좋은 본보기는 없을 것이다. 그 집에는 크리스마스 테이블이 정성스럽게 차려져 있었다. 플라스틱 매트, 스테인리스스틸 컵, 자정에 건배할 때만 사용하려고 한쪽에 따로 놓아둔 오래된 와인 잔. 90년대의 옛 포크 음악이 할머니 집에서 보내던 크리스마스를 상기시켰고, 창문으로는 고기 굽는 냄새가 흘러들었다. 그 외에 크리스마스의 흔적이라고는 문에 걸린 화환이 유일했다. 우리 모두 조금은 허영심에, 또 조금은 가난해 보이기 싫다는 마음에 최고의 옷으로 치장해서 마치 크리스마스트리 같아 보였고, 그러니 더 이상의 장식은 필요하지 않았다. 모두 왕족처럼 옷을 차려 입고 있었으니, 누구든 우리를 본 사람은 우리가 얼마나 검소한 일상을 영위하는지 상상도 못 했을 것이다. 메뉴는 차가운 마요네즈 샐러드를 곁들인 바비큐 치킨이었다. 누가, 판둘세,[49] 땅콩, 그 밖에 내가 늘 싫어했던 모든 크리스마스 음식이 그날 밤에는 맛있게 느껴졌다. 주최자의 어머니는 우리를 자기 딸처럼 대했다. 어느 순간, 그분이 내 손을 잡고 자기 침실로 이끌더니 서랍장을 뒤져 완벽한 상태의 빈티지 시프트 원피스[50] 한 벌을 꺼내주었다. "자, 이거 받아. 넌 무척 말랐으니 잘 어울릴 거야."

저녁 식사 중 어느 때인가, 한 아가씨가 수술을 받아 이제는 완벽한 질이 생긴 다른 아가씨를 놀리며 우스갯소리를 했다. 수술한 아가씨는 그 안에 아직 두 가지가 함께 있느냐는 질문을 받았고, 나는 그 두 가지가 뭐냐고 물어보았다. 그들 모두 웃음을 터뜨리며 순진한 척한다고 나를 놀리는 바람에, 결국 나는 새로 만든 질을 한 번도 본 적이 없다고 고백했다. 그러자 모두 일제히 외치기 시작했다. "보여줘! 보여줘! 보여줘!" 새로 만든 질의 주인은 드레스를 들어 올려 턱 밑에 끼운 다음 끈 팬티를 한쪽으로 잡아

---

49 '달콤한 빵'이라는 의미의 스페인어. 베소, 콘차, 쿠에르노 등 다양한 종류의 멕시코 및 라틴아메리카 국가들의 빵, 또는 페이스트리를 칭한다.
50 옷감이 어깨에서 일직선으로 떨어지고 가슴 부근에 다트가 있는 원피스의 일종.

당겨서 음부를 내게 보여주었다.

우리는 꽤 오랫동안 소리 내어 웃었다. 나는 그것이 아름다운 질이라고 생각했고, 그녀는 음순을 활짝 벌려서 우리가 눈부시게 아름다운 그것을 감상하게 해주었다. 많은 비용을 치러 얻어낸 것이니 당연히 자랑스러울 터였다. 이윽고 우리는 다 함께 춤을 췄다. 허리가 바이올린처럼 잘록해서 탈리아[51]라 불리는 한 아가씨가 술이 가득 든 병을 바닥에 떨어뜨렸지만 아무도 신경 쓰지 않았다. 우리는 주최자의 어머니와 번갈아 춤을 추었고, 이내 건배, 스파클러,[52] 폭죽을 위한 시간이 되자 근처에서 벌어진 불꽃놀이에 귀가 먹먹해졌다. 주최자가 우리 한 사람 한 사람에게 직접 각자의 이니셜을 수놓은 스카프를 선물로 주어서, 우리 모두 세상에서 가장 고급스러운 회원제 클럽의 일원이 된 것 같은 기분이 들었다. 우리는 선물을 준비하지 못한 것에 대해 사과했지만 그녀는 상관없다고 단언했다.

곧이어 그들 모두가 나의 여성스러운 용모를 한층 더 여성스럽게 만드는 방법에 대해 조언하기 시작했고, 내 목소리가 매우 여자 같다며 칭찬했다. 한 사람이 내게 노래를

---

[51] 샤키라, 제니퍼 로페즈와 함께 라틴 팝의 3대 디바로 알려진 멕시코 여가수. 그녀는 늑골 절제술을 받은 것으로도 유명해서 해당 수술을 '탈리아 수술'이라고 부르기도 한다.
[52] 불을 붙이면 작은 불꽃을 튀기며 타들어 가는 가느다란 막대형 폭죽의 일종.

불러달라고 부탁해서 달과 사랑에 빠진 황소에 대한 노래를 불렀더니, 이내 다른 한 사람이 눈물을 흘리기 시작했다. "그냥 아빠가 보고 싶어서 그래." 그녀가 그렇게 말하자 나머지 사람들이 놀려댔다. 우리는 점점 더 취했고, 설거지를 한 다음엔 작은 바깥 정원의 선 베드에 앉아, 그 밑에 모기향을 피워놓고도 모기들에게 엄청나게 물어뜯기면서, 머릿속에 떠오르는 모든 것에 대해 몇 번이고 건배를 거듭했다. 한 아가씨는 남동생이 중등학교를 마쳤으면 좋겠다고 했고, 다른 아가씨는 돈을 모아서 엉덩이를 조금 더 크게 만들고 싶다고 했다. 그들이 내게 소원이 무엇이냐고 물었을 때 나는 아무 말도 하지 않았다. 다들 무언가 완벽한 것을 소원해보라고 했는데도 무슨 말을 해야 할지 전혀 알 수가 없었다. 내가 원하는 건 힘이라는 생각이 들었지만, 그렇게 말하기는 부끄러웠다. 그 후 우리는 모두 조용해져서 이웃들이 섹스하는 소리를 들었다. 한 아가씨는 그들이 우리를 초대해야 한다고, 정말 멋진 밤이니 그래야 하지 않냐고 외쳤다. 이윽고 첫 번째 장밋빛 구름이 살금살금 다가와 집에 갈 시간이라는 신호를 보내, 우리는 구두를 한 쪽 손에 들고 진창길로 나섰다. 한 명은 버스를 타기 위해 공항 쪽으로, 다른 한 명은 근처에 있는 집으로 향했고, 나는 리오 세바요스 출신의 잔뜩 취한 신사와 함께 차를 탔

다가 결국 도로 옆 회차 구역에서, 막판에 탑승해 틀림없이 기내에서 크리스마스를 축하했을 승객들을 싣고 이착륙하는 비행기들을 지켜보며 사랑을 나누게 되었다. 나는 예의 빈티지 시프트 원피스를 입고 있었다. 그 고객은 계산을 마친 뒤 공항 근처 작은 매점에서 아침 식사를 하자고 제안했다. 나는 그에게 트라베스티들의 크리스마스에 대해 이야기했고, 또한 외과 수술로 만든 음부를 처음 봤으며, 그날 밤 하느님과 단호하게 결별했다고도 이야기했다. 술에 취한 상태이기는 했지만, 그는 이렇게 말했다. "잘했어."

이틀 뒤, 한 고객이 나에게 화를 냈다. 발기가 되지 않아 그에게 삽입을 하지 못했기 때문이다. 나는 밤새도록 거리에서 몸을 팔고 난 뒤라 온몸을 똑바로 세우기도 힘들었다. 밤마다 술자리에서 폭음을 하고 돌아오는 우리 아버지처럼 나도 항상 술에 취해 쓰러지기 일보 직전이었다. 술 냄새를 풍기고, 땀과 함께 술을 배출하고, 술기운에 자기중심적인 기지를 발휘하며 돌아다니는 건 부끄럽지 않았다. 하지만 발기가 되지 않았다. 이미 호텔에 두 시간에 해당하는 대실료를 지불한 데다 지인이 나와 함께 있는 자기 모습을 볼까 봐 겁을 먹은 고객은 점점 더 화를 냈다. 그는 고래고래 끔찍하게 모욕적인 말들을 퍼붓기 시작했다. 이런 식으로는 아무것도 안 돼. 넌 이 일을 제대로 할 줄 아는 사람들한테서 일을 빼앗고 있는 거라고. 그런 물건을 가지고 어떻게 써야 하는지도 모르다니. 부끄러운 줄 알아. 어떻게 이런 창부가 다 있지? 젖통은 없고, 없애야 할 콧수염은 있잖아. 어떤 바보가 이런 병에 걸린 머리 긴 깜둥이를 호텔로 데려왔을까? 그가 나를 때리겠다고 여러 차례 위협하는 동안 나는 눈도 깜박이지 않고 침만 꿀꺽 삼키며 귀 기울여 들었다. 두렵기는 했지만 그가 그렇게 필사적으로 섹스를 하고 싶어 하는 모습을 보는 것이 재미있기도 했다. 그는 페니스를 간절히 원하는 버릇없는 어린 소년이었다. 그의 분노와 나의 만취로 우리의 노력은 무의미해졌다. 그날 밤 내가 무엇에 취했는지 누가 알겠는가. 그는 얼마든지 죽어라 악을 써댈 수 있었지만, 내 가운뎃다리는 반응하지 않을 터였다. 그가 화가 난 이유는 무엇보다도, 이제 나는 발을 들여놓을 자격조차 없는 그 진절머리 나는 호텔 컨시어지 앞에서 둘이 함께 떠나야 한다는 사실이었다. 사람들은 나 같이 어두운 피부의 창부들과는 어둠 속에서 섹스를 한다. 나는 아무짝에도 쓸모가 없었다. 이윽고 그는 내게 호텔비의 절반을 내라고 요구했다.

내가 수천 가지 다른 대안을 제시했는데도 그는 자신이 원하는 것을 얻지 못한다는 사실에 너무 화가 나 정신을 잃을 지경이었다. 방에서 차까지 가는 내내 나를 모욕했는데, 나는 너무 취해서 거의 알아듣지도 못했다. 집으로 돌아가는 길은 멀었지만, 또 한 마리의 순진한 어린 양이 암컷 늑대의 수중에 떨어질 수도 있었다.

나는 데안 푸네스 거리를 따라 다시 걷고 있었다. 도시는 잠잠했고, 문을 연 곳은 인터넷 카페들뿐이었다. 열린 문으로 악취가 흘러나오고 울부짖는 한탄이 들려왔으니, 그 시간에 인터넷 카페를 차지하고 있는 것은 오로지 고뇌하는 유령들뿐이었다. 더위 때문에 문은 죄다 열려 있었다. 인터넷 사용자들, 수많은 외로운 사람들, 그저 무언가에 대해 이야기하고 싶을 뿐인 사람들의 머리 위에서 담배 연기가 먹구름처럼 자욱하게 떠돌았다. 설사 그저 채팅에 그치더라도, 무언가를 말하고 누군가에게 읽히기를 원하는, 심지어 거짓말을 해서라도 누군가와 이야기를 나누고 연락하기를 원하는, 누군가와 함께하기만 한다면 아무것도 상관없는 사람들.

그러다 몇 달 전만 해도 내가 지나갈 때마다 "호모!"라고 소리치던 여성, 동네 불량소녀인 발레를 만났다. 지금 발레는 빨간색 비닐 재킷 차림에 자홍색 붙임머리를 달고 위스키 냄새를 폴폴 풍기며 나에게 다가왔다. 이 도시에서 그녀는 코카콜라만큼이나 불가사의하고, 꺼림칙하며, 해롭고, 달콤했다. 발레는 평소답지 않은 연약한 태도로 불경기에 대해 투덜댔다. 최근 이삼일 동안 아무도 유혹하지 못한 상태였다.

"넌 요즘 어때?" 그녀의 물음에 나는 방금 전에 있었던 일, 그러니까 내가 섹스를 해주지 못해서 씩씩거리며 가 버린 고객에 대해 말해주었다. 그녀는 큰 소리로 자지러질 듯 웃어대더니 호르몬제를 복용하고 있냐고 내게 물었고, 나는 아니라고 대답했다. 그러자 발레는 자신이 답을 알고 있다고 말했다. 작은 비아그라 한 알이면 모든 게 해결된다는 것이었다. 그녀는 핸드백에서 블리스터 패키지[53]의 일부를 꺼내 손톱으로 알약 하나를 둘로 쪼개더니 절반을 건네며, 이걸 복용한 다음 어떻게 되는지 보라고 했다. 우리는 데안 푸네스 거리와 프라게이로 거리의 모퉁이에서 벌어진 그 상황에 웃음을 터뜨렸다. 정말로 어처구니없는 일이었다.

"트라베스티가 되려고 그렇게 애를 썼는데도 결국 넌 호모랑 섹스를 하고 있구나."

이어 발레는 잠재 고객으로 보이는 사람들에게 수동적인 성향인지 묻더니 비키라고 했다. 그러곤 자신의 왕좌, 그러니까 서 있던 건물 입구에서 배꼽을 잡고 웃으며 이

---

[53] 알약 등을 기포같이 생긴 투명 플라스틱 칸 안에 개별 포장한 것을 일컫는 말.

렇게 외치려고 했다. "빨간 차에 탄 남자가 수동적인 성향이래!" 하지만 그 순간 누군가 자전거를 타고 도착해 두 사람은 시간당 가격을 정한 다음 자전거 따위를 모두 들고 발레의 작은 아파트로 들어갔다. 나는 지갑에 비아그라 반 알을 얕은 잠을 자는 개구리처럼 넣어둔 채 계속 집으로 걸어갔다.

이튿날 그 약을 복용하기로 마음먹었다. 초반에는 모두 순조로웠다. 약간 밝은 갈색 피부를 가진 재미없는 테니스 선수와 함께할 때 처음으로 먹었는데, 내가 올라타자 성난 말처럼 완강하게 저항하던 그는 완전히 다른 사람이 되어 간청하고 애원하기 시작했다. 단 한 번의 삽입만으로 성격 전체가 바뀌기라도 한 것 같았다. 그는 돈을 다 지불하고 떠났다. 문제는 발기한 내 물건을 그가 받아들이지 않았다는 것이다. 그다음 고객은 코르도바 출신 사람들에 대한 소문에도 불구하고 수동적인 역할은 전혀 하려 하지 않았고, 그다음 고객도 마찬가지였기 때문에 나는 짜증이 나서 혼자 공원을 배회하고 있었다. 다른 사람들은 모두 어딘가로 떠나버려 내 유일한 동반자는 고통스럽게 발기한 내 물건뿐이었다. 그 정도로 발기된 건 정말이지 처음이었다. 나는 마치 무절제하고 거친 종마처럼, 나같이 온순하기 그

지없는 돔54)에게는 당황스러운 동시에 다소 수치스러운 고통에 시달렸다. 발기의 증거를 코트로 가리고 집으로 돌아갔지만 잠을 이룰 수가 없었다. 막 효과가 사라지려는 듯한 순간, 긴장이 풀리고 졸음이 밀려오기 시작하는 바로 그 순간, 아주 살짝만 건드려도 약효가 다시 나타나곤 했다. 그래서 나는 완전히 기진맥진할 때까지 몇 번이고 자위를 했다. 내 모든 애인들을 기억의 전면에 번갈아 등장시키며 정신적인 퍼레이드를 벌였다. 고객들이 그토록 화를 내고 짜증을 부리고 발로 차고 소리를 지르며 애원하는, 어두운 욕망의 대상인 내 가운뎃다리를 그렇게 몇 시간이나 손에 쥐고 있었다. 그 빌어먹을 알약의 효과를 없애기 위해 내가 손에 쥐고 위아래로 문질러대는 페니스를 간절히 바라는 이들, 욕구불만에 시달린 남편들의 모습을 사람들이 봐야 하는데. 아내와 아이들을 먹여 살리기 위해 맹렬히 일하는 유부남들이 내 물건을 간절히 바라는 모습을. 내가 이를 악물고 쥐어짜며 가라앉히고 있는 이 페니스를 꿈꾸며 밤의 고요 속에서 갈망하는 그들의 모습을. 그것을 입안에 받아들이고 자기 항문 깊숙이 밀어 넣기

---

54 성적 파트너를 지배하고 무력하게 만들고 싶어 하는 지배적 성향의 사람을 '도미넌트' 혹은 줄여서 '돔'이라고 부른다. 반면 파트너가 자신을 지배하고 책임져 주기를 원하는 피지배적 성향의 사람은 '서브미시브', 혹은 '섭'이라고 한다.

위해, 여성에 의해 삽입당하는 것이 어떤 기분인지 느끼기 위해, 자신들에게 이런 고통을 안겨주고 자신들의 욕망을 자극하는 것이 다름 아닌 여성이라는 사실을 알기 위해 애원하는 모습을. 이 페니스가 몸속에 들어가 있을 때 그들의 가치관이 나락으로 떨어지는 모습을. 그렇다면 왜 우리는, 그들이 영원히 남거나 떠날 만큼, 아니면 적어도 그들 자신의 두려움이 우리에게 감염되지 않을 만큼 용감해지지 못하는 것이 우리의 잘못이라고 생각하는 걸까?

약효가 사라지기까지 몇 시간 동안이나 고통을 겪었다. 결국 나는 그것으로 아무것도 하고 싶지 않았고, 그저 발기를 멈추기 위해 치아로 그것을 잘라내고 뜯어낼 각오까지 할 정도였다. 하지만 이튿날에는 그 일 덕분에 신나게 웃을 수 있었다. 영원히 잊을 수 없을 만큼 깔깔거리며 한바탕 웃다가 가까스로 숨을 가다듬어야 했다. 비아그라의 밤은 우리 트라베스티들 사이에서 하나의 전설이다. 매일 밤 우리 중 하나가 비아그라를 경험한 뒤 자기 친구들에게 전하고, 그 친구들은 그들의 친구들과 친구들의 친구들에게 이야기하며 시종일관 오줌을 지릴 정도로 웃어댔다. 프리아포스[55]의 저주, 빌어먹을 비아그라.

---

55 그리스신화에 등장하는 풍요와 생산력의 신. 거대한 남근을 가진 모습으로 묘사되며 가축, 벌, 과일나무 등의 수호자로 숭배받았다.

나는 약국에 줄지어 앉은 한 무리의 노인들과 함께 차례를 기다리는 중이었다. 우리는 공통점이 많았다. 아마도 그들과 나의 유일한 차이점은 그들의 젊은 정신이었을 것이다. 분명히 그들이 나보다 더 쾌활했다. 나를 특별하게 만드는 모든 것, 아름다움의 모든 입자가 길거리 저 어딘가에서 죽어버린 상태였다. 한 노인이 판매대에서 질문을 한 다음 다가와 내 옆에 앉았다. 그러자 그의 옷 속에 갇혀 있던 공기가 물결치듯 퍼져 나와 내 코와 다른 쪽에 앉은 여성의 코로 흘러들었다. 우리 둘 다 얼굴을 찡그렸다. 오줌과 암모니아 냄새였다. 마치 말년의 우리 할아버지 같았다.

갑자기 옥수숫대처럼 큰 키와 꼭 그만큼 마른 체형에 선글라스로 눈과 얼굴 생김새를 가린 여자가 성큼성큼 걸어 들어왔다. 엔카르나 아줌마는 이렇게 말하곤 했다. "모든 트라베스티에게는 투명성이라는 재능과 상대를 현혹하는 능력이 있어." 우리는 모두 거의 질주하듯 빠른 걸음으로 걷는 데 익숙했다. 그처럼 빠른 속도는 투명해야 한다는 욕구에서 비롯한 것이었다. 우리의 인간성이 공고해질 때마다 남성과 여성, 어린이, 노인, 10대 청소년 들은 우리가 전혀 투명하지 않다고, 우리가 트라베스티라고, 자신들이 모욕적인 말을 거침없이 퍼붓고 역겨워하는 대상은 우리뿐이라고 외치곤 했다. 그래서 다소 효과의 차이는 있지만, 우리는 투명성을 선택했다. 어떻게든 계속 눈에 띄지 않은 채, 그리하여 공격당하지 않고 안전하게 귀가하는 것이 승리였다. 투명성, 위장, 불가시성, 시각적 고요는 우리 일상의 소소한 기쁨이었다. 휴식의 순간이었다.

그래서 지금 그 여자는 자신이 살아 있음을 아주 미묘하게만 드러내며 약국으로 들어왔다. 헐렁한 청바지 차림에 선글라스를 꼈고, 내가 꿈에서나 바랄 수 있을 정도로 키가 크고 살이 없었다. 그 어깨의 기울기며 목소리 등 사소한 세부 사항들을 살피던 나는 그녀가 눈에 띄지 않으려 노력하고 있음을 알았다. 그리고 그 노력이 효과가 없어서 안타까웠다. 판매대 안쪽에서는 늘 있는 직원들이 서로 눈빛을 주고받고 있었다. 한 직원이 다른 직원에게 즉시 무어라 말하자 그 다른 직원이 히죽히죽 웃었다. 한 여자 판매원도 뭐가 그렇게 웃기는지 알아보러 왔다가 조롱에 가담했다. 그들은 판매대 너머에서 자신들의 악의를 드러내며 한껏 즐기는 것으로도 모자라 손님들까지 끌어들이려 했고, 손님들은 그 초대를 아주 기꺼이 받아들였다. 갑자기 모든 사람들이 자기 신분을 숨기고 약국을 방문하려 한 트라베스티를 빤히 쳐다보았다. 그녀는 숨죽여 키득대고 수군거리는 소리를 알아차리고서 거북해했다. 고개를 숙여 헤드폰을 끼고 자리에 앉아 기다렸다. 나는 그 모든 것을 지켜보았다. 나의 자매, 친구, 가족이 조롱 어린 눈길에 지쳐 필요한 물건을 사지 않고 떠나는 모습을 지켜보았다. 나 역시 마음이 급했고, 기력이 바닥나는 중이었다. 저 심술궂은 교양의 노예들이 마땅히 겪어야 할 소란을 피울 힘을 낼 수가 없었다. 나는 그들 때문에 몹시 당황스러웠다. 그리고 상황을 제대로 처리하지 못하고, 그들에게 모두 세상에서 가장 고약한 악취로 가득한 지옥에나 떨어지라고 말하지 못한 나 자신이 너무 부끄러웠다. 층층이 쌓인 똥 더미에서 태어나 상상할 수 있는 가장 더러운 짓을 하는 유치한 자들. 투명성과 현혹이라는 어려운 기술을 연습하며 허비한 시간에 대해 그들이 무엇을 알까? "우리는 선글라스 없이 보는 석양과 같아." 엔카르나 아줌마는 그렇게 말하곤 했다. "상대의 눈을 멀게 할 만큼, 누구든 우리를 바라보는 이를 매혹하고 겁먹게 만들 만큼 밝지." 그 말은 사실이지만 우리도 언제든 떠날 수 있다. 그리고 우리의 몸은 우리와 함께 떠난다. 우리의 몸은 우리의 조국이다.

  앙히에는 공원에서 가장 예쁜 트라베스티였다. 나는 그때껏 그녀만큼 아름다운 트라베스티를 본 적이 없었고, 이후에도 다시는 그녀 같은 사람을 보지 못했다. 키가 크고 마른 몸에 생기가 넘치는 앙히에는 바람에 흔들리는 대나무처럼 항상 움직이고 있었다. 나는 그녀가 몇 살인지 결코 알아내지 못했다. 그녀는 자신의 비밀을 절대로 밝히지 않는 트라베스티들 중 하나였다. 앳된 아름다움은 오라처럼 그 위를 맴도는 조숙한 영혼의 지혜로 보완되어 완전해졌다. 내가 앙히에를 만났을 때 그녀는 어떤 수술도 받지 않은 상태였다. 눈썹을 왕창 솎아내 1980년대 사람들이 그랬던 것처럼 아주 가느다랗게 만든 게 전부였다. 머리가 짧고 몹시 우아해 남자들에게 '아라셀리'라고 불렸다. 그리고 그들이 맞았다. 앙히에는 여배우 아라셀리 곤살레스만큼이나 아름다웠으니까. 트라베스티가 짧은 머리를 하려면 아주아주 아름다워야 했다. 다른 트라베스티들은 가발과 붙임머리에 없는 돈을 썼다. 하지만 앙히에는 머리를 아 라 가르송[56]으로 잘랐고 그 길이가 귀까지 내

---

56 a la garçon. '남자아이처럼'이라는 의미의 프랑스어.

려오지도 않을 만큼 짧았지만, 그로 인해 더욱더 거부할 수 없는 존재가 되었을 따름이다.

그녀는 어디든 사촌과 함께 다녔다. 사촌은 열여섯 살짜리 호모로, 앙히에가 자기 구역을 돌며 일을 할 때 공원의 나무들 사이에서 누군가 제 위에 올라타주기를 바라며 그녀와 동행하곤 했다. 그는 트라베스티가 아닌데도 우리보다 더 많은 돈을 벌 수 있는 자신의 능력에 자못 흡족해했다. 그가 우리 코앞에 지폐 한 움큼을 흔들어대며 아이스크림을 사러 갈 거라고 선언한 적이 있었다. "누구 같이 갈 사람?" 사촌의 강요에 못 이겨 에스파냐 광장에 있는 아이스크림 가게에서 우리 모두에게 아이스크림콘을 하나씩 사준 것이다. 우리는 서로 보란 듯이 그 아이스크림을 마치 말론 브란도에게 펠라티오를 해주는 양 핥았다. 그러다가 결국 어떤 행인이 상스러운 말을 하는 바람에 상황이 험악해졌다. 우리 아가씨들은 성격이 불같았으니 말이다.

그들은 둘 다 알타 그라시아에 살고 있었다. 매일 밤 버스에 올라 공원으로 갔고, 매일 아침 하늘이 붉게 물들 즈음 동네로 돌아갔다. 앙히에는 남자 친구에게 아침을 만들어줘야 했기 때문에 늘 허겁지겁 서둘렀다. 건축업자인 남자 친구는 일찍 출근했다. 우리는 공원의 계단에서 처음 만났다. 어느 날 밤 내가 집 밖으로 나가 당시 늘 그랬듯 혼자 울고 있을 때였다. 평소처럼 있는데 노래하는 듯한 웃음소리가 나를 향해 흘러왔다. 그들이었다. 그들은 RAI[57] 프로그램 '도나 소토 레 스텔레'[58]에서 모델들이 걷는 식으로 층계를 쳐다보지도 않은 채 계단을 죽 따라 내려왔다. 그러다 그 시간에 혼자 거기 앉아 있는 나를 보고 응원이 필요한 사람과 마주쳤음을 깨달았다.

내가 들은 앙히에의 첫마디는 이것이었다. "내가 트라베스티가 된 건 트라베스티로 사는 게 축제이기 때문이야." 그것이 모든 불쾌함에 대한 그녀의 처방전이자 삶의 방식이었다. 앙히에는 그렇게 태어난 것 같다. 사막의 꽃처럼 말이다. "맙소사, 그러지 마, 자기야. 아무것도 주지 않는 남자 때문에 울지 마. 트라베스티로 사는 건 축제야. 즐겨." 그녀는 자신의 철학을 철저하게 따르는 사람이었다. 항상 소리 내어 웃고, 항상 관대했으며, 항상 주머니에 사탕을 가지고 다녔다. 앙히에 덕에 나는 일하는 동안 박하사탕을 빠는 버릇을 들였는데, 그게 숨 쉴 때마다 풍기던 마리화나, 술, 담배 냄새를 없애는 데 도움이 되기도 했지만, 무엇보다 박하사탕을 물고 고객을 애무해주면 그가

---

57 이탈리아의 공영방송.
58 1986년부터 2003년까지 매해 여름 로마의 스페인 광장에 있는 스페인 계단에서 생방송으로 진행된 패션쇼.

나를 사랑하게 된다는 앙히에의 말 때문이었다.

건축업자인 남자 친구는 앙히에의 직업을 차분하게 받아들였다. 그들은 알타 그라시아의 그가 직접 지은 작은 집에 살았고, 앙히에는 자신이 벌어들인 모든 소득을 집으로 가져갔다. 앙히에는 열심히 일하고 돈도 열심히 모았다. 인생을 힘껏 살기로 결심하여, 자신의 파르르 떨리는 속눈썹과 황홀한 매력으로 유인할 수 있는 가장 멋진 미노타우로스와 짝을 이룬 상태였다.

앙히에의 애인은 우리가 그때껏 본 중 가장 잘생긴 남자였다. 회색 눈에 가무잡잡한 피부를 가졌고, 마치 벽돌로 만들어진 듯 든든해 보였다. 하지만 그가 탐나는 상대가 된 까닭은 그것이 다가 아니었다. 그는 전에도 트라베스티들과 함께 외출을 했었고, 몇 번은, 때로는 칼까지 들고 싸운 적도 있었다. 사람들은 그가 고집 센 노새처럼 앙히에에게 매달려 있다고, 꿀처럼 달콤하다고들 했다. 나도 두 사람이 진정으로 사랑에 빠졌다는 것을 알 수 있었다. 앙히에는 정말로 축제 같은 사람이니까. 아름답고, 유쾌하고, 예측할 수 없는 사람. 그녀를 열렬히 좋아하지 않기란 불가능했다. 공원의 여왕인 셈이었다.

어떻게 그녀가 하는 일을 받아들이도록 애인을 설득했는지 묻자, 앙히에는 그가 다른 가족들을 위해 집을 짓듯이 자신은 다른 남자들과 잠을 잔다고 대답했다. 가끔 그가 앙히에를 데리러 오면, 우리는 마치 우리 모두가 그 애인을 공유하고 있기라도 한 것처럼, 유한회사 이사회의 이사진인이라도 되는 것처럼 이렇게 외치곤 했다. "잘 가요, 파트너!" 앙히에는 결핍으로 괴로워하는 사람들 사이에서 감정을 숨김 없이 솔직하게 드러내는 이의 사랑을 받는다는 사실에 웃음을 터뜨리며 자랑스럽게 엉덩이를 흔들었다.

어느 날 앙히에의 사촌과 나는 그녀와 다른 트라베스티 사이에 벌어진 싸움을 재빨리 중단시켜야 했다. 앙히에는 그 사악한 것이 자기 남자에게 줄곧 메시지를 보내고 있었으며 급기야 욕망의 충족을 요구하기에 이르렀다는 사실을 적발한 상태였다. 하지만 상대 여성이 서커스의 장사처럼 덩치가 크다는 사실은 계산에 넣지 않았다. 앙히에는 상대의 주먹 한 방에 나가떨어져 나무뿌리에 머리를 부딪쳤다. 상대 여성은 땅바닥에 쓰러진 그녀를 발로 차기 시작했다. 비명 소리가 들린 순간 우리는 싸움을 말리기 위해 그쪽으로 갔다. 나는 내가 가진 모든 수사학적 능력을 동원해 상대 트라베스티를 진정시켰다. 마침내 가까스로 분노를 누그러뜨리자마자, 그 못된 계집은 이렇게 말했다. "미친 척하지 마, 자기야. 그러다 진짜로 미친 여자랑 마주치게 될지도 모르잖아." 나는 앙히에가 겁에 질려 두들겨 맞는 꼴을 보고 싶지도, 그녀와 응급실에 동행하고 싶지도 않았다. 앙히에는 머리를 세게 부딪쳐 관자놀이에 약간의 피를 흘리고 있었다. 그런데도 언제나처럼 위스키와 클로나제팜에 취해서, 자기 애인이 콧수염이 그렇게 덥수룩한 트라베스티와 잠을 자려 했을 리 없다며 웃음을 터뜨렸다.

딱 한 번, 앙히에가 우는 모습을 본 적이 있다. 그녀는 자신이 우는 것도, 다른 사람이 우는 모습을 보는 것도 견딜 수 없어 했는데, 그것이 문제였던 건 당시 우리 트라베스티들이 굉장한 울보였기 때문이다. 우리 중 한 명이 슬픔에 잠길 때마다 앙히에는 늦은 밤 카페로 데려가 따뜻한 음료를 사주었다. "자기야, 트라베스티로 사는 건 축제야. 우리를 빤히 쳐다보는 저 사람들을 좀 봐." 그녀는 우리가 외계인인 양 공포에 질린 눈길을 보내는 여자들을 가리키며 이렇게 말하곤 했다. "저들은 우리가 하는 일을 몹시 하고 싶어 할 거야. 우리는 사랑을 베풀잖아." 내 심장은 터질 듯 두근거렸다. 나는 앙히에를 흠모했고, 삶을 살아가는 그녀의 결단력에 감탄했다.

어느 날 밤, 그렇게 아름다운 사람은 아무도 마음씨가 착할 리 없기 때문에 결코 신뢰할 수 없는 부류인 두 미소년이 함께 파티를 하자며 자기들의 르노 캉구[59]로 우리를 초대했다. 나는 파티를 좋아하지 않았고 옆에 알몸의 다른 트라베스티가 있는 게 불편했지만, 앙히에가 대화를 도맡아주니 보수가 후할 것이고 우리는 알아서 각자의 일을 하게 되리라 생각했다. 그때가 토요일 밤 새벽 4시쯤, 그러니까 남자들이 나이트클럽과 바에서 나와 술에 취한 채 돌아다니며 범법 행위를 저지르고, 서양에서 가장 빠른 사람이 되고, 위해를 가하고, 세상에 복수하려 하기 시작하는 위험한 시간이었다.

위험한 시간이지만, 동시에 기대할 수 있는 최고의 애인, 즉 독신인 애인들이 나타나는 때이기도 했다. 우리는 독신 남성을 절대로 놓치고 싶지 않았다. 그들과는 항상 일이 잘 풀려서, 마치 행운이 실제로 존재하는 듯, 마치 예수님의 말씀이 마침내 이루어진 듯 느껴졌다. 나중 된 자로서 먼저 되었느니라.[60]

한밤중이었다. 허리가 아플 정도의 추위에 우리는 단테의 조각상처럼 뻣뻣하고 얼어붙은 듯 차가웠다. 캉구가 우리 앞에 멈춰 섰고, 그 안에 두 황금빛 왕자의 모습이 보였다. 그들은 약간 취한 상태로, 잘 차려입은 옷차림에 향기를 풍겼으며, 주머니에 돈을 넣고서 예의 바르게 행동했

---

[59] 르노사의 미니 승합차.
[60] 마태복음 20장 16절에 대한 언급. "이와 같이 나중 된 자로서 먼저 되고 먼저 된 자로서 나중 되리라."

다. 하지만 우리를 승합차 뒷좌석에 태운 뒤에는 우리 같은 한 쌍의 남색자가 할 수 있는 모든 것을 해달라고 요구했고, 트라베스티에게는 값을 치르지 않는다며 지불을 거부했다.

앙히에는 매우 차분하게, 자신이 낼 수 있는 가장 감미로운 목소리로, 그들이 당연히 돈을 지불할 거라고 말했다. 우리는 그들에게 매우 솔직했고 아무것도 숨기지 않았으니까. 하지만 그들은 두 호모에게 사기를 당한 것 같다고 주장했다. 나는 화려한 말솜씨로 개입하고 싶었지만, 한 남자가 앙히에의 입을 후려치고 다른 남자는 내 멱살을 움켜잡아 목을 조르기 시작했다. 그렇게 진짜 난투극이 시작되자 앙히에는 청바지 주머니에 있던 칼을 꺼내려 손을 뻗었고, 나는 우리가 살아서 빠져나가지 못하리라는 생각에 미친 여자처럼 비명을 질러댔다. 발길질과 주먹질이 난무하는 가운데 캉구의 뒷문이 위로 열리며 밤하늘이, 이어서 15센티미터짜리 하이힐을 신어 키가 껑충해진 엔카르나 아줌마가 눈에 들어왔다. 아줌마는 내 목을 조르는 남자를 승합차 밖으로 끌어낸 다음 하이힐로 그의 고환을 짓밟기 시작했다. 북새통에 앙히에는 칼을 움켜쥐고 다른 한 남자의 허리를 찔렀다. 나는 가만히 앉아 친구의 피투성이가 된 아름다운 얼굴과 칭얼거리며 제 몸통을 감싸는 그 마마보이의 모습을 빤히 바라보고만 있었는데, 엔카르나 아줌마가 버럭 소리를 질렀다. "야, 이 멍청이들아, 그냥 거기서 나오란 말이야!" 그 순간 억눌린 분노를 터뜨릴 준비가 된 한 무리의 트라베스티들이 우리를 구하러 오는 모습이 보였다.

앙히에는 그 칼을 직접 만들었다. 호텔의 막대형 비누에 고무줄 머리끈으로 면도칼을 부착한 것이었다. 그녀는 그것을 소맷자락이나 지갑이나 호주머니에 넣고 다녔다. 어느 날 밤, 앙히에가 내게도 하나를 주며 이렇게 말했다 "아, 자기야, 자기는 이 코코넛 비누 냄새가 얼마나 좋은지 모를 거야." 그녀는 그것을 사용해, 조로가 적의 셔츠를 베어 Z 자를 새기듯, 우리를 공격한 자의 허리에 깊고 흉측한 상처를 냈다. 그날 밤 우리가 얼음처럼 차가운 물병을 상처에 대고 누르는 동안, 앙히에는 내 눈을 바라보며 이렇게 말했다. "아, 자기야!" 치아에 묻은 피가 꼭 립스틱 자국 같아 보였다. 곧 그녀는 입을 가리고 내게 기댔다. 상태가 나아져 나는 그녀를 버스 터미널까지 걸어서 바래다주었다. "고마워, 자기." 앙히에는 일요일에 나를 바비큐 파티에 초대하겠다고, 자신의 남자 친구가 요리를 해줄 거라고 약속했다.

앙히에는 에이즈로 사망했다. 우리 중 몇몇이 그녀의 마지막을 지켜보았다. 그녀는 아주 순식간에 핼쑥해지고 말라버린 모습으로 공원을 떠났다. 앙히에의 사촌은 그녀가 라우손 병원에 입원한 이후로 그녀를 본 적이 없다면서, 내게 전혀 반갑지 않은 그 끔찍한 소식을 태연스럽게 전했다. 앙히에는 건축업자인 남자 친구의 손을 잡은 채 죽었다. 그는 내내 앙히에와 함께 있었다. 나는 대학에 들어가기 전에 두 차례 병문안을 갔고, 두 번 모두 그가 계단에 앉아 어린 소년처럼 울고 있는 것을 보았다. 그는 아주 어렸다. 아직 열아홉 살도 되지 않은 것 같았는데, 벌써 홀아비가 되기 일보 직전이었다. 어느 날 그가 내게 전기 요금 낼 돈을 부탁했다. 그는 일을 할 수가 없었고, 앙히에의 병 때문에 그들의 저금도 다 써버린 상태였다.

엔카르나 아줌마는 앙히에가 작별 인사를 할 수 있도록 그녀의 눈 속에 반짝이는 빛을 데리고 병원으로 갔지만 간호사들은 두 사람을 들여보내주지 않았다. 아이를 병원에 데리고 오는 것은 좋은 생각이 아니라는 것이었다. 그곳이 우리에게 일종의 응급 호텔, 피할 수 없는 죽음으로 이어지는 대기실 같은 곳이었기 때문이다. "너한테 어울리는 곳은 거기뿐이야." 한 경찰관이 언젠가 나를 체포하려 하면서 그런 말을 한 적이 있다. "거기가 네가 마지막에 갈 곳이지." 우리의 죽음을 암시하는 싸구려 여인숙인 라우손 병원에 대해 그는 그렇게 말했다.

앙히에의 죽음으로 나는 몹시 우울해졌다. 대학에서 한 연구회에 참여했는데, 함께 공부하던 예쁜 여학생들은 나라면 몹시 겪고 싶어 했을 아주 평범한 문제들에 대해 불평하곤 했다. 겨우 스무 살에 친구를 그 바이러스로 잃다니, 불공평한 일이다.

악의적인 소문에 따르면 앙히에의 애인은 한 아가씨와 결혼해서 아이들을 낳았다. 그 무렵 우리 트라베스티 무리는 틀림없이 앙히에가 그에게 병을 옮겼으리라 여겼기 때문에 더 이상 그를 탐내지 않았다. 하룻밤 사이에 그는 우리 모두가 열광했던 섹스 심벌에서 달갑지 않은 보균자 꼬리표를 단 신세로 전락해버렸다. 정말 잔인한 일이었다. 사실 나는 그 매력적인 건축업자를 다시 보지 못했지만, 그가 어디에 있든 내 친구에게 베풀어준 사랑을 고맙게 생각한다. 나는 면회 시간 내내 절대로 앙히에의 손을 놓지 않는 그의 모습을 두 눈으로 보았고, 계단에서 슬픔에 겨워 쓰러진 채 석회에 전 두 손으로 눈물을 닦는 모습도 보았다. 그는 이 세상의 신성한 것들이 사랑받아 마땅한 방식으로 앙히에를 사랑했다. 트라베스티와 함께한다는 것은 그에게도 축제였다.

살아생전 앙히에가 매일 밤 공원을 찾은 것도 아니건만, 그녀가 없는 공원은 예전 같지 않았다. 우리의 일상은 전과 마찬가지로 계속 이어졌으나 이제 더 비참해졌다. 우리는 휴대용 술병을 항상 가까이 두고, 데 라 루아[61] 대통령과 돼지 같은 인간들을 저주하며, 고객들과 다투고 우리끼리 서로 다투었다. 그렇게 우리는 가장 중요한 것을 잊어버렸다. 트라베스티로 사는 것은 축제라는 사실을 말이다. 우리 모두 가운데 가장 아름다웠던 사람은 더 이상 여기서 우리를 일깨워주지 않았다.

우리의 분노라는 종양. 고아 신세라는 쓰라림. 우리의 동족, 암여우, 암늑대, 새, 마녀에게 서서히 저질러진 살인. 설령 문학적 죄악이라 할지라도 나는 몇 번이고 반복해서 말할 것이다. 죽음에 대한 동경을 말이다. 그것들은 하나같이 매우 강력했고, 이름 모를 미지의 곳에서, 다시 말해 우리 마음 깊숙이 자리한 폭력의 원조로부터, 우리가 둔감해지면서 우리를 날마다 살아 있게 하는 과정의 일부였던 모든 것이 잊혀버린 곳으로부터 비롯했다.

사람들은 항상 우리에 대해 이런저런 말들을 늘어놓았

---

61 페르난도 데 라 루아. 1999년 10월 야당 연합 후보로 대통령에 당선되었지만, 2000년 12월 국가 채무불이행을 선언하며 2년 만에 대통령직에서 물러났다.

다. "트라베스티들이 문제야." "트라베스티를 안에 들이지 마." "그들은 도둑놈들이야." "그들은 까탈스러워." "불쌍한 것들, 그들이 그런 식인 건 그들 잘못이 아니야." 그들의 업신여기는 눈빛. 우리를 모욕하는 방식. 사람들이 던지는 돌멩이들. 박해. 경찰은 언어장애인인 마리아에게 총구를 들이댄 채 이름을 말하지 않으면 머리를 쏴버리겠다며 협박하고, 그녀의 눈에 오줌을 갈겼다. 우리 모두가 지켜보는 앞에서 말이다. 그 모든 구타는 부모님이 이미 우리에게 가했던 구타에 더해진 것이었다. 우리를 원래대로 돌려놓으려고, 남부끄럽지 않은 세상으로, 올바른 길로 돌아가게 하려고, 가정을 이루고, 자녀를 낳고, 하느님을 사랑하며 부지런히 일해 상사를 부자로 만들고, 아내 옆에서 늙어가게 하려고 우리에게 가했던 그 모든 구타. 우리는 우리의 존재를 향한 조직적인 비하에, 우리의 어머니들이 보여준 침묵과 공모에 분노했다. 그녀의 눈 속에 반짝이는 빛조차, 우리가 삶이 끝난 후에도 사슬처럼 여전히 매달고 다닐 분노로부터 우리를 자유롭게 해주지는 못했다.

이웃들이 엔카르나 아줌마가 지나갈 때마다 "변태!" "아동 유괴범!"이라고 외치기 시작하자 아줌마는 외출을 줄이기 시작했다. 그녀는 방에 틀어박혀 우리의 인생 이야기가 승화된 브라질 신파 연속극만 보았다. 화장을 그만두었고, 새끼를 밴 개처럼 둔해지기 시작했다. 아이의 가슴에 머리를 얹은 채 둘만 아는 언어로 그 애에게 말을 걸곤 했다. 반짝이는 빛은 그 비밀스러운 속삭임에 둘러싸여 자랐다. 그러는 사이 벽 너머에서 사람들은 우리를 병적인 남색자들이라고 부르며 엔카르나 아줌마가 공들여 만들어온 평화를 깨뜨리려 했다. 때로 우리가 대거리를 하기도 했지만, 그러면 상황은 더 악화될 뿐이었다. 한번은 아비가일 카벨로 데 포고가 창가로 가서는 바지 앞섶을 열어, 순진한 할머니의 얼굴을 하고 우리와 성전을 벌이는 분개한 이웃에게 거대한 털북숭이 남근을 보여주었다. 이튿날 누군가 우리 집 문에 빨간색 스프레이 페인트로 엄청 커다랗게 호모라고 썼다. 분명 그 할머니는 아니었지만, 어쨌든 이웃 사람들이 우리를 적대시한다는 뜻이었다. 우리는 조만간 재발할 터이니 무의미하다는 것을 잘 알면서도 그 글씨에 덧칠을 했다. 욕망의 세계는 사람들이 생각하는 것처럼 반짝이지 않는다.

그는 사냥꾼이었다. 카키색 바지와 셔츠를 입었고, 근육질 몸매는 그의 다리 사이에 매달린 물건에 대한 타당한 증거라 할 만했다. 섹스를 하는 동안에는 마치 들소가

씨름을 하듯 상대를 지치게 만드는 친절하고 정력적인 짐승이었다. 매여 있으려 하지 않았기 때문에 우리 중 여럿의 가슴을 찢어놓았다. 말이 많지 않았고, 향기를 풀풀 풍겼으며, 손길이 부드러웠다. 동물원에서 경비원으로 일하며 어디였는지 기억나지 않는 도시 외곽의 작은 마을에서 혼자 살았다. 소문에 따르면 그가 키우는 로트바일러가 어느 날 밤 그가 근무 중일 때 침입한 도둑을 죽였다고 했다. 그가 손님으로 오면 좋은 밤이 되리라는 것을 알 수 있었다. 그는 항상 합의한 대가를 지불하고, 위생적이며, 여자를 대하는 방법을 알고, 우리에게 돈을 빌려주고, 우리를 애무하고, 술과 약을 줄이라고 강력히 충고하고, 팁을 주기 때문이었다. 그는 모든 비용을 부담했을 뿐 아니라 우리에게 인간적인 대우를 해주었다. 그와 함께하는 밤은 마치 사이 좋은 연인의 첫 데이트 같았다.

나는 그와 함께 있으면 정말로 기쁨을 느낄 권리가 있다는 것, 아무리 잠깐일지라도 그의 몸에서 꾸준히 행복을 얻을 수 있다는 것을 알았다. 그는 나를 동물원에 데려갔고, 우리는 보육 시설의 밝은 파랑과 분홍으로 칠해진 작은 하트 모양 테이블들 사이에서, 보육 교사들이 아이들을 데리고 놀 때 틀림없이 사용했을 쿠션에 기대어 사랑을 나눴다. 그를 만나고 나면 나는 곧장 집으로 갔다. 더 이상은 아무것도 필요하지 않았다. 때때로 그는 나를 불러 동물원을 산책하기도 했다. 밤에는 동물들이 예민해지기 때문에 조용히 해야 했다. 그는 손전등을 들고 사자들이 있는 곳으로 나를 데려갔다. 사자들은 선명하게 반짝이는 초록색 눈으로 우리를 바라보며 사바나로 돌려보내달라고 애원했다. 그는 나를 낙타들이 잠자는 곳으로 데려가기도 했고, 두루미들이 새벽을 맞이하는 소리를 듣게 해주기도 했다. 가끔은 산책 도중에 피가 확 솟구쳐서 그 즉시, 별빛 아래, 동물들 사이에서 내게 올라타기도 했다. 그가 내 옷을 모조리 벗긴 뒤 자기 옷도 모조리 벗으면, 우리는 동물들을 괴롭히지 않기 위해 신음을 억누르며, 야외에서 알몸으로 죄를 짓는 영광을 누렸다.

그 경비원은 고독한 사람이었다. 그는 휴대용 라디오로 돌리나[62] 쇼를 청취했고, 때로는 보육 시설에서 나를 유린한 다음 뜻밖의 선물을 주곤 했다. 나는 사랑에 빠졌지만 그는 나보다 스무 살 이상 연상과 결혼을 했다는 소문도 돌았다. 나는 우리 안에 그려진 사막 풍경 앞에 선 낙타들이 향수에 젖어 있음을 알아차렸다. 마치 사육사들이 낙타

---

62 알레한드로 리카르도 돌리나 콜롬보. 아르헨티나의 방송인이자 음악가. 심야 시간대에 가장 많은 사람이 청취하는 라디오 프로그램의 진행자로 큰 명성을 얻었다.

들을 놀리느라 그런 그림을 그려놓은 것 같았는데, 어떻게 그런 속임수에 넘어갈 수 있는지 이해가 되지 않았지만 어쨌든 낙타들이 몹시 지혜로운 표정으로 그리운 듯 그림을 응시하고 있었기에 나는 감동을 받았다. 경비원은 간혹 이렇게 말하기도 했다. "할 수만 있다면 우리 문을 열어 모두 내보내고 싶어." 내가 왜 그러지 않느냐고 묻자 그는 이렇게 대답했다. "내가 교도소에 들어가면, 넌 면회하러 오지 않을 테니까." 그러면 나는 흥분한 개처럼 그에게 몸을 비벼댔다. 심지어 그 불쌍한 낙타들 앞에서도. 별자리는 이따금 무척 관대해질 수도 있다. 나의 동물원 경비원은 나를 다정하게 대했고, 추운 겨울밤이면 따뜻한 커피를 가져다주었으며, 여러 번 나를 자기 차에 태워 집 앞에 내려준 뒤 입을 맞추며 작별 인사를 하기도 했다.

언어장애인인 마리아는 어디에서나 블랙리스트에 올라 있었다. 그녀는 바, 레스토랑, 성당에 들어갈 수 없었다. 심지어 그 부정한 관공서도 그녀를 들여보내주지 않았다. 슈퍼마켓에 가면 나가라는 요청을 받았고, 식료품점에 가면 사람들의 조롱을 받으며 쫓겨났다. 우리 중 누구보다 더 오래 시달린 불쌍한 마리아, 그녀의 눈 속에 반짝이는 빛이 제일 좋아하는 마리아는 자신의 추방에 대해 불평할 수 없었지만, 그렇다고 약속의 땅에 도착하기 전까지 견디라고 강요당하는 잿빛 삶을 달갑게 받아들일 수도 없었다.

서서히 그녀는 짙은 은빛 깃털을 가진 새로 변해갔다. 처음에는 청각장애인이자 언어장애인인 그녀의 짹짹거림에 압도적인 힘이 실려, 그녀가 반 블록쯤 떨어져 있는 누군가와 소통하려는 소리로 들릴 정도였다. 이윽고 마리아는 아이가 놀라지 않도록 조용히 있기로 마음먹었다. 자신의 언어가 공작새의 요란한 울음소리 못지않게 온갖 허세에 물들어 있음을 알았기 때문이다. 보름달이 뜨는 밤이면 그녀는 자발적으로 감금되어 있는 나탈리의 곁에 있어주었고, 그렇게 두 동물은 세상으로부터 몸을 숨긴 채 이해할 수 없지만 함축적이면서도 표현력이 풍부하며 신랄한 언어로 서로를 위로했다.

우리는 마리아에게 가능한 모든 지원을 아끼지 않았을 뿐 아니라, 잘 알지는 못했지만 그녀가 무시무시한 돌연변이, 고통스러운 변화 과정을 헤쳐나가도록 도울 준비가 되어 있었다. 깨뜨리지 못할 주문의 피해자인 그녀는 아무도 자신을 볼 수 없는 밤에 테라스에서 시험 삼아 날아보았고, 날마다 더 작아졌다. 그녀는 곧 익힌 음식 대신 생고기 조각만, 새가 모이를 쪼아먹듯 조금씩 먹기 시작했다. 그러는 사이 그녀의 코는 오래된 할리우드 영화에서 볼 법한 황금빛 담배 파이프처럼 길고 우아한 부리로 변했다. 몸이 너무 많이 변해서 맞는 옷이 전혀 없었기 때문에 마리아는 나체가 되어 담요로 몸을 가리고 돌아다녔다.

우리는 그녀의 날개가 더 튼튼해져 파티오 한가운데서 날개를 완전히 펼칠 수 있기를 여러 달 동안 기다렸지만, 그런 일은 일어나지 않았다. 발이 있던 자리에 갈고리발톱이 자랐을 뿐이다. 세련된 취향이라곤 전혀 모르는 우리는 그 발톱을 선홍색 광택 매니큐어로 칠했다. 결국 마리아는 파티오의 레몬 나무 둥지에서 밖을 내다보는 작은 납빛 새로 쪼그라들어 반짝이는 빛이 자라는 모습을 지켜보면서 사람들의 가슴을 찢어놓는 우울한 곡들을 지저귀게 되었다. 우리의 새, 원하는 곳은 어디든 날아갈 수 있었던 우리의 가장 자유로운 자매. 새가 되어 우리 손바닥에 있는 벌레와 구더기를 잡아먹던 마리아. 이제 마리아의 변신에 대해 이야기하자니, 말로 표현하는 사이 나의 마음 한구석이 죽어버렸다.

마리아가 변한 뒤로 우리가 엔카르나 아줌마의 집에 가는 횟수는 점점 줄어들었다. 이 무렵 우리 중 절반 이상이 그 바이러스에 감염되어 있었는데, 허약하고 병약해진 와중에도 얼어붙을 만큼 추운 날씨에 몸을 가린 듯 만 듯 한 차림새로 돌아다니고 반쯤 벗은 채로 서 있느라 감기가 끊이지 않았다. 날이 갈수록 연락이 줄었다. 우리는 리더를 잃은 상태였다. 가끔 게이 클럽에서 서로를 보면, 마치 자매 관계가 이제는 과거의 일이 되어버린 양 지나가듯 인사말을 건네곤 했다. 가끔 서로 소식을 알리기도 했지만, 우리의 삶에 변화 같은 건 없기에 그마저도 오래가지 않았다. 엔카르나 아줌마를 만나러 가면 그녀는 합리적이면서도 미친 소리처럼 들리는 푸념을 늘어놓으며 우리를 들볶았다. 우리가 자기를 버리고 자멸적인 삶을 산다면서 비난하고, 자신에게 만사가 얼마나 어려운지 우리는 모른다고 불평했다. 그녀는 우리를 기회주의적이고 배은망덕한 사람들로 여겼다. "난 너희에게 뭐든 다 줬는데 너희는 내게 이런 식으로 보답하는구나!" 우리는 반짝이는 빛의 첫걸음마와 첫마디를 놓쳤고, 한때 우리의 것이기도 했던 집에 아줌마를 홀로 남겨두었다. 식물들이 파티오를 완전히 장악해버려서 마치 정글이나 무질서한 온실에 있는 것 같았다. 덩굴들이 우리의 하이힐에 뒤엉키고, 벌들이 뻔뻔스럽게 우리의 얼굴을 향해 윙윙거리고, 박쥐들이 덩굴식물들 사이에 숨고, 나뭇가지들이 직사각형의 하늘을 메웠다. 엔카르나 아줌마는 점점 더 살이 오르는 아들을 데리고 이 다스리기 어려운 왕국을 돌아다녔다. 그 애는 꼭 스모 선수 같았다.

뚱뚱하고 전제적인 그는 어머니의 젖가슴에, 고객들은 더 이상 접근이 금지된 젖가슴에 매달려 지냈다.

엔카르나 아줌마는 집 안에 틀어박혔다. 이제 그녀에게 중요한 것은 아이뿐이었다. 우리는 우리의 어머니를 잃었다. 한 번 더 고아가 된 것이다. 어디로 가야 할지, 혹시 일어날지도 모르는 일을 피해 어디로 숨어야 할지 아무도 몰랐다.

하지만 우리 중 한 명이 병에 걸리면 즉시 다른 사람들이 알게 되었다. 어느 날 밤 나는 루르데스가 몸을 성형하느라 주사로 주입했던 실리콘오일이 그녀의 혈류에 흘러 들어갔다는 소식을 들었다. 에이즈로 쇠약해진 루르데스의 몸은 그것을 감당하지 못했다. 실리콘 덕분에 그녀에겐 젖가슴이 생기고, 넓적다리가 둥그스름하니 미끈해지고, 입술이 볼록해지고, 광대뼈가 높아졌지만, 이제는 그것이 다른 부위로 흐르며 독으로 작용하여 스치는 모든 것을 파괴하고 있었다. 새 몸을 얻고자 그녀가 라 마시에게 지불한 1000페소가 느닷없이 최악의 적으로 돌아선 것이다. 그래서 트라베스티 자매들이 총집결했다. 병원 계단을 오르는 우리의 듣기 좋은 하이힐 소리와 보석 장신구의 짤랑거리는 소리가 잠시나마 세상을 구원할 수 있을 것 같았다. 하지만 라 마시는 우리를 만나 자신이 할 수 있는 일이 전혀 없다는 소식을 전했다. "상황을 돌이킬 수 없어. 너무 고통스러워. 다시는 신들의 영역을 방문하지 않기로 결심했어. 나는 그런 특권을 누릴 자격이 없어. 나를 믿지 마. 너희에게 거짓말을 했어. 나는 술과 끝없는 섹스와 완전한 난교에 빠져 지냈어. 이 몸을 망가뜨렸지. 하지만 기적은 존재해. 우리 손이 닿는 곳에 있어. 단지 잘 보이지 않을 뿐이야. 어쩌면 그런 게 우리의 승리인지도 몰라. 우리가 너무 순진해서 우리 자신의 기적을 보지 못하는 거야."

그 후 환자는 날마다 조금씩 더 죽어갔다. 루르데스의 어머니는 그녀와 계속 함께 있었다. 루르데스는 그다지 외향적인 성격이 아니었다. 우리가 방문하는 내내 미소를 머금고 있을 뿐이었다. 딸이 그저 향기에 불과해질 때까지 점점 더 먼 바다로 떠내려가는 동안 어머니가 부두에서 그런 식으로 작별 인사를 할 수 있다니, 나로서는 상상조차 못 한 일이었다. 점적주사가 흐르는 시간을 알려주었다. 전문가들은 마지막까지 희망이 있다고 계속 말했다. 하지만 거짓말이었고, 루르데스가 마지막 숨을 거둔 직후 몇 분 동안 우리는 완전히 무너져, 걷잡을 수 없이 흐느끼며, 욕설을 마구 내뱉었다. 우리는 광견병에 걸린 개처럼 입에 거품을 물었다. 우리는 죽음에 넌더리가 났다.

듣기 좋은 구둣발 소리를 병실 밖 계단에 퍼뜨리며, 우리는 폭격을 피해 달아나는 이들처럼 떠나버렸다. 서로에게 할 말이 아무것도 없었다. 우리는 우리의 슬픔이나 상실에 대해 이야기할 수 없었다. 단 한 마디도 할 수 없었다. 그날 밤 나는 처음으로 혼자 공원에 갔고, 처음으로 경찰에 체포되었다. 그들은 나에게 마약 판매 혐의를 제기했다. 나는 밤새도록 그들에게 친구의 죽음과 굶주림과 트라베스티 생활의 괴로움에 대해 말하고 또 말했다. 부끄러운 줄도 모르고 그들을 애무한 뒤 내가 가진 모든 돈을 주고 나왔다. 모든 것을 뒤로하고. 트라베스티로 산다는 건 바로 그런 것이다. 루르데스는 마지막 순간 자기 자신을 남자라고 생각했을까? 그 바이러스가 전쟁에서 최후의 승리를 거두었을 때 자신의 어린 시절과 마주할 준비가 되어 있었을까? 사람이 죽으려면 신변을 정리하고, 한때 남자였던 자신을 인정할 준비가 되어 있어야 한다. 우리의 수많은 배신, 그 모든 거짓말, 조직적인 기만, 정도에서 벗어났던 인생행로, 우리가 놓쳤던 모든 아름다움에 대해 용서를 구할 준비가 되어 있어야 한다.

맨 처음부터 그녀는 나를 코주부, 못난이, 까맣고 작은 산짐승이라고 불렀다. 뻔뻔하게 내 가운뎃다리를 건드리고 내 말투를 놀리기도 했다. "이런, 요정처럼 인사해도 입은 트럭 운전사처럼 더럽군." 무리는 나를 즉시 받아들였지만, 그녀가 나를 자신의 삶에 받아들이기까지는 시간이 걸렸다. 그녀는 결코 인사를 건네지 않았고, 오직 나를 놀려댈 때만 말을 걸었다. 나는 부끄럽고 화가 나서 얼굴을 붉히곤 했다. 함께 웃음을 터뜨리는 편이 낫다는 건 알았지만, 그것이 곧 상처 입지 않는다는 뜻은 아니었다. 농담에 괴로워하지 않으려면, 쥐구멍에라도 들어가고 싶은 기분이 되지 않으려면, 뱃가죽이 두꺼워야 했다. 그 독특한 유머 감각은 그녀가 고통을 차단하는 방법이었다. 그녀는 모든 것을 격렬하게 비웃었다. 전혀 상냥하지 않았지만, 정말이지 매력은 있었다. 그녀는 이 빠진 유리잔 같았다. 그래서 날이 선 부분을 조심해야 했다. 나는 그녀가 사람의 영혼을 움츠러들게 하는 얼굴로, 절뚝이는 다리 때문에 발을 질질 끌다시피 하며 은신처를 찾아 달려가는 모습을 수천 번이나 보았다. 그런 뒤 되돌아오는 모습도 수천 번이나 보았다. 그녀는 어쩔 도리가 없는 사람이었다. 자신의 무모한 모험을 강화할 수 있을 듯 보이는 모든 것에 중독되어 항상 남의 주머니를 털고, 항상 예의 없이 행동하고, 항상 배수로의 물을 마실 준비를 하고 있었다. 그녀는 애인만이 그럴 수 있을 것처럼 잔인했다. 그녀에게 공격당하는 것은 아주 매력적인 경험이었다. "남의 물건이나 빠는 코주부 자식! 더러운 땅꼬마 새끼!" 그녀는 침을 탁 뱉은 다음 담배에 불을 붙이며 모든 것을 증오하고 멸시하는 눈으로 주위를 둘러보곤 했다. 눈이 사시였고, 한쪽 다리를 절뚝거렸다. 그런데도 미모를 유지했다. 그 미모는 장애를 능가하는 것이었다. 그녀는 싸구려 술을 억수같이 들이켜도 결코 쓰러지지 않았다. 하지만 술을 마시면 신랄해지고 자신의 매력은 잊은 채 사랑을 구걸하며 누군가의 손길이 닿기를, 길거리에서 누군가가 관심을 보여주기를, 우리 중 하나가 자신이 쌓아놓은 장벽을 뛰어넘고 숨겨진 성에서 자신을 구출해주기를 간절히 바라는, 악의에 찬 늙고 외로운 여인이 되어버렸다. "난 어머니나 아버지라는 단어를 몰라." 어느 날 그녀가 나에게 말했다. 말을 하는 동시에 눈길을 돌려 그 순간에 극적인 효과를 더하는 동시에 훨씬 더 깊은 상처를 냈다. 그녀는 아직 미성년자일 때 혼자 차코[63]를 떠나왔다. 처음에는 밤에만 여장을 했다. 낮에는 본업을 하고, 부업으로 별도의 일을 구해 금요일과 토요일 밤이면 가난해도 마련할 수 있는 화려한 옷을 한껏 갖춰 입었다. 2페소 치 헝겊 뭉치를 묶어 마치 금방이라도 흘러내리거나 풀릴 것 같은 끔찍한 브래지어와 미니스커트 따위를 만들었다. 아름다움을 위한 투쟁은 우리 모두를 뼛속까지 지치게 했지만, 노력을 멈추면 공원에서 살아남을 수 없으리라는 것을 다들 알고 있었다. 날마다 턱수염을 가리고, 왁스로 콧수염을 제거하고, 몇 시간씩 아이론으로 머리를 손질하고, 견디기 힘든 구두를 신고 걸어야 했다. 그 구두에서 벗어나기란 불가능했다. 정말이지 터무니없는 구두였다. 어찌나 높은지 그 위에서 온 세상을 볼 수 있고, 어찌나 높은지 결코 내려오고 싶지 않고, 어찌나 높은지 고객이 제발 계속 신고 있어달라고 부탁하는, 트라베스티의 찬란한 아름다움과 천박하기 그지없는 면모에 홀려, 공주병에 걸린 창부의 신발 속에 있는 남성의 커다란 발을 조금이나마 맛보기를 바라며 핥아대는 아

---

[63] 아르헨티나 북동쪽에 위치한 차코주를 말한다. 역사적으로 아르헨티나에서 가장 가난한 지역 중 한 곳이다.

크릴 구두를 도대체 누가 고안해낸 것일까?

그녀는 늘 사라지고, 파괴되고, 떠나버릴 위기에 놓여 있는 아름다움을 간직한 모습으로, 누구보다도 그 굽 위에서 잘 걸었다. 그녀의 이름은 파트리시아였지만 우리는 그녀를 절름발이, 절대 반지, 괴짜 또는 그냥 파토[64]라고 불렀다. '파트리시아'는 차코의 농장에서 홀로 열병을 앓다 사망한 여동생에게 바치는 그녀의 헌사였다. 그녀는 여동생의 시신을 가까스로 제때 발견해 돼지들로부터 구해냈다. 그러곤 그날 당장 집을 뛰쳐나왔다. 그녀는 열네 살이었고, 부모님은 게이라는 이유로 그녀를 미워했다. 그녀는 결코 허락을 구하지 않았다. 그대로 남아 있겠다거나 원하는 곳 어디든 가겠다고 허락을 구한 적이 없다. 그녀는 죽은 여동생의 이름을 쓰는 것이 즐겁다고 내게 말했는데, 바로 자신은 어머니나 아버지라는 단어를 모른다고 했던 그때 한 얘기다. 우리는 보도에 앉아 버스를 기다리고 있었다. 우리에겐 드물게 친밀한 순간이었다. 그녀는 당시 사람들이 내 목소리를 묘사하던 식으로, 그러니까 음부같이 부드러운 목소리라며 나를 놀렸고, 나는 사람들이 전화로는 나를 우리 어머니와 혼동하곤 한다고 말해주었다.

---

[64] 파트리시아의 남성형인 파트리시오의 약칭. 몇몇 라틴아메리카 국가에서는 '여자 같은 남자', 혹은 '게이'라는 의미로 사용된다.

그녀는 웃음을 터뜨리며 걷잡을 수 없을 만큼 몸을 앞뒤로 흔들기 시작했다. 그러다 잠시 후에 말했다. "복권에 당첨돼서 어딘가로 이사 가고 싶어. 이탈리아에 가서 살고 싶어. 거기서 여왕처럼 사는 친구가 있어. 여기서는 문제만 쌓일 뿐이야. 차에 올라타면 불알과 엉덩이 냄새에 속이 메스꺼워져. 다 지옥에나 가라고 하고 싶어." 그때 메소포타미아[65] 전체가, 그 모든 늪과 민요가, 그녀의 마음속에서 지독하게 구슬픈 아코디언으로 연주되는 폴카가 그녀의 눈으로 물밀듯 밀려드는 것 같았다. 그녀가 고개를 돌리며 말했다. "난 아버지나 어머니라는 단어를 몰라. 부모님이 없어. 그분들에게 난 죽은 거나 다름없어."

차 한 대가 지나가다가 우리를 불렀고, 우리는 아르헨티나의 풍족한 삶을 대변하는 아주 멋진 표본 한 쌍과 함께 차에 탔다. 덩어리째 물어뜯기기를 간절히 바라는, 잘 먹고 자란 어린 양 두 마리였다. 우리는 그들 중 한 명의 아파트로 갔다. 파토는 아주 천천히 걸으며 엉덩이를 과장스레 흔들어서 절뚝거리는 걸음을 숨겼다. 사팔눈은 당시 유행하던 연한 파스텔 톤의 분홍색 안경으로 가리고 있었는데, 그녀는 그 안경을 절대로, 심지어 샤워할 때도 벗지 않

---

[65] 아르헨티나의 북부에 위치한 지역으로 파라나강과 우루과이강 사이에 있다.

앉다. 이동하는 동안 그녀가 내 말투를 계속 놀렸지만, 냉소는 내게 어울리지 않거니와 어쨌든 나로서는 자연스럽게 그런 말투를 사용하는 터라 그녀의 농담에 웃음을 터뜨리며 계속 놀리게 내버려두었다. 누군가에게 이끌려 안과 의사에게 가본 적이 없고, 절뚝거리는 다리를 치료받아 본 적도 없는, 자기가 정한 규칙만을 따르며 어느 정도까지만 배우려 하는, 자신의 기준에 따라 스스로 보상받고 처벌받는 야수 같은 사람, 죽은 여동생의 이름을 훔친 불쌍한 고아 소녀 같은 이를 달리 어떻게 대하겠는가?

그 고객들은 우리를 카에 크리솔에 있는 아파트로 데려갔다. 경비원이 우리를 보자마자 두 사람은 악의적으로 웃으며 농담을 주고받았다. "우린 한 쌍의 남자들한테 걸린 거야." 한 명이 다른 한 명에게 말했다. 나는 상처를 받았지만, 파토는 엘리베이터 안에서 스스로 무릎을 꿇고는 더 잘생긴 남자의 가랑이를 파고들어 입으로 빨아주기 시작했다. 다른 한 남자는 쭈뼛거렸는데, 내 차지는 항상 소심한 남자들이었다. 그가 두 사람에게 그만하라고 부탁한 순간 그의 친구가 내 친구의 분홍색 안경을 벗기려 했고, 이에 내 친구는 거부하며 눈 수술을 받았기 때문에 보호를 위해 안경이 필요하다고 말했다. 그 멍청이는 그녀의 말을 믿었다. 아파트에 들어갔을 때 우리는 그들이 우리에게 친절하게 굴지, 아니면 우리의 취약성을 이용할지 확신할 수 없는 상태였다. 나는 떠나고 싶었다. 그들이 한 쌍의 기념비적인 멍청이들이라는 생각이 들었다. 그중 한 명은 법을 공부했고, 나머지 한 명은 뭘 하는지 알 길이 없었다. 내 친구는 자신이 가진 것을 모조리 테이블 위에 쏟아놓았다. 그녀는 사람을 완전히 취하게 할 수 있는 물질들을 항상 넘치게 가지고 있었으니, 이제 그것을 그 젊은 남자들에게 제공하려는 참이었다. 한 명은 테이블 위에 놓인 그 모든 유혹적인 물질에 열광했고, 다른 한 명, 그러니까 소심한 남자는 그에게 진정하라고, 정말 이럴 만한 가치가 있냐고 말했다. 하지만 상황이 일정한 수준에 이르면 그런 종류의 질문에는 답이 없다.

파토는 냉철한 두뇌를 가진 자에게는 삶이 너무 잔인하다며 횡설수설하기 시작했고, 소심한 남자는 그녀에게 닥치라고 고함을 질렀다. 만약 그가 파토에게 예의를 갖추기만 했어도 상황은 거기서 더 나아가지 않았을 것이다. 하지만 이 세상에는 스트레스에 제대로 대처하지 못하는 수백만 명의 사람들이 있으니, 내 친구는 나와 싸우는 동시에 고객의 친구와도 싸우기 시작했다. 그녀는 누군가 자신에게 무언가를 할 수 없다고 말하는 것을 절대 참지 못했는데, 그것을 큰 공격으로 받아들이기 때문이었다. 소심한 남자는 자신들이 마약중독자가 아니라고 말했고, 나는 떠날 채비를 했지만 파토가 이렇게 소리쳤다. "넌 아무 데도 못 가!" 그러자 두 고객이 말다툼을 벌이기 시작했다. "다이 호모 잘못이야!" 법대생이 그렇게 말하며 뜻하지 않게 팔로 파토를 때렸다. 이 모욕에 그녀는 화산처럼 폭발했다. 파토는 펄쩍 뛰어올라 고객의 얼굴을 할퀸 다음 그의 지갑을 훔쳐 달아났다.

집주인은 아파트를 잠그고 나에게 꼼짝도 하지 말라고 말했다. 그 일은 나와 아무 상관 없다고 항의했지만 그들은 파토가 법대생의 아기 같은 얼굴을 할퀴었다며 길길이 날뛰었다. 바로 그때부터 상황이 정말 험악해졌다. 그들이 나가려는 내 팔을 세게 움켜잡아 앉히고는 거칠게 굴기 시작한 것이다. 무슨 짓이든 할 수 있을 것만 같은, 제정신이 아닌 그들의 표정을 본 순간 내 온몸이 긴장했다. 목덜미의 솜털이 곤두섰다. 나는 숨을 깊이 들이마시고, 혹시 모를 공격에 대비해 가능한 한 많은 피해를 입힐 수 있게끔 손톱을 세웠다. 하지만 그들은 내가 상황을 어렵게 만들 수 있다는 것을 알고 있었다. 칼자루는 내가 쥐고 있었다. 나는 돼지처럼 비명을 지르고, 미쳐 날뛰며, 손이 닿는 곳에 있는 모든 것을 뒤엎고, 그들의 학생용 아파트에 있는 싸구려 그릇들과 배알이 꼴리는 가족사진들을 모조리 부숴버릴 수 있었다. 내가 정말로 원한다면 그들에게 마땅한 싸움을 벌일 수 있다는 것을 알았지만, 한편으로 그런 싸움은 항상 너무 고단했기 때문에 나는 겁쟁이처럼 물러서서 말다툼만 했다. 파토와는 공원에서 만났을 뿐 그녀를 잘 알지 못한다고, 진짜 친구도 아니고 어디에 사는지도 모른다고, 예수를 배신한 베드로처럼 설득력 없는 주장을 해보았지만 그들은 내 말을 믿지 않았다. 법대생은 파토가 그의 모든 카드와 신분증, 그리고 코카콜라의 비밀 제조법이라도 들어 있을 지갑을 가져갔기 때문에 미쳐가고 있었다. 나는 어쩌면 파토가 밖으로 나가자마자 지갑을 던져버렸을지 모른다고 말해보자는 기발한 생각을 해냈고, 그러자 그는 나를 소심한 남자와 단둘이 남겨둔 채 허둥지둥 뛰쳐나갔다. 나는 상황을 이용해 그를 도발하기 시작했다. 그의 귀에 대고 간드러지는 소리를 내며 몸을 휘감고 엉덩이를 흔들자, 결국 그는 차츰 넘어오기 시작했다. 곧이어 우리는 그의 방으로 갔고, 나는 일을 마무리했다. 그는 돈을 지불했을 뿐 아니라 나를 문 앞까지 바래다주기까지 했는데, 바로 그때 나는 상황이 완전히 끝나기 전에 조금 더 밀어붙일 기회가 있음을 감지했다. 그런 감질나는 위험한 순간이 너무나 좋다. 나는 그를 설득해 엘리베이터를 타고 함께 내려가 경비원 옆을 지나갔다. 경비원이 혼자 낄낄거리며 이렇게 말했다. "신사분이 벌써 가신다고요?" 숨기려 애쓰지도 않는 그들의 교활한 표정을 보고 나는 이 순간의 기억을 생생히 간직하기 위해 그 고객의 손을 내 팬티 속으로 쑤셔 넣은 뒤 그들의 난처해하는 모습을 만끽했다. 알다시피 트라베스티를 설명하기란 매우 어렵다. 다들 하는 말이다. 트라베스티는 아이들에게 설명하기 어려운 것만큼이나 부모에게도 설명하기 어렵다.

내가 파토를 다시 만난 건 그 후로 한참이 지난 어느 날 밤, 그녀가 자기 눈앞에서 고객을 훔치려 했다는 이유로 다른 트라베스티의 뺨을 갈라버렸을 때였다. 그들의 구역이 맞닿은 경계선에 자동차가 주차되어 있었는데, 파토는 상대 여자가 낡아빠진 피아트 우노의 문을 여는 모습을 보고 이성을 잃었다. 그녀가 문을 발로 차서 닫는 바람에 상대의 손가락이 끼여버렸다. 이어 차가 움직이기 시작했고, 그 불쌍한 트라베스티는 몇 미터나 질질 끌려가면서 줄곧 고통스럽게 비명을 질렀다.

거기서 나는 럼주가 가득 든 작은 콜라병을 든 채 그날 밤의 업무를 마무리하기 전 몇 페소라도 더 벌어보려 애쓰고 있었는데, 그때 그 트라베스티가 가까스로 손을 빼내고 아스팔트로 굴러떨어졌다. 그러자 파토가 퓨마처럼 그녀를 덮치며 말했다. "내 일거리 훔치지 말라고 경고했잖아." 파토는 칼로 그녀의 뺨을 갈라버린 뒤 언덕을 내려가 공원으로 줄행랑쳤다. 뒤에 남겨진 우리 중 몇몇이 피해자를 응급실로 데려가 당직 의사에게 보였다. "아가씨들, 오늘은 무슨 일로 왔나요?" 의사는 그렇게 묻고는 상처를 직접 꿰맨 뒤 그녀를 집으로 돌려보냈다. "착하게 굴어요." 우리가 떠날 때 그가 그렇게 외쳤다.

우리는 착하게 구는 법도, 못되게 구는 법도 알지 못한 채, 지금까지 우리의 삶이라는 무거운 짐을 짊어지고 세상을 떠돌아다녔다. 그 짐은 카예 산마르틴이나 이투사잉고에서 산 지갑에 딱 들어맞았다. 우리는 1초의 망설임도 없이 착한 일과 못된 짓을 했고, 가끔 다 함께 아침을 먹기 위해 맥도날드에서 만났는데, 그럴 때면 사람들은 늘 그러듯 경멸의 눈초리로 우리를 노려보았다. 때때로 우리는 가방 속의 고양이들[66]처럼 서로 티격태격 다투다가 제4관구 경찰서의 그 남자, 그러니까 우리 모두가 몹시 두려워하던 그 유명한 남자의 순찰차가 나타나면 무리 지어 줄행랑을 치기도 했다.

그런 경우 가장 좋은 도피처는 공원의 배수로다. 아닌

---

[66] 싸우거나 다툴 이유가 없는 가족 혹은 일단의 사람들을 가리키는 표현.

게 아니라, 배수로는 여러 군데 있다. 우리는 너비와 깊이가 관과 비슷한 배수로에 미라처럼 누워 나뭇가지로 몸을 가렸다. 순찰차의 번쩍이는 푸른색 경광등 불빛이 보이지 않는 은신처마다 표시를 해두었다. 가끔씩 기다림이 길어지면 우리는 석관에 누워 수다를 떨기 시작했다. 그렇게 해서 나는 파토가 한 부랑자와 살림을 차렸으며 공공연하게 거리에서 손을 잡고 걷는다는 사실을 알게 되었다. 나는 눈을 감고, 나와 발이 엉킨 채로 배수로에 누워 있는 친구가 들려주는 장면을 마음속에 그려보았다. 파토가 버스를 기다리고 있는데 그 부랑자가 지나가다가 몇 페소만 달라고 청했다. 그녀는 들뜬 기분으로 돈을 주었고, 그는 감사의 표시로 자기 가랑이에 매달려 무릎까지 축 늘어져 있던 죽은 뱀을 보여주었다. 파토는 손을 뻗어 그것을 잡고 시골 장터에서 파는 장인의 살라미인 양 무게를 가늠해보았다. 다칠 수 있으니 조심하라고 그가 말하자 파토는 더 이상 아무것도 자신을 해칠 수 없다고, 자기 손에 들려 있는 것은 특히 더 그럴 수 없다고 대꾸했다. 그렇게 둘은 걸어서 함께 버스 정류장을 떠나, 도중에 맥주 한 병을 사서, 마침내 오스트리아 광장에 이르렀다. 그곳은 향수 냄새를 풀풀 풍기며 사랑의 시체를 추적하는 탐욕스러운 동성애자들의 난교 파티장으로 가장 인기 있는 곳이자 치아가 다 빠지고 소외된 사람들, 낙담하고 불안정한 사람들, 죽은 사람들, 내장이 제거된 사람들의 땅이었다. 하지만 파토는 아무것도 두려워하지 않았고, 부랑자는 한밤중에 버려진 강아지 같았다. 그렇게 그들은 위험 지대 한복판에서 자신들의 결합을 완성했다.

파토는 그를 집으로 데려가 부양하기 시작했다. 그들은 코로넬 올메도에 있는 파토의 작은 콘크리트블록 집에 살았다. 시멘트 바닥이 미완성 상태로 쩍쩍 갈라져 있는 데다 겨울 아침처럼 춥기만 한 곳이었다. 파토는 과거도 없고, 어머니도 아버지도 없고, 갈 곳도 없고, 야망도 용기도 없는 그 부랑자를 자신의 품에 꼭 끌어안았다. 어느 날 밤 그가 파토와 함께 공원에 왔다. 그들은 시립 경기장에서 관중들의 주머니를 털며 시간을 보낸 뒤 막 도착한 참이었다. 파토는 관심 있게 귀 기울이는 모든 사람 앞에서 그를 "내 남편"이라 불렀고, 다른 트라베스티가 그를 쳐다본다는 생각에 그녀와 신경전을 벌일 뻔하기도 했다. 하지만 그 부랑자는 좀 지나치게 늙은 데다 심한 영양실조 상태라 누구의 눈길도 사로잡지 못했기 때문에 갈등은 금세 사그라들었다. 그래도 나는 그를 너무 열심히 쳐다보지 않기로 했다. 그들을 보면 언젠가 약국에서 본 한 장애인 커플이 떠올랐다. 여자의 두 다리는 각각 반대쪽을 가리키며 X 자 모양으로 뒤틀려 있었고, 남자는 이해가 좀 느린 사람이었는데 처방전을 건네며 약사와 소통하려 애쓰는 내내 입가에 거품이 일었다. 그 후 나는 몇 걸음 뒤에서 그들을 따라 중심가를 걸으며, 심지어 병든 사람도, 절뚝거리는 사람도 사랑을 찾을 수 있다니 가끔은 세상 모든 게 정말 제대로 돌아가는 것 같다는 생각을 했다.

모든 것이 너무 아름답고, 너무 풍요롭고, 너무 뜻밖이라 이게 전부 단 하나의 신이 만들어낸 작품이라고는 믿기 어려울 정도다. 언어는 나의 것이다. 그것은 나의 권리이며, 그 일부는 나에게 속해 있다. 내가 언어를 찾으러 간 것이 아니라 언어가 나에게 왔기 때문에 그것은 진정으로 나의 것이다. 나는 그것을 어머니에게서 물려받았다. 아버지는 그것을 낭비해버렸다. 나는 그것을 망가뜨리고, 병들게 하고, 어지럽히고, 휘저어놓고, 갈가리 찢어버렸다가, 필요한 만큼 자주 되살릴 것이다. 이 세상의 모든 균형 잡힌 것들에 새로운 새벽을 열어줄 것이다.

몇 주 뒤, 그녀의 눈 속에 반짝이는 빛의 세 번째 생일이었다. 나는 그 애에게 손잡이를 돌리면 〈고엽〉[67]이 흘러나

---

[67] 1945년 발표된 프랑스의 대표적인 샹송.

오는 작은 오르골을 주었다. 모형 피아놀라[68] 같은 것이었다. 음악이 반짝이는 빛에게 잘 어울려 좋은 선물이 될 것 같았다. 엔카르나 아줌마는 피곤해 보였다. 그녀는 아버지로서 아이를 키우는 것이 더 쉽다고 말했다. 아버지는 아이들과 그렇게 긴밀한 정서적 유대감을 형성하지 못하니 말이다. 하지만 아줌마는 반짝이는 빛과 강하게 연결되어 있었고, 그녀의 운명 또한 그 애의 운명과 얽혀 있었다. 만약 그들이 언젠가 헤어지게 된다면, 아줌마는 계속 삶을 이어가지 못할 터였다. 한편 새가 된 마리아는 테이블보 위의 빵 부스러기를 쪼아 먹으며 석류 빛깔 눈으로 우리를 쳐다보았다.

카예 27 데 아브릴,[69] 새벽 2시. 나는 한산한 소브레몬테 골목을 거닐고 있었다. 어머니에게서 훔친 파란색 팬티스타킹을 신고, 짧은 조끼를 걸치고, 집 열쇠와 콘돔과 아주 적은 돈만 겨우 들어갈 정도로 작은 배낭을 메고 있었다. 혼자인 남성들은 나를 빤히 쳐다봤고 커플들은 서로 수군거렸다. 다들 어찌나 뻔뻔한지, 마치 매물로 나온 물건을 보는 양 면밀하게 살피는 모습이 내게 뻔히 보인다

---

68 기계의 작용에 의하여 자동적으로 연주되는 피아노.
69 '4월 27일 거리'라는 의미로, 1852년 혁명을 기념하기 위해 붙여진 이름이다.

는 사실도 신경 쓰지 않았다. 자신들의 무분별한 행동은 전혀 남부끄럽지 않지만 내 옷차림은 신성모독이었던 것이다. 그들의 눈에 보이는 건 오직 나뿐이었다. 그것이 바로 트라베스티스의 힘이다. 우리는 세상의 시선을 끌어당긴다. 여장 남자, 극단적인 호모, 모두가 응시하는 타락한 자들의 매력에서 벗어날 수 있는 사람은 아무도 없다.

불면증으로 인해 나는 대담해졌다. 불가능한 목표들을 세웠다. 한 달 치 방세를 낼 만큼, 혹은 불명예스러운 트라베스티의 몸인 내 몸으로 땀 흘려 벌어 기꺼이 바쳐도 아깝지 않을 가발이나 다른 어처구니없는 것들의 값을 치를 수 있을 만큼 돈을 벌 때까지 잠자리에 들지 않을 작정이었다. 물론 목표를 달성한 적은 거의 없었고, 단 한 명의 밤일 상대도 만나지 못한 채 잠자리에 들기도 했다. 좌절의 맛은 내 불면의 주요 원인 중 하나였다. 크게 뜬 눈으로, 입안에 가난의 맛을 느끼며 잠자리에 드는 것보다 나쁜 일은 별로 없다.

때로 협상 중에 계산을 잘못해서 인색하거나 가난에 허덕이는 남성들에게, 아니면 적어도 내 직감으로는 마땅히 지불해야 할 돈을 지불할 의향이 전혀 없는 남성들에게 지나치게 많은 돈을 요구하기도 했다. 어떤 때는 취향의 문제였다. 혐오스러운 놈과 잔다는 생각을 나는 특히 견딜 수가 없었다. 내게 불쾌감을 주는 사람의 차에는 올라타지 말자는 것이 나의 신성한 규칙이었다.

하지만 그 화요일 밤에는 계속 별로 운이 없었다. 카예 27 데 아브릴을 따라 집으로 걸어가는데, 차 한 대가 살랑살랑 흔들리는 내 엉덩이의 꼬임에 넘어와 속도를 줄이는 소리가 들렸다. 주위를 둘러보았지만, 달갑지 않은 목격자는 눈에 띄지 않았다. 선팅이 된 운전석 차창이 내려오면서 머리가 벗어진 두개골과 두툼하고 짙은 눈썹, 콧수염이 차례차례 나타나더니, 이런 목소리가 들렸다. "예쁜이, 안녕?"

나는 그 목소리와 음색을 알았다. 전에도 들어본 목소리였다. 한때 매우 유명했던 사람. 그의 이름은 기억나지 않았다. 하지만 바로 아는 남자였다.

나는 시간을 거슬러 일고여덟 살 무렵의 과거로 돌아갔다. 우리는 로스 불레바레스에 있는 할머니 집에서 크리스마스와 새해를 보내는 중이었다. 나는 최근 사춘기에 접어든 여자 사촌들, 전해 크리스마스 이후 젖통이 커져 가슴이 튀어나온, 소년들에 대한 욕망으로 불타는, 숨이 막힐 정도로 향수를 뿌려댄 그들을 보았다. 남자 사촌들이 춤을 추는 모습도, 그리고 그들의 여자 친구들이 자신들의 노획물을 가로채려는 여자들을 몹시 질투하면서 남자 친구들의 눈길이 어디로 향하는지 유심히 지켜보는 모습도 보았다. 내 조부모님이 정원에서 한 쌍의 의자에 앉아 바보 같은 웃음을 흘리며 춤추는 자손들을 지켜보는 모습도 보았다.

불현듯, 카페 27 데 아브릴에서 나에게 같이 자자고 수작을 건 이 고객이 누구인지 떠올랐다. 내가 어렸을 때 우리 가족을 몹시 즐겁게 해주던 노래, 동네 집집마다 크게 울려 퍼졌던 노래를 부른 포크송 가수. 내 여자 사촌들은 그 곡이 애국가라도 되는 양 가슴에 손을 얹고 따라 부르곤 했다. 세월이 흘러 나이가 들고 머리가 벗어진 데다 그의 근사한 트럭에는 실패의 분위기가 감돌았지만, 나는 가슴속에서 그 음악의 비트에 맞춰 쿵쾅거리는 모든 기억에 경의를 표하기 위해 트럭에 타기로 결심했다. 그를 내 방으로 데리고 가서는 작은 침대며 (서로 어울리지도 않는) 부족한 가구며, 벽에 걸린 조잡하고 자그마한 장식품 등등 방 안의 가난한 살림에 대해 사과했다. 그는 내가 어릴 적 장난감을 그대로 간직하고 있다는 사실에 놀랐다. 그는 우리 아버지가 마을에서 술집 순례를 다닐 때마다 뿌렸던 싸구려 오드콜로뉴를 뿌린 상태였다. 아버지의 친구들도 모두 똑같은 애프터셰이브를 사용해서, 개의 입냄새보다 더 끈적끈적하고 저속한 악취가 허공을 가득 채우곤 했다. 나는 가난했을지언정 캘빈 클라인 향수 냄새를 풍겼다. 아무것도 뿌리지 않는 것과 그런 끔찍한 것을 바르는 것 사이의 엄청난 차이를 알고 있었다. 허세의 구렁텅이. 나의 가수가 옷을 벗었다. 투어 생활로 인해 그의 몸은 새끼를 밴 길거리 똥개에게 더 어울리는 몸으로 변해 있었다. 나는 그 고단한 밤 내가 끌어모을 수 있는 작은 사랑으로 최선을 다해 제일 자신 있는 일을 했다. 그것이 그의 마음에 들었던 모양이다. "꼬마 아가씨, 이쪽이야." "꼬마 아가씨, 이리 올라와 봐." "꼬마 아가씨, 그건 하지 마."

드디어 우리의 호흡이 맞기 시작했을 때, 누군가 창문을 두드렸다. 그러자 그는 불안해했다. 무척 불안해했다. 허둥지둥 옷을 찾으며 자신은 공인이라고, 아무 간섭 없이 우리끼리 있을 줄 알았다고, 내가 거짓말을 했다고 말했다. 우리가 말다툼을 하는 동안 다른 고객은 창문을 두드리는 데 싫증이 난 듯했다. 어렸을 적 밤마다 행복과 춤을 선사해 주었던 이 과거의 아이돌에게 감사를 표할 유일한 기회였지만, 도무지 그를 안심시킬 수가 없었다. 나는 그의 마음을 누그러뜨리기 위해 수천 가지 방법을 시도하며 전에는 한 번도 그런 일이 없었다고 맹세했는데, 그 말은 사실이었다. 유명한 포크송 가수 위에 올라타 있는 동안 다른 고객의 방해를 받아본 적은 정말이지 한 번도 없었으니까.

하지만 소용없었다. 심지어 그는 내게 돈을 지불하지도

않았다. 그는 씩씩거리며 떠났고, 곧 사륜구동 트럭이 날카로운 소리를 내며 인적 끊긴 거리를 달려 내려갔다. 이미 박살 난 이미지를 보호하기 위해, 그는 떠나기 전에 내게 그 비탈길이 텅 비어 있는지 확인하게 했다. 이제 나는 그 천박한 애프터셰이브의 고약한 냄새가 진동하는 방에 남아 좌절감과 기쁨에 떨고 있었다. 그저 전화기를 들고 사촌들에게 전화를 걸어 그들이 무화과나무 아래서 키스하고 그 남자의 노래에 맞춰 미친 듯 춤을 추던 크리스마스들을, 삶이 억센 표피에서 피어나는 선인장 꽃인 듯했던 그 시절을 상기시키고 싶을 뿐이었다.

그의 거대한 트럭이 내는 소리가 저 멀리 사라져버리자마자, 나는 구역 순회를 마친 뒤 으레 하던 대로 차를 끓인 다음 글을 쓰려고 자리에 앉았다. 하지만 한 페이지도 쓰지 못했다. 아까 그 고객이 트럭이 사라진 것을 보고 돌아와 창문을 두드렸고, 나는 글쓰기를 중단하고 다시 일할 수밖에 없었다.

사냥철이 공식적으로 시작되었다. 우리는 온 동네 사람들로부터 괴롭힘을 당하기 시작했다. 그들은 트라베스티의 피에 목이 말랐다. 그 일은 신문에 실리고, 텔레비전 뉴스거리가 되고, 훗날 역사책에 다음과 같이 기록될 터였다. "오늘 우리는 트라베스티에 대한 학살을 기념합니다."

반짝이는 빛은 엔카르나 아줌마의 집에서 안전하지 않았다. 그라피티는 점점 더 심해졌고, 모욕적인 언동도 마찬가지로 점점 더 신랄해졌다. 우리는 길거리에서 스카프, 테가 둘린 모자, 챙이 있는 모자, 숄 따위로 변장을 했고, 누군가 문을 열러 나오기를 기다리는 동안 잔뜩 겁을 집어먹은 채 조바심을 쳤다. 그때 우리 부모님은 어디 계셨을까? 어떻게 그런 삶이 가능할까?

어느 날 밤 나는 매우 친절한 갈색 머리 남자 둘과 함께 그들의 차를 타고 바리오[70] 요프레에 있는 철길 옆 구멍가게로 갔다. 새벽 3시였다. 도중에 운전하는 남자가 내 향수가 마음에 든다고 말했다. 그들은 누군가 이빨로 찢어놓은 봉지에서 코카인을 꺼내 내게 건넸다. 나는 그중 한 명과 함께 뒷자리에서 제일 자신 있는 일을 하고 있었다. 작은 차 안의 비좁은 공간도, 스쳐 지나가는 차량들도 내가 내 일을 하는 것을 막지 못한다. 나는 두 사람 다, 특히 내 옆에 앉은 사람이 마음에 들었다. 운전자는 마을의 황량한 구역 한복판에 주차를 했고, 우리는 조용히 가게로 들어

---

70 스페인어로 '동' 혹은 '지역'을 의미하는 단어.

갔다. 운전자의 어머니가 운영하는 가게였는데, 그 어머니는 잠귀가 밝은 사람이었다. 가게와 집 사이, 일종의 연옥 지대인 안쪽 저장실에서, 나는 사탕 봉지들과 맥주 상자들 틈에 끼어 일을 시작했다. 갑자기 가게 주인 아들이 조용히 하라고 했다. 그의 어머니가 그를 부르며 거기 누가 있느냐고, 뭘 하는 거냐고 묻는 소리가 들렸다. "엄마, 아무것도 아니야. 맥주 좀 가지러 왔어. 다시 자요. 밤이 늦었어." 그가 큰 소리로 대답했다. 하지만 그의 어머니는 계속 말을 이어갔고, 결국 그 남자는 우리에게 어디 다른 데로 가야겠다고 했다.

다른 남자, 그러니까 내 마음에 든 남자가 몇 블록 떨어진 곳에 있는 자신의 아파트로 가자고 제안했다. 우리는 옷을 입고 냉장고에서 맥주 몇 병을 꺼낸 뒤 그곳에서 나와 다음 장소로 갔다. 이번에는 내 마음에 든 남자가 운전을 했다. 그는 하늘이 내린 선물 같았다. 그의 면면 중 나를 매혹시키지 않는 구석은 눈곱만큼도 없었다. 그는 좋은 냄새를 풍겼고, 옷을 잘 차려입었으며, 초록빛 눈에 조각 같은 몸을 가지고 있었다. 그의 동행은 달랐다. 그는 고약한 냄새를 풍기고 친구에 비해 옷도 잘 못 입었을 뿐 아니라 나와 함께할 때는 서투른, 예민하고 뼈만 앙상한 코카인 중독자였다.

우리는 거의 새벽 4시가 다 되어 도착했다. 거리는 텅 비어 있었다. 안으로 들어가자 그들은 나에게 침대에 누우라고 요구했다. 인간의 생존 본능이 발동하는 순간이다. 뱀이 혀를 날름거려 공기를 맛보듯 나의 더듬이가 움직였다. 고객이 자연스럽게 행동하기 시작하고, 자신들에게 이것저것 요구할 권리가 있다고 느끼는 순간. 모든 매춘부를 미치게 하는 순간. 매춘부는 자기 마음이 편한 일만 해야 한다. 다시 말해 고객의 바람은 중요하지 않다. 조금이라도 자존감이 있는 창부는 절대로 굴복하지 않는다. 고객은 창부의 바람이 자신이 줄곧 원했던 것이라고 믿으며 그녀의 바람에 따라야 한다. 그리고 그에 대한 대가를 지불해야 한다. 침대 옆 테이블 위에 큰 항아리가 있었다. 흔히 올리브를 보관하는 데 쓰는 항아리였지만 이것은 동전으로 가득 차 있었다. 사방의 벽은 무술 스타일의 무기로 장식되어 있었다. 남근처럼 생긴 다양한 크기의 막대기들이었다. 젊은이들은 나에게 코카인과 엑스터시를 주었다. 아파트는 끔찍했다. 치명적일 정도로 보기 흉한, 부모님 집의 실내장식을 연상시키는 곳이었다.

나는 알몸으로 침대에 있었다. 그들도 옷을 벗고 나를 만지작거리기 시작했다. 셋 다 알몸이지만 하나가 다른 둘에 비해 훨씬 취약한 상태였다. 이런 상황에 놓이면 현기

증이 일어난다. 나는 어지럼증과 구역질을 느끼기 시작했다. 숨 돌릴 시간을 좀 달라고 부탁하자 그들이 물러났다. 이내 나는 맥없이 잠들어버렸다. 내 평생 그런 식으로 잠을 자본 적이 없었다. 그야말로 모든 것이 얼어붙고 눈앞이 캄캄해졌다. 다시 눈을 떴을 때는 동이 틀 무렵이었다. 커튼 사이로 강렬한 빛이 눈을 찌르듯 내리비쳤다. 그들은 이제 옷을 입은 채 컴퓨터 앞에 앉아 포르노를 보며 맥주를 마시고 있었다. 처음에는 내가 어디에 있는지, 누구와 함께 있는지 기억이 나지 않았다. 모니터에 벌거벗은 소녀들의 이미지가 재생되고 있었는데, 그들 모두 벽에 걸려 있는 막대기에, 술병에, 그들 자신의 팔에 박힌 채 잠든 모습이었다. 갑자기 내 엉덩이에서 맥주병 하나가 비어져 나오고 그들 중 한 얼굴이 볼기에 얹혀 있는 모습이 모니터에 나타났다. 크리스마스카드에 딱 어울리는 사랑스러운 이미지였다. 나는 여전히 잠들어 있는 척했다. 그들이 무슨 말을 하는지는 듣지 못했다. 기운이 너무 없는 것 같았다. 곧 다시 의식을 잃었다. 나는 강기슭의 꿈을, 세상에서 가장 멋진 강가에 있는 사랑스러운 마을의 꿈을 꿨다. 나는 저물녘 강기슭을 따라 강물로 걸어 내려가는 중이었고, 버드나무들이 하늘을 가리고 있었다. 나는 마을로, 내 방으로 돌아가고 싶었다. 사람만 한 박쥐들이 나뭇가지에 매달려 있었다. 그들은 잠들어 있었다. 땅바닥에는 소의 거대한 뼈가 잔치에서 먹다 남은 음식처럼 펼쳐져 있었고, 파리와 피 웅덩이들도 보였다. 나는 혐오감을 느끼며 깨어났다.

양팔에 의지하여 가까스로 일어나 내 몸을 만져보자마자, 그들이 나를 데리고 마음 내키는 대로 했다는 것을 깨달았다. 시트는 정액, 똥, 피로 얼룩져 있었다. 그들은 여전히 나를 등진 채 컴퓨터를 바라보고 있었다. 나는 헛기침을 했다. "당신이 잠들어버렸어." 그들이 말했다. 정말이었다. 눈꺼풀이 무겁게 느껴졌다. 추웠다. 햇살은 더 이상 흘러들지 않았지만 불빛에 여전히 눈이 아팠다. 나는 다시 잠들었다.

깨어났을 때 내 마음에 든 사람이 곁에 누워 있었다. 그도 잠들어 있었다. 다른 한 사람, 즉 불쾌한 쪽은 여전히 컴퓨터 앞에서 코카인을 흡입하고 있었다. 알몸으로 자위를 하는 중이었다. 내가 깨어난 것을 보고는 다가와 한 번 더 하고 싶어 했지만 발기가 지속되지 않았다. 그는 포기하지 않고 계속 시도했다. 그의 친구가 깨어나 지켜보기 시작했다. 발기부전인 사람은 내가 자기 가운뎃다리를 꼿꼿이 세워두지 못한다며 화를 냈다. 기운이 없었지만, 나는 포기하기는커녕 연기를 했다. 제시카 랭, 안나 마냐니,[71] 아니 지라르도,[72] 마를렌 디트리히를 다 합친 것보다 더 잘 연기했다. 내 모든 연기의 여신들을 불러 모았고, 그들은 나를 도와주러 왔다. 나는 나를 공격한 사람에게 끌리는 척했다. 다른 한 사람은 조금 덜 취해 있었다. 그는 기분 좋은 상태로 깨어난 참이었다. 나쁜 놈. 나는 그를 끌어당기며 단둘이 파티를 마무리하고 싶다고 말했다. 돈을 요구할 생각은 없었지만, 평온하고 느긋해지려면 우리 집으로 함께 가야 한다고 했다. 집에서 그가 떠올릴 수 있는 모든 즐거움을 누릴 거라고. 나는 파티 용품을 철저히 준비해두는 아가씨라고.

그는 사태의 진전에 분별력을 보탰다. 친구를 위해 택시를 부른 뒤 자기 차에 나를 태워 우리 집으로 향했다. 가는 길에 나는 덜덜 떨기 시작했다. 그 자리에서 당장 죽을 것만 같았다. "자기, 절대로 내 차에서 죽지 마." 그가 말했다. 나는 좀처럼 대답할 수 없었다.

하숙집에 도착했을 때, 나는 열쇠를 자물쇠에 넣으려다가 쓰러지며 문에 부딪쳤다. 그는 겁에 질렸다. 나를 질질 끌어 안으로 들여놓은 다음 그대로 사라져버렸다. 나는 하

---

71 전후 이탈리아 영화의 아이콘격인 여배우. 이탈리아 네오리얼리즘의 관능적이고 세속적인 주인공으로 유명하다.
72 프랑스의 여배우. 비스콘티 감독의 〈로코와 그 형제들〉, 클로드 를르슈 감독의 〈러브 포 라이프〉 등에 출연했다.

루 종일 깨지 않고 잠을 잤다. 잠에서 깨어났을 때 날짜와 요일과 시간을 확인했다. 그러고는 최대한 빨리 목욕을 하고 급히 대학으로 갔다. 교수님이 나를 기다리고 있었다.

앙히에와 엔카르나 아줌마가 떠난 뒤 공원이 한동안 그 매력을 잃어가고 있기는 했지만, 완전한 몰락이 찾아온 것은 사람들이 그곳을 빛으로 가득 채웠을 때였다. 우리가 사업을 벌이던 지하 세계, 그 아름다운 어둠이 끝나야 한다는 결정이 내려졌다. 우리는 빛의 피조물들이 아니라 어둠의 짐승들이고, 움직임으로 말하자면 너무나 은밀해서 마찰조차 일으키지 않을 정도다. 우리의 저항이 그랬듯이 말이다. 빛은 우리를 드러내고, 몰아낸다. 우리는 공원을 차지하기 시작한 새로운 생명체들과 함께 지낼 수 없었다.

그래서 트라베스티들의 대이동이 시작되었다. 우리는 폭격을 피해 떠나온 난민들처럼 낙원에서 쫓겨나 떠났다. 우리는 다른 사람들과 다른 시각으로 도시를 보았으니, 우리의 매력을 다시 한 번 발휘할 수 있는 새로운 약속의 땅을 찾아야 했다. 공원은 운동선수들, 가족들, 미술학교들, 승합차를 타고 사이렌을 울리며 마약과의 전쟁을 벌이고 있다고 주장하는 새로운 경찰들에게 넘어갔다.

트라베스티들은 쓸모없는 테이블에 달린 썩은 다리 같

은 하이힐을 신고 떠나기 시작했다. 얼룩덜룩한 녹색의 아름다움이 가득한 어두운 땅을 떠나 발을 질질 끌며 걸어갔다.

빛에 시달리고 은신처를 빼앗긴 우리는 우리의 사업을 재고하고, 구석구석 재평가하고, 각자의 아파트에서 일하며 찾아오는 모든 기회를 활용하기로 결정했다. 다시 한번 우리는 고독 속으로 쫓겨났고, 우리의 유대 관계는 끊어졌다. 서로 연락할 수 없었다. 정기적인 만남이 우리 유대의 기반이었기에, 모일 장소 없이는 유대가 약해졌다. 사회는 우리가 함께 있는 것을 묵인하려 하지 않고 결국 우리를 공원에서 쫓아냈다. 우리는 항상 레테의 강기슭에, 죽음의 대기실에 있었지만, 이제는 그 강물을 마셔보라고 강요받고 있었다.

나는 내 방 발코니를 새로운 일터로 정했다. 그 작고 낮은 발코니가 트라베스티로서의 내 앞날의 틀을 잡아줄 것이었다. 그곳을 이용하려면 아주 늦은 시간까지 기다려야 했다. 룸메이트들이나 집주인의 눈에 띌 수는 없었다. 내가 전통적인 숫처녀의 역할을 빼앗는 가짜 숫처녀처럼 발코니에 서 있는 까닭을 그들에게 숨겨야 했다.

그렇게 나는 그 동네 밤 문화의 목격자가 되었다. 고양이만 한 쥐, 난투, 가정불화를 목격했고, 이웃들이 한밤중에 섹스하며 내는 신음 소리를 들었다. 노상강도와 구타를, 눈물을 흘리며 거리를 뛰어가는 소녀들을, 상상할 수 있는 모든 상태로 귀가하는 파티 참가자들의 퍼레이드를 말없이 숨어서 목격했다. 외로운 세상이 사색할 수 있는 드물고 즐거운 기회를 제공해주었다.

나는 자매들을 만나지 않은 채 그렇게 사는 법을 알게 되었다. 우리의 길은 더 이상 교차하지 않았다. 엔카르나 아줌마를 보러 가는 일은 점점 더 드물어졌다. 나는 그렇게 살 준비가 되어 있었다. 나는 혼자 지낼 수 있었다. 그들이 나에게 살아남는 법을 가르친 셈이다.

어느 날 나는 아줌마를 찾아가기로 결심했다. 하지만 아무도 현관으로 나와보지 않았다. 나는 언제나 조롱하거나 욕설을 내뱉을 준비가 되어 있는 이웃들의 호기심 어린 시선을 의식하며 기다렸다. 그 전주에 아비가일이 매주 그러듯 식료품을 구입해 돌아오다가 돌에 맞는 일이 있었다. 체크무늬 유치원 오버올을 입은 남자아이의 손을 잡고 거리를 걷는 한 남자가 보였다. 나는 마리화나와 나 자신의 변신에 도취된 채 넋을 놓고 그들을 빤히 쳐다보았다. 그들은 아름다웠다. 나와 가까워지자, 즉시 그 남자가 내 귀에 대고 속삭였다. "너 때문에 깜짝 놀랐어. 하마터면 그냥 지나칠 뻔했다고." 내가 반응하지 않자 그는 덧붙여 말했다. "나야, 엔카르나."

나는 깜짝 놀라 그들을 응시하다가, 문득 턱수염에 윤곽이 흐릿해진 얼굴과 젖가슴을 제대로 가려주지 못하는 헐렁한 옷 너머에 있는 우리의 어머니를 알아보았다. 반짝이는 빛은 빛의 속도로 자라 이미 내 이름을 말할 수 있었다. 엔카르나 아줌마는 소년 다음으로 나를 들여보낸 뒤 자기 등 뒤로 문을 쾅 닫았다. 우리는 정글 같은 파티오의 한복판으로 들어섰다.

"다 변하기 마련이야." 아줌마가 말했다.

새가 된 마리아는 고양이들로부터 보호하기 위해 전략적으로 배치된 새장에 갇혀 있었다.

"더 이상 노래를 부르지 않아." 남장을 걷어내고 아들을 위해 간식을 만들면서 엔카르나 아줌마가 말했다.

맞는 말이다. 상황은 변하기 마련이다. 하지만 그리 많이 변하지는 않는다. 그 이면에 내가 미치도록 그리워한 여자의 몸, 우리가 까닭도 모른 채 인연을 끊었던 우리 어머니의 몸이 불굴의 모습으로 나타났다. 엔카르나 아줌마는 마리아를 가리키며 고양이들이 마리아를 노린다는 걸 알아차린 사람이 다름 아닌 반짝이는 빛이라고 알려주었다. 그 애가 비명을 지르며 손가락으로 가리켰다는 것이다. "아줌마! 아줌마!" 불쌍한 마리아는 자신을 돌보는 방법을 몰랐다. 그녀는 결코 그걸 알았던 적이 없다.

반짝이는 빛이 새장에서 꺼내주자 마리아는 테이블 위의 빵 부스러기를 쪼아 먹기 시작했다. 나는 무슨 말을 해야 할지 몰랐다. 엔카르나 아줌마는 그 애를 유치원에 데려가기 위해 그렇게 차려입었고, 결과적으로 사람들의 질문을 막아냈다고 말했다. 한 친구의 어머니는 반짝이는 빛을 집으로 초대하고 싶어 했다. 듣자 하니 두 소년이 사이 좋게 지낸다는데, 아줌마는 확신을 가질 수 없었다. 아줌마는 반짝이는 빛에게 서류를 마련해준 상태였다.

"이 애는 내 아들이야. 이제는 아무도 이 애를 내게서 빼앗을 수 없어."

마리아는 빵 부스러기를 먹었다. 이따금 나를 쳐다보기도 했지만 그 눈빛에는 인간성이 없었다. 엔카르나 아줌마는 두려움 때문이라고 했다. 마리아가 고양이들의 공격을 받은 뒤로 인간성을 잃었고 더 이상 날지 않게 되었다고. 아줌마의 목소리에는 슬픔이 가득 배어 있었다. 곧이어 그녀는 텔레비전을 켜 어린이 프로그램을 틀고, 그녀의 눈 속에 반짝이는 빛을 그 앞에 앉혔다. 그런 뒤 아이의 배낭에서 연습장을 꺼내 반짝이는 빛이 온갖 색깔의 크레파스로 그린 그림들을 보여주었다. 그 애는 아줌마를 자신을 가운데 두고 양쪽에서 각각 자기 손을 잡고 있는 남자와 여자로 그려놓았다. 자신이 태양처럼 심장에서 황금빛 광선을 발사하는 그림도 있었다.

엔카르나 아줌마는 매니큐어도 안 바른 깨진 손톱에 반지를 다 뺀 맨손으로 그 두 그림을 가리키며 유치원에는 자신이 홀아비라고 이야기해두었다고 말했다.

"아이어머니는 분만 중에 죽었다고 했어. 애를 위해서 그런 거야. 평범한 삶을 살 수 있게 말이야. 이 애의 신분증명서에는 이름이 안토니오 루이스라고 적혀 있어. 그게 내가 수염을 기른 이유이기도 해. 증명서 사진 때문에."

엔카르나 아줌마는 남의 이목을 의식하게 되었다. 있는 그대로의 세상에 적응하며 카멜레온 같은 삶을 살아가고 있었다. 그녀는 반짝이는 빛이 모두 알고 있다고 말했다. 우리는 그 애에게 아무것도 숨길 필요가 없었다. 소년은 아주 똑똑했다. 바로 그때 아이가 텔레비전에서 눈을 들어 나를 쳐다보며 이렇게 말했다. "네, 나도 다 알아요. 아줌마는 내 엄마이자 아빠예요. 이렇게 운이 좋은 아이는 많지 않아요."

나는 모든 가족의 사랑이 결국에는 깨지기 마련이라고 생각했다. 하지만 그들은 가족이 아니었다. 그 단어는 그들 존재를 설명하기에 너무 보잘것없었다. 그들의 사랑은 훨씬 더 위대한 것이요, 인간 공감 능력의 최대치였다.

"이 애는 절대로 실수하지 않아." 아줌마가 말했다. "저 밖에서는 나를 항상 아빠라 부르고 이 안에서는 엄마라 불러. 애가 이렇게 똑똑하지 않았다면 힘들었을 거야."

새가 된 마리아는 테이블에서 뛰어내려 날아보려 했지만, 바닥으로 떨어졌다. 반짝이는 빛이 마리아를 들어 올려 두 손으로 감싸안았다. 이어 무어라 속삭이기 시작하며 그녀를 재워보려 했다. 마리아는 굴복하고 가만히 있었다. 반짝이는 빛은 일어나서 자기 방으로 갔다.

"아무 말도 하지 마." 엔카르나 아줌마가 말했다.

나는 정확히 아줌마가 말한 대로 했다. 아무 말도 하지 않았다. 파티오에 밤이 깊어가는 동안 우리는 마테차를 마시며 말없이 앉아 있었다.

밤에 지나가던 전서구들이 가져온 소식이 내게 전달되었다. 나탈리가 죽었다. 그녀는 보름달이 뜨던 날 밤 스스로 들어가 문을 잠갔던 밀실 안에서 발견되었다. 위조지폐로 대금을 지불했다며 닦달하는 마약 밀매업자들을 피해 엔카르나 아줌마의 집에 몸을 숨기고 있던 산드라가 그녀를 발견했다. 이 도시에 눈이 내릴 뻔한 날이라 산드라는 서리를 보려고 파티오에 나와 있었다. 너무 춥고 고요해서, 그녀는 집 안에 죽음이 떠돌고 있음을 즉시 알아차렸다. 엔카르나 아줌마를 큰 소리로 불렀지만 아무 대답을 듣지 못했다. 뒤이어 다른 아가씨들을 큰 소리로 불렀지만 그들의 대답도 듣지 못했다. 마침내 산드라는 나탈리가 자발적으로 갇힌 방에 갔다가 부서진 자물쇠와 아무짝에도 쓸모없는 죽은 개처럼 바닥에 누워 있는 우리의 친구를 발견했다. 나탈리는 꽁꽁 얼어붙어 있었고, 책이 가득 든 상자처럼 무거웠다. 산드라는 추위가 그녀마저 데려가겠다고 위협할 때까지 시신을 껴안고 있었다. 이윽고 그녀는 담요를 찾으러 갔다. 이미 몸을 녹일 시점은 지났을지언정, 보름달을 싫어하는 유일한 트라베스티였던 우리의 암컷 늑대에게 어느 정도 품위를 지킬 자격은 있었으니까. 산드라는 다른 사람들이 도착할 때까지 줄곧 울었고, 소식을 전달받자마자 한둘씩 도착한 우리는 엔카르나 아줌마와 반짝이는 빛의 안내를 받았다.

모든 트라베스티의 삶이 끝나는 막다른 골목에서, 우리는 항상 죽은 몸을 산 몸으로, 즉 숨 쉬고 저항하며 운명이 우리의 앞길에 온통 흩뿌려놓은 수천 번의 죽음을 견뎌낼 수 있는 몸으로 바꾸기 위해 자연의 힘에 맞서 싸웠다. 그래서 산드라는 나탈리를 애도하면서도 마음 한편으로는 이 암컷 늑대가 그동안의 모든 감금기 이후 정신을 차렸던 것처럼 이번에도 그럴지 모른다는 순진한 희망에 매달렸다. 이번에는 그렇지 않았다.

우리는 차례대로 산드라를 위로하고 우리의 자매를 애도하려 했다. 엔카르나 아줌마는 우리를 집으로 들이면서, 이웃들이 적대적으로 변한 뒤로 방문을 중단한 것에 대해 비난하고 우리를 겁쟁이라 불렀다.

"내가 너희를 내쫓지 않는 유일한 까닭은, 내 아들이 제 어머니가 남한테서 받은 똥을 더 많은 똥으로 갚는 사람이라고 생각하지 않기를 바라기 때문이야. 나는 그 애가 똥을 꽃으로 갚는 법을 배우기를, 꽃이 똥에서 자라난다는 걸 알기를 바라. 그래서 너희를 쫓아내지 않을 생각이야. 나는 여기 우리 가운데 있는 이 죽은 개, 우리가 친구로 여긴 떠돌이의 고통을 이해해. 내 아들은 자기 어머니에게서 세상의 불행에 대해 배우지 못할 거야. 내 파티오에 죽은 개가 있어. 그녀는 우리의 자매였지. 우리는 모두 같은 종족이고, 언젠가 그녀처럼 죽게 될 거야. 장례식은 저 뒤에서 치러질 거야. 어서 들어와."

우리의 치유사 라 마시도 이미 와 있었다. 루르데스의 죽음 이후 다시 주술사로 복귀한 그녀는 나탈리의 시신을 쓰다듬으며 시가를 피우고 와인으로 입안을 헹궜다. 우리의 목소리는 슬프고, 음울하고, 끝없이 이어지며 반복되는 노래로 합쳐졌다. 고음에 도달하려 안간힘을 쓰는, 동시에 이러한 의식에 긴장한 듯 떨리는 목소리. 마치 그것이 우리가 함께하는 마지막 의식이 되리라는 사실을 모두가 알고 있는 듯했다. 가발과 드레스, 비밀과 눈물, 노래와 감흥을 주고받던 우리 마녀들의 집회가 얼어 죽을 듯 추웠던 그날 아침에 끝나가고 있었다. 우리의 역사가 구축되었던 토대가 허물어지고, 우리의 마법과 종교라는 기둥들이 가차 없이 무너지는 중이었다. 우리 대가족의 일원인 선량한 고객들이 하나둘 도착하기 시작했다. 노예제도의 고통을 간직하고 있는, 섹시하고 건장한 체격의 흑인 남성들. 조상 대대로 슬픔이 무엇인지 아는 극동 출신 남자들. 머리 없는 남자들은 보도에 줄을 서서 기다리며, 수천 번의 전쟁을 목격한 이들이 그러듯 다 안다는 듯한 눈빛을 하고, 손에는 모자를 든 채, 다른 모두에게 순서를 양보했다. 심지어 우리가 벌써 오래전에 세상을 떠났으리라 여겼던 덕망 있는 동료들, 즉 모든 트라베스티의 어머니들마저 비바람에 낡은 누더기 옷을 입고 주름이 뚜렷이 보이는 얼굴을 드러냈다. 공화국 대통령의 대자녀이자 일곱 번째 아들로 태어난 유일한 트라베스티 암컷 늑대의 죽음에 그들의 영혼도 감동을 받았던 것이다.

트라베스티의 천국은 틀림없이 우리 기억 속의 그 눈부신 풍경처럼 아름다울 것이다. 권태를 모르고 영원히 머물 수 있는 곳. 겨울에 죽는 트라베스티 암컷 늑대들은 특별히 성대하고 반가운 환영과, 이 세상에서는 허락되지 않았던 모든 친절을 받는 또 하나의 세계로 들어간다.

한편 뒤에 남겨진 우리 같은 사람들은 우리의 수의에 스팽글로 수를 놓는다.

장례식 전날의 경야가 끝난 후, 나는 공원을 영원히 떠났다. 누구와 어떤 관계도 맺고 싶지 않았다. 나는 모르는 채 지내는 쪽을 택했고, 슬픔과 거리를 둘 권리를 행사했다. 이미 너무 많은 이의 죽음을 지켜보았기에, 누구든 다른 사람이 세상을 떠나는 것을 보고 싶지 않았다. 내 친구였던 창부들도 사라져 보이지 않았다. 우리는 때때로 서로에게 연기 신호, 불꽃 신호, 비밀 메시지를 보낼 뿐이었고, 경찰의 괴롭힘은 결코 누그러지지 않았다.

누가 누구를 떠났는지, 만일 우리가 헤어진 거라면 언제 그랬는지, 언제 그들을 우리의 영역으로 들였는지; 누가 그 공원을 버리고 사라져 그곳에 슬픔을 초래했는지, 아니면 그 반대였는지, 나는 결코 알지 못할 것이다. 거래가 줄기 시작했고, 고객은 점점 사라져갔다. 우리만큼이나 그들도 현장에서 경찰에게 잡힐까 봐 두려워했다. 신문과 텔레비전에서는 공원에 새로 설치한 조명이 범죄와 성매매를 종식시킬 것이라고 했다. 나는 늘 사람들이 우리를 바퀴벌레로 여긴다고 생각했다. 그들은 우리가 허둥지둥 도망치도록 그저 불을 켜기만 하면 되었다.

하지만 공원을 잃었을 때, 우리는 그저 그곳에 함께 있다는 것만으로 형성되는 지원망까지 잃은 셈이다. 공격을 받으면 서로를 방어하고, 일거리가 너무 많으면 고객을 나눠 갖고, 서로의 화장을 고쳐주고, 휴대용 술병의 진을 나

뉘 마시고, 추위와 적막감이 정말로 심해지면 그냥 수다를 떨 수도 있는 곳. 나는 무리의 막내였고 모두가 내 요정 대모 역할을 하고 싶어 했으니, 그중 여럿이 나와 계속 연락을 취했다. 몇몇은 내게 좋은 조언을 해주었고, 또 몇몇은 가능한 한 가장 좋은 조언을 해주었다.

차츰 나는 동네 주변 거리에서 일을 하기 시작했다. 몇몇 택시 운전사와 고객들에게는 이미 '카예 멘도사의 아가씨'로 통했다. 내 하숙집이 그 블록의 정중앙에 있기 때문이다. '검은 우산을 쓴 남자'와 함께한 밤에는 비가 내렸다. 새벽 3시. 나는 일주일 넘게 갈색 빵과 차만 먹으며 지냈지만 일하러 가고 싶지 않았다. 발코니에 서자 행인들을 모두 몰아낸 부슬비 사이로 오버코트를 입은 한 사람이 태평하게 길을 따라 걸어오는 모습이 보였다. 그는 온통 검은색 옷차림에 검은색 우산을 쓰고 있었는데, 심지어 우리 집 창문에서도 나무 손잡이의 어슴푸레한 빛이 보였던 것으로 미루어 틀림없이 값비싼 우산이었을 것이다. 내가 지금까지 살면서 본 중 가장 멋진 우산이었던 것 같다.

그가 가까이 다가왔을 때 술에 취해 있다는 것을 알아차렸지만 그것은 중요하지 않았다. 그때까지는 그런 일로 내게 문제가 생긴 적이 없었다. 고객들 사이에서는 알코올중독이 흔했고, 더욱이 난 아버지의 술버릇 때문에 그것에 무감각해진 상태였다. 우리 중 몇몇은 술에 취한 사람을 상대로 일하려 하지 않았다. 술이 남성들에게서 끌어내는 폭력을 못 견뎌 했다. 발기가 되지 않거나, 오르가슴을 느끼기까지 시간이 한참 걸리는 사람들도 있었다. 하지만 검은 우산을 쓴 남자는 잘생겼기 때문에 술에 취했어도 상관없었다. 못생긴 사람을 사랑해주는 것이 지긋지긋할 때, 발코니에 서서 비를 맞는 내 모습이 얼마나 예쁜지 말해주고 로미오나 줄리엣을 언급하지 않을 만큼의 분별력을 갖춘 데다 상아빛 미소까지 머금은 고객을 우연히 만나는 것은 진정 뜻밖의 행운이다.

사랑의 대가는 시간제한 없이 30페소였다. 검은 우산을 쓴 남자는 그것이 합리적인 거래라 여겨 들어와서 옷을 벗었다. 그는 창백하고 마른 체격이었다. 아주 예의 바른 알비노 놈팡이. 보통 술 취한 사람들은 용감해 보이려고 엄청나게 노력하며 광대 짓을 하지만, 그는 아니었다. 우리는 꼭 필요한 도구들을 가지고 우리가 할 수 있는 일을 했고, 그런 다음 나는 그에게 하룻밤을 보내고 가도 좋다고 허락했다.

고객과 함께 잠을 자는 건 결코 좋은 생각이 아니다. 우리 중 많은 사람이 다음 날 일어나 집이 샅샅이 털려 있는 것을 발견하곤 했다. 그렇게 운이 좋지 못한 이들도 있었다. 그들의 시신은 차에 치어 죽은 동물 사체나 마찬가지라 뉴스거리가 되는 일도 거의 없었다. 하지만 나는 너무 피곤해서 열 살 때부터 써온 침대, 직업적으로 사용해야 할 때면 혀를 물린 듯 아픈 침대에서 그와 나란히 잠이 들었다.

그러다 시끄러운 소리에 잠을 깼다. 그 취한 남자가 침대 한쪽, 내 드레스와 구두 곳곳에 구토를 하고 있었다. 나는 일어나 그를 돕거나 편하게 해줄 생각으로 그의 등을 문지르려 했지만, 그는 나를 밀어내고 계속 토했다. 구역질을 하는 사이사이 미안해, 정말 미안해, 정말 미안해라고 중얼거렸는데 너무 취해서 거의 말이 되어 나오지 않았다. 구토가 끝나자 몸을 조금 세우고 사각팬티를 내리더니 벽에 대고 오줌을 싸기 시작했다. 침대에도 오줌이 튀고 있다는 걸 알아차리지 못했거나, 아니면 신경 쓰지 않는 것 같았다. 창피해서 얼굴이 새빨개진 채 미안해, 정말 미안해, 정말 미안해라고 중얼거릴 뿐이었다.

그는 소변을 다 본 뒤 치우려 했지만, 나는 그에게 그냥 가라고, 돈만 주고 가는 편이 낫겠다고 말했다. 그는 의자 등받이에 걸려 있던 바지 주머니를 뒤져 지갑을 꺼내더니 테이블에 30페소를 던져놓고 옷을 입기 시작했다. 술 취한 사람들이 옷을 입는 모습, 이치에 맞지 않는 방식으로 묘하게 균형을 잡는 순간은 늘 나를 즐겁게 한다. 마침내 셔츠 단추를 다 채운 그는 다리에 바지를 꿰었고, 그러는 동안 나는 토사물에 뒤덮인 내 드레스와 구두를 생각하지 않으려고 애쓰며 침대 한쪽 구석에 알몸으로 웅크리고 앉아 지켜보았다. 갑자기 그가 이렇게 말했다. "100페소가 없어졌어."

나는 틀림없이 오는 길에 잃어버렸을 거라고 했다. 전날 밤 그는 너무 취해 있었으니까. 하지만 그는 내가 자신의 100페소를 가져갔다고 주장했다. 그러곤 테이블에 놓아둔 10페소짜리 동전 세 개를 움켜잡아 주머니에 집어넣었다.

"아무도 나한테서 100페소를 훔쳐 가지 못해." 그는 그렇게 말하며, 술에 취해 서투른 손놀림으로 바지 지퍼를 올리고 토사물을 헤집었다. 그러다 결국 포기하고 주머니에서 칼을 꺼내 부드럽게 튕겨 펴더니 칼끝으로 내 목을 겨눴다. "내 100페소 내놔."

그는 나를 침대로 넘어뜨린 다음 한 손으로 내 목을 조르고 다른 한 손으로는 칼날을 피부에 댄 채 누르며 100페소를 돌려달라고 했다. 나는 숨조차 거의 쉴 수 없었지만 원한다면 집을 뒤져봐도 된다고, 그래도 그 돈을 찾지는 못할 거라고 말했다. 그는 나를 놓아준 뒤 집을 뒤지려고 일어서다가 제가 만든 토사물 웅덩이를 밟는 바람에 미끄러져 넘어지면서 두 손으로 바닥을 짚고 엎드리게 되었다.

아마 그 순간 그는 인식했을 것이다. 제 토사물과 오줌을 뒤집어쓴 채, 틀림없이 몇 시간 전에 술값으로 썼을 100페소를 찾겠다고 그보다 비싼 잭나이프로 스무 살짜리 트라베스티를 위협하는 자신의 모습을. 이내 그는 주절주절 호칭기도[73]를 하는 듯한 조금 전의 말투로 되돌아갔다. 미안해. 정말 미안해. 정말 미안해. 그동안 나는 바로 그런 상황에서 스스로를 지키기 위해 침대 밑에 보관하고 있던 총으로 손을 뻗으며, 그에게 지불 의무가 있는 30페소를 두고 가라고 말했다. 그는 지갑을 통째로 남겨놓았다. 굳이 지폐를 꺼낼 생각조차 하지 않았다. 그는 검은색 오버코트를 움켜쥐고 눈물을 글썽이며 떠났다. 나는 복도를 따라가며 읊조리는 그의 목소리가 더 이상 들리지 않을 때까지 기다렸다가 일어나서 어질러진 것을 치우기 시작했다.

거리로 나가는 문이 닫히고서야 그가 멋진 손잡이가 달린 우산을 잊고 갔다는 사실을 깨달았다. 나는 그 우산을 몇 년쯤 사용하다가 어딘가에서 잃어버렸는데, 어쩌다가 그랬는지는 모르겠다. 사람들은 항상 그 우산을 감탄스럽

---

[73] 성모마리아, 예언자, 천사, 사도 등 여러 성인의 이름을 부르며 하는 일종의 탄원 기도.

게 바라보며 틀림없이 무척 훌륭하고 값진 물건일 것이라 말했고, 나도 동의했다. 아닌 게 아니라, 바닥과 벽을 박박 문질러 닦고 시트를 갈고 매트리스를 말리고 드레스를 빨고 알코올에 적신 탈지면으로 구두를 문지르면서 나 또한 혼잣말로 같은 얘기를 했으니까.

한낮이 지나고 잠에서 깨어났을 때, 나는 몇몇 친구들을 초대해 그 30페소로 차를 샀다. 모두 그것이 그 돈을 쓰는 좋은 방법이라는 데 동의했고, 차례대로 돌아가며 내 새 우산을 칭찬했다.

나는 라 마시와 약속을 잡아 그녀의 아파트로 갔다. 한 복합건물의, 영적인 깨달음에 이르게 하지는 못할 길고 축축한 복도 끝에 있는 집이었다. 라 마시는 로브 차림에 플립플롭을 신고 시가를 피우며 문간에서 기다리고 있었다. 검은 고양이 한 쌍이 마치 날숨처럼 사뿐히 문 밖으로 나오더니 급히 내 다리 사이를 지나 사라져버렸다.

"걱정하지 마." 그녀가 말했다. "쟤들은 암컷이야. 괜찮을 거야."

그녀는 카펫과 코바늘로 뜬 러그가 잔뜩 있는 아파트로 나를 안내했다. 텔레비전에서는 포르노 영화가 재생되고 있었다. 라 마시는 머리에 감은 수건을 풀더니 가랑이를 벌리고 앉아 고개를 숙여 내 앞에서 머리를 말렸다.

"여긴 무슨 일로 온 거야?"

나는 내가 무슨 말을 하는지도 알지 못한 채 말을 하기 시작했는데, 느닷없이 눈물이 터져 나왔다. 그녀는 나를 쳐다보지 않았다. 그녀가 신경 쓰는 대상은 오로지 자기 머리카락밖에 없는 것 같았다. 나는 지쳤다고 말했다. 극도로 피곤한 상태였다. 그즈음 머리카락이 계속 빠졌다. 어느 날 밤은 특히 끔찍했다. 머리카락이 몇 줌씩 고객의 몸 위로 눈송이처럼 흩날리기 시작했던 것이다. 그가 침대에서 일어나자, 내 머리카락이 그려낸 그의 실루엣이 시트 위에 고스란히 남아 있었다.

"대머리는 되기 싫어요." 나는 흐느끼며 말했다.

라 마시는 약은 필요하지 않다고 말했다. 그녀는 여전히 머리를 다리 사이에 둔 상태로, 이제는 바닥까지 흘러내린 긴 빨간 머리를 빗질하고 있었다. 그렇게 나를 쳐다보지도 않은 채, 남성의 몸은 항상 스스로를 재정립하려 노력한다고 말을 이었다. 몸은 결코 우리를 가만히 놔두지 않으며, 우리가 몸에 하는 일에 분개한다고. 나는 그게 무슨 뜻이냐고 물었다.

"아직도 모르겠어?"

잠시 후 그녀는 치료제, 그러니까 모발의 성장을 촉진하는 호르몬제가 있다고 덧붙였다. 화를 내면 안 된다고, 훨씬 더 악화될 수 있다고도 말했다. 머리카락 손질을 마친 후, 그녀는 부엌으로 가 쿠키 한 접시와 커피 두 잔을 들고 돌아왔다.

"문제는, 네 안에 슬프고 음울한 작은 노옴[74]이 있다는 거야." 그녀가 말했다.

나는 노옴을 조심해야 했다. 나는 슬프거나 음울하지 않았다. 가끔은 잠들어 있고, 또 가끔은 깨어나 나를 장악하고 싶어 하는 것은 바로 노옴이었다. 고양이들이 창문으로 슬그머니 들어와 오렌지색 인조가죽 소파에 나란히 누웠다.

"이 애들도 털이 빠져. 엄청나게 많이. 그걸 다 어떻게 해야 할지 모르겠어." 라 마시가 고양이들을 쓰다듬으며 말했다. 고양이들은 가만히 있었다. 우리 따위는 한 번 쳐다보지도 않고 그 자리에서 쉽게 하루를 보낼 수 있을 것 같았다. "이 애들이 잠을 대하는 태도는 아주 현명한 거 같아." 라 마시가 말했다. "때로는 잠이 가장 큰 관건이지."

나는 머리카락이 점점 더 많이 빠질수록 아버지를 점점 더 닮아갈 것이라는 내 가장 깊은 두려움을 이야기하

---

74 땅속 요정, 땅 신령, 혹은 추하고 늙은 난쟁이를 가리킨다. 땅속에 살면서 거기 있는 보석이나 광물을 지킨다고 한다.

지 않은 채 그 자리를 떠났다. 문제는 피로라는 것, 충분한 휴식을 취하는 것이 관건이라는 점은 알고 있었다. 하지만 내 이마는 점점 더 넓어졌고, 그 아래 숨어 있던 남성의 얼굴은 점점 더 위협적으로 변해갔다.

산드라의 자살에 대해 사람들은 여러 가지 설명을 내놓았다. 예를 들어, 어떤 사람들은 베야 비스타의 마약 밀매업자들이 위조지폐 때문에 여전히 그녀를 찾고 있다고 했다. 하지만 그 밀매업자 중 하나가 산드라의 남자 친구였다. 파쿠[75]라 불리는 남자였는데, 그가 그 물고기처럼 엔트레 리오스[76] 출신이고 또 그의 가운뎃다리가 파쿠만큼 컸기 때문이다. 어찌나 큰지 약간 기형인 것처럼 보일 정도였다. 하지만 산드라를 행복하게 해주기에는 충분하지 않았다. 그 짐승 같은 남자가 산드라의 육체적 욕구를 도맡아 처리해주었는데도, 그녀는 항상 시무룩한 얼굴과 슬픔에 잠긴 조숙한 강아지 같은 눈을 하고 돌아다녔다.

나탈리의 시신을 발견한 뒤 산드라의 상태는 더욱 악화되었다. 우리 모두에게 힘든 시기였다. 무리의 다른 구성

---

[75] 남아메리카에 서식하는 잡식성 어류로 피라냐와 비슷하게 생겼다. 사람의 이와 비슷한 모양의 이빨이 나 있어 '인치어'라고도 불리며, 종류에 따라서는 길이가 110센티미터 이상인 것도 있다고 한다.
[76] 아르헨티나 북동부의 주로, 메소포타미아 지역에 자리 잡고 있다.

원이 죽었다는 소식이 날마다 들려오는 것 같았다. 하지만 산드라는 태어날 때부터 줄곧 불안정했다. 불행한 일을 감당하기 어려워했다. 그녀에게는 가장 사소한 실패도 세상의 종말이었다. 그러던 중 그녀 자신을 대신해 모든 결정을 내려주는, 씹는 장난감[77] 같은 존재를 만났다. 돈을 관리하고 그녀가 일할 시간도 결정해주는 사람. 산드라는 남자 친구를 대신해 약간의 물건을 팔기 시작했다. 그가 산드라에게 자신의 궂은일을 대신 하도록 강요하는 전형적인 자본주의적 개자식이었기 때문이다. 그는 비겁하고, 인색하고, 교활하고, 탐욕스러웠다. 하지만 인정할 것은 인정해야 한다. 그는 둘세 데 레체[78]를 바른 초콜릿 팬케이크를 약 2분 만에 만들어냈는데, 항상 완벽했다. 그것이 그가 할 수 있는 유일한 아름다움의 표현이었다. 하지만 파쿠가 산드라를 마약 거래에 점점 더 깊이 연루시켰다는 점에는 의심의 여지가 없다. 산드라에 더하여, 그녀처럼 조심성 없는 다른 여자들도. 얼마 안 가 홍등가는 그저 그를 계속 기쁘게 해주기 위해 자신들이 가지고 있지 않은

---

77 어린아이나 반려동물이 씹는 과정을 통해 심리적 불편감이나 지루함을 해소하고 안도감과 자극을 얻을 수 있도록 고안된 장난감의 일종.
78 '달콤한 우유'라는 뜻. 아르헨티나에서는 우유를 캐러멜화하여 만든 전통 디저트를 의미한다. 부드러운 크림 형태로 보통 빵에 바르거나 과일과 함께 먹으며, 차를 마실 때 곁들이기도 한다.

것을 파는 젊은 여성들로 가득 찼다. 산드라는 그런 상황에 지쳐서 마지못해 일하기 시작했고, 파쿠에게 슬그머니 위조지폐 몇 장을 건네기도 했다. 그 벌로 파쿠는 우연히 근처에 있던 우리 몇몇이 끼어들기 전까지 그녀의 명치에 발길질을 해댔다.

하지만 몇몇 사람들 말마따나 산드라가 파쿠와 그의 파트너들 때문에 자살했다는 것은 사실이 아니었다. 정신병적 신경쇠약 때문이라는 것도 사실이 아니었다. 확실히 신경쇠약을 겪은 적이 있기는 했다. 예를 들어, 그녀가 에스파냐 광장에서 젖가슴을 내놓은 채 운전자들의 눈앞에 대고 "너희들 엄마처럼 미쳤어!"라고 날카롭게 외쳤을 때, 경적을 울리고 욕설을 퍼붓는 차들 사이를 반라로 돌아다니며 비명을 질러대던 그때 같은 경우가 그랬다. 우리는 신호등이 빨간색으로 바뀌기를 기다렸다가 그녀를 구하러 가야 했다. 우리가 가까스로 인도로 데려가 옷매무새를 정돈해줄 때까지 산드라는 줄곧 우리를 할퀴고 발로 차고 깨물었다. 진정시키려고 노력해봤지만 소용없었다. 결국 우리는 정신병원으로 갔고, 산드라는 입원할 때마다 가장 인기 있는 환자가 되었다.

그런 병력이 있으니 산드라가 다시 미쳐버렸던 것뿐이라고 말하기는 쉬웠다. 하지만 자살에 대해 더 잘 아는 우리 같은 사람들은 그녀가 죽음의 품으로 돌아가기 위해 선택한 신중한 방식을 보고 그것이 순전히 슬픔 때문이라는 것을 즉시 깨달았다. 산드라는 고통을 끝내기 위해 온갖 색깔의 많은 알약을 단숨에 꿀꺽 삼킨 다음, 다른 시대의 얌전한 봄 원피스를 입고 머리를 완벽하게 손질한 채 침대에 누웠다. 반려견 코코를 위해 물과 사료를 남겨두고, 그것이 바닥난 뒤 코코가 주인 없이 자기 혼자라는 것을 알게 될 때를 대비해 문도 조금 열어두었다. 산드라는 또한 그 반쯤 열린 문 덕분에 자신이 꼭 생전 모습 그대로 발견되기를 바랐다. 하지만 평소와 마찬가지로 그녀는 운이 없었다. 발견 당시 그녀의 시신은 부풀어 오르고 창백했으며 악취를 풍겼다. 작별 편지는 없었지만 장식용 자석으로 냉장고에 붙여놓은 쪽지에 자신의 모든 가구는 반드시 네네 아줌마가 받아야 한다는 메모가 적혀 있었는데, 아줌마는 고령의 나이에 마침내 트라베스티로 커밍아웃을 감행해 당장 죽을 곳도 찾지 못할 만큼 오갈 데 없는 신세였다.

그리하여 그것이 우리의 자매, 산드라의 불행한 마지막이었다. 괴짜, 자살자, 하급 마약 밀매업자에, 항상 우유부단했으며, 우리 중 가장 큰 창녀였고, 피부에 늘 헤어 왁스를 묻히고 다니던, 절대로 작별 인사를 하지 않았으며, 교도소에서 강간을 당했고, 우리에게 로힙놀[79]을 공급했고,

언젠가 주지사에게 서비스를 제공한 적이 있다고 자랑하던 산드라. 마음씨 곱고 슬픔에 잠겨 있던 산드라.

산드라가 자살한 뒤 우리는 서로를 더 잘 보살피려 애썼다. 상처 주는 농담을 피했고, 심지어 한두 번씩 포옹도 기꺼이 했다.

나는 다른 보금자리를 찾아다녔다. 도움을 요청했다. 하지만 내 자매들 중 몇몇은 다른 삶을 알지 못했다. 세상이 시작된 이후로 늘 그러한 상태가 그들의 세계요 유일한 현실이었다. 내 말을 믿지 못하겠다면, 차량 정비소 안에서 누군가 큰 소리로 욕설을 내뱉을때 길을 건너가는 저 못생긴 한 쌍의 트라베스티를 보라. 나이 든 쪽이 반지에 박힌 보석으로, 정비공을 만나기 위해 그 블록에 줄지어 서 있는 차들을 낱낱이 긁는다.

---

79 강력한 진정제이자 수면제. 무색무취의 가루로 데이트 강간 범죄에 사용되는 경우가 잦다.

정확히 어떤 순서로 위협을 받았는지는 모르겠다. 듣자 하니 반짝이는 빛의 유치원 친구 아버지가 한때 엔카르나 아줌마의 고객이어서 그녀의 비밀을 알고 있었던 모양이다. 봉투가 현관문 아래로 슬며시 들어오고, 집 전면에 더 많은 그라피티가 생기고, 익명의 전화가 걸려왔다. 새로운 위협이 있을 때마다 아줌마의 인내심은 조금씩 더 사그라졌다. 그러다 어느 날 아줌마는 그라피티에 덧칠을 하는 것이 무의미하다고 판단하고, 그러는 대신 예의 철자 오류가 겹쳐지도록 그라피티가 늘어나게 내버려두기 시작했다.

까마귀 자매도 용의자였으니, 그 어린 부잣집 여자들은 그렇게 사악한 일을 잘해낼 능력을 갖춘 터였다. 어느 날 우리는 엔카르나 아줌마를 찾아갔다가 그녀가 심한 정신적 충격에 빠져 있는 것을 발견했다. 아줌마는 눈물범벅인 채로 우리를 맞이했다. 자기 방에 갇혀 있던 반짝이는 빛도 울고 있었다. 무슨 일이냐고 묻자, 아줌마는 아들을 때렸다고 말했다. 그 애가 분노를 자극하는 바람에 그랬다고, 지금 자신은 딱 죽고 싶은 심정이라고, 손이 돌로 변했으면 좋겠다고 했다. 아줌마는 이성을 잃었고, 그 사실을 받아들이기 힘들어했다. 나는 소년의 방으로 가보기로 하고 그 애의 방문을 두드렸다. 그러자 그 애의 비상한 예지력에서 비롯한 압도적인 전율에 몸이 떨렸다. 그 방에서는 미래를 볼 수 있지만 어떻게 해야 할지는 모르는 사람의 고뇌가 흘러나왔다.

반짝이는 빛은 시트 밑에 숨어 있었다. 그 애는 나에게 나가라고 했지만, 내가 자신을 홀로 남겨두고 떠나기 직전에 이렇게 말했다. "그건 오지 않을 거예요. 언젠가는 올 거라고 생각할지 모르지만 그렇지 않아요. 절대 오지 않을 거예요." 아이를 바라보았을 때, 나는 그 애가 무슨 말을 하고 있는 것인지 깨달았다. 그 아이가 나로서는 절대로 듣고 싶지 않은 말, 심지어 나 자신에게서도 듣고 싶지 않은 말을 방금 했다는 것을 깨달았다. 왜 나에게 그런 말을 했는지 궁금했고 물어보고 싶었지만, 소년은 세상에서 가장 사랑하는 사람에게 방금 얻어맞아 겁에 질린 어린아이로 돌아간 후였다. 신탁을 전하는 사제는 마음을 닫고 사라져버렸다. 나는 그 애에게 다가가 꼭 껴안고 위로해주려 했다. 그것은 무방비 상태의 생명체를 꼭 껴안고 애정을 베풀고 그들의 두려움을 달래는 세상 모든 여성들이 공유하는 감정, 그러니까 모성애의 가장 순수한 행위였다. 엔카르나 아줌마는 문 너머에서 자신을 용서해달라며 울부짖고 있었다. 비록 보이지는 않았지만, 우리는 아줌마가 마스카라와 눈물에 얼룩진 얼굴로 트고 갈라진 손을 가슴에 얹은 채 무릎 꿇고 있다는 것을, 슬픔이라는 그렘린이 책임지라며 그녀를 다그치고 있다는 것을 잘 알았다. 나는 문을 열었다. 반짝이는 빛은 아줌마가 더 이상 소리를 지르지만 않으면 용서하겠다고 말했다.

잠시 후 그 집을 나서면서, 마음속으로 나는 엔카르나 아줌마가 한 일을 하지 못할 거라고, 그러니까 내 모든 것을 다 바치지는 못할 거라고 생각했다. 누군가를 위해 모든 것을 희생하지는 못할 거라고. 나는 그것이 어떤 종류의 사랑인지 이해하지 못했다. 단지 내게 그런 사랑을 할 능력이 없다는 것은 알고 있었다. 그리고 그 말은 나도 그런 사랑을 받을 자격이 없다는 의미였다. 소년의 말이 맞았다. 사랑은 내가 그것을 기꺼이 받아들이지 못한다는 사실을 알기 때문에 오지 않을 터였다.

밤은 습했고, 모든 구석과 틈새를 푸른 그림자로 뒤덮고 있었다. 카예 알베르디의 그야말로 80년대풍 가로등들조차 아무 소용이 없었다. 파소 데 로스 안데스와 카예 27 데 아브릴이 만나는 모퉁이에 항상 문이 열려 있는 장례식장이 있었다. 차 한 대가 내 걸음에 맞춰 속도를 늦추는가 싶더니, 운전자가 내게 안부를 물었다. 나는 그런 질문에 결코 솔직하게 대답하지 않는다. 보통 숫자로 답하고 흥정을 시작한다. 마치 내가 페르시아의 시장에 있는 양. 남자들은 애정을 베풀지 않을 뿐 아니라, 쾌락을 위해 쓰는 돈에도 인색하다. 하지만 놀랍게도 이번에는 내 입에서 이런 대답이 나왔다. "상황이 나아졌고 나도 나아졌어요. 어쨌든 불평할 정도는 아니에요."

"어디 좀 태워다 줄까요?" 그는 그렇게 물었는데, 이 말투에 어린 무언가 때문에 나는 즉시 제자리에 멈춰 서버렸다. 담배를 피우려고 장례식장에서 나온 조문객들이 우리를 훑어보자 조금 부끄러운 기분이 들었다. 남자를 더 자세히 살펴보던 나는 그가 정말 아주아주 잘생기고, 눈빛이 자기 어조만큼이나 또렷하고, 리처드 기어처럼 백발이 되는 중이며, 미소를 띤 채 문을 열고 있다는 것을 알게 되었다. 그는 미소 짓는 것, 하느님이 주신 입을 사용하는 것이 자신이 세상에 존재하는 목적임을 알고 있었다. 그는 절박하지도 안달하지도 않았고, 내가 옆자리에 앉자마자 나를 더듬으려 하지도 않았다. 마치 내가 특별한 누군가,

그러니까 친한 친구이거나 첫 데이트 상대라도 되는 것처럼 말을 건넸는데, 이는 흔치 않은 일이었다. 그는 그날이 코르도바에서 보내는 마지막 밤이라고, 카냐다에 있는 NH 호텔에 묵고 있는데 전망이 멋지다고 말하고는 나도 함께 가겠냐고 물었다. 나는 내가 부르는 값에 동의하기만 하면 그렇게 하겠다고 대답했다. 그는 미소를 지으며 말했다. "무례하게 굴 필요는 없죠."

우리는 재빨리 합의를 보았고, 그는 내게 음악을 좋아하는지 물었다. 나는 많이 좋아한다고, 하지만 그가 듣고 있던 음악은 아니라고 대답했다. 나는 그 시간대에 항상 재즈를 틀어주는 방송에 대해 말했다. 그가 채널을 그 방송으로 돌려달라고 했고, 곧 레스터 영의 색소폰 소리를 들으며 우리는 슬픔에 젖어들었다. 두 블록쯤 더 가서 그가 차 안에서 담배를 피워도 괜찮겠냐고 물었다. 내가 싫다고 하자 그는 사과하며 막 불을 붙이려던 담배를 치워버렸다.

내가 고급 호텔에 가본 것은 그때가 처음이었다. 접수 담당자는 나를 알아본 것 같았다. 아마도 카냐다를 따라 걷고 있는 나를 본 적이 있는 듯했다. 언젠가 내게 인사를 건네게 될지도 모르겠네요, 동지. 우리는 위로 올라갔다. 그는 나를 위해 문을 열어주었고, 곧이어 냉장고에서 포터[80] 두 병을 꺼냈다. 그때부터 지금까지 난 맥주라면 사족을 못 쓰게 되었다. 그가 커튼을 열자 도시가 우리 발아래 펼쳐졌다. 내가 매일 밤 걷던 그 적대적이고 지저분한 도시가, 높은 곳에서 바라보니 눈부시게 빛나고 있었다. 올바른 각도에서 보면 코르도바도 무언가 가치 있는 것처럼 보인다는 생각이 들었다.

그는 내게 시간이 많은지 물었고 나는 시간은 금액에 따라 달라진다고, 그렇게 말해서 미안하지만 인생은 그런 것이라고 대답했다. 그는 웃음을 터뜨렸고, 나도 마찬가지였지만 어색한 기분을 어떻게 감춰야 할지 알지 못했다. 그 후 이어진 침묵을 깨고 그가 나를 쳐다보며 말했다. "당신은 화가 나 있군요. 분노로 가득 차 있어요."

그는 내게 옷을 벗고 러그 위에 엎드려달라고 정중하게 부탁했다. 그런 다음 내 엉덩이에 앉아 등을 마사지해주기 시작했다. 내 눈에 눈물이 가득 고였다. 그것은 맞는 말이었다. 너무나도 맞는 말이어서 화가 났다. 이 세상, 내 부모님, 내가 현재 사랑하는 사람, 내 직업, 삶, 내가 사는 동네, 정치인들, 천국과 지옥 등등에 화가 났다. 하지만 그런 식으로 까밝혀지자 가슴이 미어질 듯 아팠다. 여름밤 장례식장 옆에서 몸을 파는 스물두 살짜리 트라베스티가 화가

---

80 18세기 초 영국에서 개발된 어두운 색 맥주로, 에일과 유사하다.

나 있을지 모른다는, 아니 자기 운명에 화가 나 있을지 모른다는 추측은 터무니없는 비약이 아니다. 하지만 고객이 나에게 마사지를 해준 건 처음이었다. 게다가 전에는 어느 누구도 내 고통을 명확하게 표현해준 적이 없었다. 가장 아팠던 것은 나의 분노였다. 분노가 치밀어서 나는 모든 것을 바꾸었다. 안도감을 긴장감으로, 예의를 무례로, 솔직함을 거짓으로, 고통을 분노로.

마사지를 마친 그는 내 옆에 눕더니, 지방정부에 고용되어 코르도바에서 줄곧 일했지만 몇 가지 검사를 해야 하기 때문에 이튿날 부에노스아이레스로 갈 예정이라고 말했다. 여기서 다섯 달 동안 검사를 받았지만 의사들이 아무것도 발견하지 못했다는 것이었다.

나는 아무 질문도 하지 않고 그냥 그가 말하게 내버려두었다. 그는 내 침묵을 더 많이 이야기해달라는 뜻으로 해석하고, 의사들이 폐에서 반점 몇 개를 발견했는데 자신은 그것이 암이라는 확신이 든다고 했다. 그 말을 하면서 슬퍼하기는커녕 살짝 미소를 짓기까지 했다.

"열네 살 때부터 담배를 피웠으니 억울하다고 할 순 없겠죠."

그런 고백에 나는 어떻게 대답해야 할지 몰랐다. 아직 어려서 이해할 능력이 없었다. 죽음은 내가 도저히 파악

할 수 없는 개념이었다. 내가 아는 것이라고는 그저 하루를 견뎌내는 법, 언제 어디서나 나를 따라다니며 괴롭히는 위험 요소들을 피하는 방법뿐이었다. 날 때부터 죽음이 나와 함께했다는 것, 죽음의 이마에 내 이름이 문신으로 새겨져 있다는 것, 죽음이 밤에 내 손을 잡고 함께 앉아 식사를 한다는 것, 나와 함께 숨 쉰다는 것은 아직 알지 못했다.

나는 한편으로 그의 말에 귀를 기울이는 동시에, 또 다른 한편으로는 그가 불멸의 존재인 듯 느끼며 공감 없이 그를 대했다. 그는 자신에게 살날이 얼마 남지 않았음을 알고 있다는 사실에 어느 정도 쾌감을 느끼는 듯 보였다. 마지막으로 재미 삼아 이것저것 다 해보는 것 같았다. 또한 그는 나를 신뢰하기라도 하는 것 같았다. 내가 전에 트라베스티를 만나본 적이 있냐고 물었더니 그는 없다고 대답했다. 나는 그것이 뱀파이어에게 물리는 것과 같다고 이야기해주었다. 다시 말해 되돌아갈 수 없다는 뜻이었다.

몇 분 뒤 우리는 조금 서투르게 섹스를 하고 있었고, 그러는 내내 나는 이런 생각을 했다. 그는 죽게 될 거야. 그는 죽게 될 거야. 마치 그를 망가뜨릴까 봐 두려운 듯 그와 섹스를 하면서, 그런 생각을 했다. 하지만 이내 그가 내 영역을 간절히 탐험하고 싶어 찾아온 낯선 사람인 것처럼 그를 내 몸속으로 기꺼이 맞아들였다.

오르가슴에 도달한 뒤 그는 가쁜 숨을 몰아쉬며 쓰러졌다. 잠시 후 그는 자신에게 아내가 있다고 말했다. 시간이 좀 더 지나고 나서는, 아직 젊은 아내에게 이 모든 것을 떠넘기기가 괴롭다고 했다. 그들에게 자녀는 없었다. 나는 그 고백에 조금 화가 났다. 질투에서 비롯한 충동적인 감정이었고, 나는 그 사실을 알고 있었다. 그날 밤 한동안은 내가 줄곧 그를 독차지하고 있었기 때문이다. 하지만 저 깊은 곳, 이 이야기의 기저에 나를 위한 것은 아무것도 없었다. 내가 여성으로 살기 위해 팔아버린 내 몸뚱이뿐이었다. 시간을 확인해보니 새벽은 아직 까마득했지만 나는 집으로 돌아가고 싶었고, 바로 이 순간 조잡하게 칠한 사방 벽에 가족사진들이 붙어 있는 내 방에 있고 싶었다.

우리는 마치 우리가 나눈 말이나 느꼈던 감정이 존재한 적 없었던 것처럼 작별 인사를 했다. 나는 그에게 그냥 정문으로 나가도 되겠냐고 물어보았다. 그는 웃음을 터뜨리더니 당연하다고, 그냥 자연스럽게 걸어 나가라고 말했다. 나는 컨시어지 옆을 지나치며 고개를 끄덕여 보였다. 모퉁이에 다다랐을 때 고개를 들어 그의 방 창문을 찾으려 했지만, 그 층의 불은 모두 꺼져 있었다.

엔카르나 아줌마는 블라인드 틈으로 거리를 내다보았다. 며칠 전부터 똑같은 흰색 차가 그녀의 집에 최대한 가깝게 주차되어 있었고, 두 명의 남자가 그 안에 탄 채로 몇 시간씩 꼼짝도 하지 않았다. 그들은 집 창문을 지켜보고 있는 것 같았다. 무성하게 자란 식물들이 지붕을 가로질러 퍼지고 집 앞쪽으로 쏟아져 내리며 전면을 잎사귀로 뒤덮어서 빛이 거의 들어오지 못할 정도였다. 간신히 시를 쓸 수 있을 정도일까. 엔카르나 아줌마는 혼자서 괴롭힘에 대처할 수밖에 없었다. 우리 중 거기서 그녀를 도운 사람은 아무도 없었다. 우리는 무슨 일이 벌어지고 있는지 아예 몰랐다. 반짝이는 빛은 더 이상 말을 하지 않았고, 그 애의 어머니도 슈퍼마켓에서 사야 할 물건을 언급하는 것 이상으로는 말을 삼갔다. 우리가 대신 장을 봐 오도록 하는 것이 아줌마가 받아들일 수 있는 도움의 전부였던 것이다. 그 집에 들어갈 수 있게 되었을 때, 우리는 소년이 그때껏 우리였던 모든 존재의 조각상을 깎고 있는 것을 보았다. 새가 된 여자, 암컷 늑대, 슬픈 여자, 용감한 여자 등등 그 모든 신화가 소년이 고립된 상태에서 만든 작은 조각상들에 새겨졌다. 엔카르나 아줌마의 방에서는 보석 상자가, 그 안의 장신구들이 훤히 드러나도록 열려 있는 것이 언뜻 보였다.

우리 모두는 실화이든 허구이든 각각의 장신구에 숨겨진 이야기를 알고 있었다. 그중 일부는 대령들과 몬시뇨르들이 아줌마에게 준 것이었다. 교황의 손가락에 끼워져 있었던 반지, 화이트 골드로 만든 뱀 브로치에 박힌 다이아몬드, 에메랄드, 루비 같은 것들. 우리 모두가 그 보석들을 보았다. 이웃들이 대화를 나누며 그 죄악의 집을 가리키는 것도 보았다. 엔카르나 아줌마는 그들이 자신을 노리고 찾아오리라는 사실을 알고 있었다. 자신과 소년을 노리리라는 사실을 알고 있었다. 반짝이는 빛은 모든 축복과 함께, 두려움의 금속성 맛을 가지고 왔다. 소년이 그녀의 삶에 들어온 이후, 엔카르나 아줌마는 두려움이 무엇인지 줄곧 알고 있었다. 그녀는 혀로 그 맛을 느낄 수 있었다.

맘마 로마[81]처럼 작별 인사를 남기고 나의 오랜 활동 근거지를 막 떠나려던 참에, 나는 마라 아줌마를 만났다. 한 쌍의 트라베스티가 서로를 난도질하는 난투극을 목격하다가 얼굴에 피를 잔뜩 뒤집어쓴 참이었다. 매춘부를 찾으려고 천천히 돌아다니던 어떤 차 때문에 그들은 하마터

---

81 피에르 파올로 파졸리니 감독의 동명의 영화 〈맘마 로마〉의 주인공. 이 영화에서는 거리의 부랑아로 커가는 아들과 그 아들을 바른 길로 인도하기 위해 자신의 모든 것을 포기하는 매춘부의 이야기가 황량한 로마 교외를 배경으로 펼쳐진다.

면 서로를 죽일 뻔했고, 이 장면을 보고서 나는 다시는 공원에 가지 않겠다고 결심했다. 마라 아줌마는 나와 두 블록쯤 떨어진 곳에 살았다. 나는 그녀를 보통은 슈퍼마켓이나 식료품점에서, 가끔은 콜론과 멘도사의 공중전화 박스에서 보곤 했다. 우리는 서로를 알은척했다. 가끔 아줌마는 나를 보고 미소를 짓기도 했다. 무슨 까닭인지, 때로는 춤추는 소녀처럼 길고 숱진 머리칼을 뒤로 넘겨 포니테일로 묶고, 트라베스티들이 항공기의 환승객인 양 가끔씩 입곤 하는 볼품없는 청바지에 체크무늬 셔츠를 걸친 남자 복장을 하고 나타났다. 그렇게 남장을 하고 있을 때는 나를 보고도 미소를 짓지 않았다. 마라 아줌마일 때는 사랑이 가득한, 다 안다는 듯한 눈빛으로 나를 보았다.

장사를 공친 어느 날 밤, 나는 고객을 찾으러 나갔다가 실제로 일을 하고 있는 그녀를 처음으로 보았다. 아줌마는 마치 제 아름다움에 힘입어 공중 부양 중인 숫처녀들처럼 자신을 높이 떠 있는 듯 보이게 하는 아크릴 하이힐을 신고 있었다. 그녀는 어떤 차에서 내려 옷매무새를 가다듬고, 이미 움직이기 시작한 차를 향해 대리석처럼 희고 윤기 나는 커다란 손을 흔들었다. 나를 보자 아줌마는 그 손짓을 자매애가 담긴 인사로 바꾸며 이렇게 말했다. "요정아, 이리 와!" 그 말에 나는 불꽃으로 달려드는 나방처럼 그녀에게 달려가면서도, 자신의 구역을 침범했다는 이유로 그녀가 내 얼굴을 갈라버릴 것이라는 예상에 잔뜩 겁을 집어먹고 있었다. 하지만 마라 아줌마는 향수부터 다른 사람들과 달랐다. 우리는 모두 향수로 스스로를 돋보이게 할 수 있다 여겼고, 당시 트라베스티들은 감귤류의 냄새가 살짝 가미된 달콤한 향을 좋아했다. 하지만 마라 아줌마 같은 냄새를 풍기는 사람은 아무도 없었다. 내가 다가가자 그녀는 함께 커피를 마실 생각이 있는지 물었고, 나는 돈이 없다고 말했다.

"아, 불쌍한 요정! 그럼 집에 가서 커피 한잔 하자. 방금 떠난 차 봤어? 그 남자랑 해본 적 있어? 그는 쓰다듬으려고 돈을 지불해. 등을 대고 누우면 내 옷 속으로 손을 밀어 넣지. 그런 다음 돈을 지불하고 가. 꼭 여왕이 된 기분이라니까." 아줌마가 그날 일을 그만 끝내라고 나를 설득할 필요도 없었다. 우리는 그녀의 집으로 걸어갔다. 가는 길에 그녀는 나에 대해 모든 것을 다 알고 있다고 말했다. 우리가 영원히 그리워할 특별한 바 '엘 오호 비사로'[82]에서 가끔 나를 보았다고. 내가 일하는 곳, 내 출신지, 신분증에 적힌 이름, 전공 따위도 알고 있었다. 당시 우리의 애인들

---

[82] '용감한 눈'이라는 의미의 스페인어.

은 한 트라베스티에게서 다른 트라베스티에게로 전전하며 뜬소문을 퍼뜨렸다. 그들은 우리를 떠나기에 앞서 우리의 비밀을 넘기곤 했다.

마라 아줌마의 집은 엔카르나 아줌마의 집처럼 분홍색이었다. 벽에 붙여놓은 수족관에는 꼬리와 기묘한 색깔의 지느러미를 흔드는 한 쌍의 거대한 생명체가 있었다. 아줌마는 마치 대답이라도 돌아오기를 기대하는 양 집 안으로 들어서며 그들에게 말을 걸었다. 우리는 에어컨과 라바 램프[83]가 있는 고객 접대용 방으로 갔다. 마라 아줌마는 고객과 섹스를 하는 침대에서는 절대로 잠을 자면 안 된다고 말했다. 나는 그것이 물고기에게 말을 거는 여성이 할 법한 매우 세련된 말이라고 생각했다. 방 한쪽 벽에는 고객이 그녀를 껴안는 자신의 모습을 보며 환각이 아님을 확인할 수 있도록 거울이 걸려 있었다. 뒤이어 그녀는 자신이 잠을 자는 침실을 보여주었다. 그 순간 내 눈에는 마라 아줌마의 몸이 한껏 자란 듯 보였다. 부엌은 집 안쪽에 있었고, 냉장고 위에 화분이, 창턱에는 끔찍한 도자기 인형들 몇 개가, 레이스 테이블보 한가운데는 조화와 코바늘로 뜬 보온 주머니에 감싸인 찻주전자가 놓여 있었다. 마

---

[83] 병 안에 염색된 반투명 액체와 왁스가 담겨 있는 장식용 전기 램프.

라 아줌마는 내게 인스턴트커피와 향이 첨가된 차 중 하나를 고르라고 했다. 내가 커피를 선택하자 아줌마는 커피를 내리고 잠시 식히는 동안 공책에 무언가를 적었다. 그러다 고개를 들어 나를 쳐다보며 그것이 자신의 영업일지라고 말해주었다. 그녀는 고객들을 이름이나 별명으로 기록했고, 만약 둘 다 모르면 신체적 특징이나 차의 제조사와 색상을 간단히 적어두곤 했다. 그다음에는 고객이 지불한 액수와 현금으로 지불하지 않은 고객들에게 받은 선물들, 예를 들어 와인 한 병이나 작은 장신구나 장식품 따위를 메모했다. 한번은 탁상시계를 받은 적도 있었다.

아줌마가 애인들에 대해 기록한 다른 공책은 그녀와 공짜로 잠을 자고 그녀에게 고통을 안겨준 모든 남자들에 관한 광기 어린 연대기였다. 그것은 보여주지 않았지만, 다른 하나는 아줌마가 내게 보여주었다. 매월 말 그녀는 자신이 벌어들인 돈을 합산해서 적어놓았다. 그 수치는 믿기 어려울 정도였다. 거의 부자라고 해도 될 정도였다. 하지만 마라 아줌마는 예전 삶에서 세 자녀를 두었기 때문에 무엇이든 모으기가 어려웠다.

마라 아줌마는 환대의 화신이었다. 그녀의 모든 고객들과 애인들도 정확히 그렇게 느꼈을 것이다. 아줌마는 자신만의 규칙들, 그러니까 함께 있는 사람이 편안하게 느끼도록 고안된 사소하지만 진심 어린 몸짓들로 이루어진 체계를 만들어낸 여성이었다. 그녀는 그것을 하나의 예술형식으로 만들고 그것에 몰두했다. 물고기, 라바 램프, 표범 무늬 쿠션, 고객용 침대와 애인용 접이침대. 그리고 남성으로서의 다른 삶, 다시 말해 우리 트라베스티들이 일단 포기하면 그 즉시 과거로 치부하며 차가운 태도를 취하거나 지워버리려 애쓰는 그런 삶도 있었다. 마라 아줌마가 어떻게 각각의 영역에 한 발씩 들여놓고 용케 살아냈는지, 나는 결코 이해하지 못할 것이다.

마라 아줌마는 우리나라 역사의 일부였다. 대담한 사람들이 땅을 일구고 이민자의 손주들이 그 땅에 거주하는 나라의 행복하고 외설적인 이야기. 외국인, 흑인, 인디오, 메스티소 등 트라베스티와 잠자리를 가졌다는 이유로 마지막 한 사람까지 모두 화형에 치해진 사람들의 이야기. 마라 아줌마는 절망적인 심정으로, 호기심으로, 아니면 은밀한 갈망으로 한 번, 두 번, 또는 그 이상 트라베스티의 몸에 자신들을 맡긴 모든 이들의 기록을 남겼다. 그런 기록을 연대순으로 전부 가지고 있었으며, 어떤 이들에겐 변화보다 죽음이 더 쉽다는 것을 아는 사람답게 자신감을 가지고, 그들 모두가 자신이 세운 트라베스티의 파고다로 돌아오기를 기대했다.

나는 엔카르나 아줌마의 집 근처에 있던 차에 그 집 초인종을 눌러보기로 마음먹었다. 마지막으로 아줌마를 본 것이 거의 일곱 달 전이었다. 당시 나는 힘든 시간, 정말로 힘든 시간을 보내고 있었다. 어머니가 병에 걸려 수술을 받아야 했다. 섹스를 간절히 원하는 척 낡은 수법을 쓴 두 명의 고객에게 강도를 당하기도 했다. 그들은 내가 의식을 잃을 때까지 목을 조른 다음, 자기들 생각에 값비싸 보이는 것은 모조리, 그러니까 나 같은 여자가 평생 모을 수 있는 촌스러운 물건들을 모두 훔쳐 갔다. 하지만 그런 일들 때문만은 아니었다. 내가 일곱 달이나 아줌마를 만나지 않은 건 화가 나서였다. 엔카르나 아줌마는 내게 결코 전화를 걸지 않았다. 내 회복 상태를 알아보려 한 적도 없었다. 나는 경찰이 수시로 그녀의 집에 나타나고 이웃들이 파티오에 온갖 종류의 물건들을 투척한다는 소식을 소문으로 들었다. 벽은 그라피티로 뒤덮이고 문은 두어 번의 방화 시도로 검게 그을렸다고. 그곳에 살던 다른 트라베스티들은 문을 열 때마다 조직적인 괴롭힘을 겪다가 결국 공포에 질려 허둥지둥 도망쳤다.

하지만 엔카르나 아줌마의 문제는 급증한 트라베스티 살인 사건들에 묻혀 우리의 머릿속에서 흐릿해져버렸다.

새로운 범죄를 보도할 때마다 그 망할 신문사 놈들은 피해자의 남성형 이름을 사용했다. 트라베스티라는 용어는 그 자체로 비난의 근거였다. 우리가 가진 마지막 피 한 방울까지 대가로 지불하게 하려는 것이 그들의 의도였다. 그들은 우리 중 누구도 살아남기를 바라지 않았다. 한 명은 돌에 맞아 죽었다. 또 한 명은 마녀처럼 산 채로 불에 타 죽었다. 누군가 도로변에서 그녀의 몸에 휘발유를 붓고 불을 질렀던 것이다. 점점 더 많은 사람들이 사라졌다. 저 밖에는 괴물이 있었다. 트라베스티를 먹고 사는 괴물이었다. 우리는 말 그대로 하룻밤 사이에 사라지고 있었다. 우리 사이의 유대가 약할수록 우리를 사라지게 하기가 더 쉬웠다. 소식은 빠르게 퍼졌다. 각각의 새로운 강간 사건과 최근의 희생자에 대한 소식이 거의 즉시 전해졌다. 위험한 세상이었다. 나는 엔카르나 아줌마의 집으로 가는 중이었다. 그 소년이 사람들이 생각해낼 수 있는 최악의 괴롭힘을 당한 뒤로 아줌마가 아이를 더 이상 학교에 데려다주지 않는다는 소식을 들은 참이었다. 반짝이는 빛은 무수히 많은 불의에 직면해서도 줄곧 침묵을 지켰다. 그 애는 무서울 만큼 많은 학대를 견뎌냈다. 게다가 이 불쌍한 어린 성자는 결코 불평하지 않았고, 학교에서 무슨 일이 일어나고 있는지 어머니에게 한 마디도 하지 않았다. 어느 날은 그 애가 학교에 다녀왔는데, 손가락이 자줏빛으로 부어올라 머그잔을 쥘 수도 없는 상태였다. 학교의 몇몇 남학생이 그 애의 손가락을 문틈에 끼워 넣었던 것이다.

"왜?" 엔카르나 아줌마가 물었다.

"내가 엄마 아들이니까요." 반짝이는 빛이 대답했다.

엔카르나 아줌마는 그 애에게 학교에 계속 다니고 싶은지, 아니면 차라리 집에서 공부하고 싶은지 물어보았다. 반짝이는 빛이 대답하지 않아서 아줌마가 대신 결정해주었다. 그녀는 동네 곳곳의 가로등 기둥에 전단지를 붙였다. 상냥하고 편견 없는 가정교사를 구합니다. 하지만 정말로 초인종을 누른 소수의 사람들은 잠재적 고용주의 턱수염과 울퉁불퉁한 젖가슴에 겁을 먹고 달아났다.

이 모든 것을 알고 있던 유일한 존재이자 유일한 목격자는 은빛 감옥에 갇힌 채 잊혀버린 새, 마리아였다. 마리아는 그 소년에게 전적으로 의존하고 있었다. 그녀에게 먹이 주는 것을 기억하는 유일한 사람이 그 애였기 때문이다. 때로는 아무 일 없이 몇 주가 지나가기도 했지만, 이내 병이 문에 부딪쳐 박살 나거나, 똥이 가득 든 화분이 파티오에 떨어져 쨍그랑 깨지거나, 새벽 4시에 익명의 전화가 걸려오곤 했다. 우리의 어머니는 수녀원의 수녀처럼 내내 자기 집에 갇혀 지냈다. 우리는 그녀를 잊은 채, 살아남고 상황이 바뀌기를 기다리는 데만 관심을 집중했다. 용케 해외로 탈출한 사람들만이 아줌마를 떠올렸다. 그들은 아줌마에게 엽서를 보내, 익명의 소도시 도로변에서 악의 없는 트럭 운전사들로부터 유로화를 벌어들이며 "평범한" 생활을 영위하고 있다고 전했다. 반면에 이곳에서 우리는 극심한 공포 때문에 잘못된 결정들을 내리고 부적절한 고객들을 선택했다.

"넌 결국 배수로에 빠져 죽게 될 거야." 아버지가 언젠가 테이블 상석에서 나에게 그런 말을 한 적이 있다.

"넌 행복해질 권리가 있어." 엔카르나 아줌마는 파티오의 큰 안락의자에 앉아 말했다. "행복해질 확실한 기회도 있지."

그런 기억들에 자극을 받아, 나는 한때 우리의 것이라고 생각했던 거리들을 다시 걸어갔다. 오비스포 살게로를 죽 따라갔는데, 그 지역은 더 이상 심하게 방치된 곳으로 보이지 않았다. 특히 카예 살타에 이르니 더욱 그랬다. 더 많은 가게들이 영업 중이었고, 사람들이 거리에서 개를 산책시키고 있었다. 저 멀리, 엔카르나 아줌마의 집 바로 맞은편에 검은색 유리 건물이 들어서 있었다. 그 건물 창문에 트라베스티의 하숙집 지붕 위로 자라난 정글이 비쳤다. 나뭇가지와 나뭇잎으로 빽빽하게 뒤얽힌 하숙집은 마치 새와 나비가 수비대로 주둔하는 요새 같아, 이 동네에서 특히 눈에 띄었다. 길가 쪽 벽에는 성가신 초록색 이끼가 맨손으로는 떼어낼 수 없을 정도로 두껍게 자라 있었다. 우리의 떠돌이 자매가 키우던 개들의 새끼인 사나운 들개들이 조용히 입구 주위를 어슬렁거리거나 문 앞에 누워 있었다. 사람들은 그 개들을 쫓아버리기란 불가능하다고 말했다. 가끔은 노란색 우주복 같은 옷을 차려입은 시 직원들이 파견되어 개들을 생포하거나 겁을 줘서 쫓아내려 해보기도 했다. 이웃들이 개들을 독살하거나 감전시켜 죽이려고도 해봤지만, 개들은 속지 않았다. 사람들이 아무리 달려들어도 개들은 이미 그것을 예상하고 스스로를 방어하는 법을 알고 있었다. 썩은 물질들에 뒤덮였어도 그 집은 여전히 분홍색이었다. 희망에 찬 분홍색, 선명한 분홍색, 우리의 분홍색, 어디에도 없을 것 같은 비현실적인 분홍색이었다.

한 블록 반쯤 떨어진 곳에 이르렀을 때, 엔카르나 아줌마의 집 문에서 빨간색과 초록색 불빛이 맹렬하게 번쩍이는 것이 보였다. 사람들이 모여 있었고, 거리에는 차량의 통행이 차단되었으며, 사이렌 소리도 들렸다. 나는 걸음을 재촉했다. 내 핸드백에는 작은 디푼타 코레아 조각상과 내가 슈퍼마켓에서 찾아낼 수 있었던 가장 비싼 쿠키 몇 개가 들어 있었다. 나는 운집해 있는 사람들을 헤치고 나아갔다. 주민들이 문과 창가로 나와 일부는 블라인드 틈을 통해, 일부는 발코니에서 염탐하기 시작했다.

  소동의 중심은 우리의 어머니의 집이었다. 개들은 미쳐 날뛰며 구경꾼과 경찰의 접근을 막는가 하면, 창가에서 욕설을 퍼붓는 이웃들을 향해 짖어댔다. 그들은 분노에 휩싸여 있었다. 서른 마리에 달하는 온갖 크기와 색깔의 암캐들이 등의 털을 곤두세웠다. 나는 사람들을 밀치며 앞으로 나아가다가 수도꼭지처럼 펑펑 눈물을 흘리며 흐느끼는 어린 소녀와 우연히 마주쳤다. 그녀는 나를 꼭 껴안았는데, 너무 화가 나 있어서 말은 하지 못했다. 그녀를 밀쳐 내려는 순간 구급차와 소방차가 눈에 들어왔다. "호모들! 살인자들!" 누군가 창문 혹은 발코니에서 소리를 질렀다. 경찰이 내가 모르는 한 트라베스티를 체포한 참이었다. 그녀는 알몸에 로브만 걸치고 있었다. 나는 날이 추우니 최소한 옷을 입을 시간만이라도 주라고 소리쳤지만 아무도 내 말에 귀 기울이지 않았다. 그들이 그녀를 경찰차에 밀어 넣던 중에 그녀의 머리가 차 지붕에 부딪쳤다. 머리 없는 남자들이 신중하게 멀찍이 떨어져서 지켜보았고, 그들 중 한 명은 역할이 불분명한 한 쌍의 여자 경찰들과 이야기를 나누고 있었다. 어찌어찌 나는 집 안으로 들어갔다. 한 소방관이 손으로 내 가슴, 이 빌어먹을 나라의 모든 문제점을 느끼는 발포 고무 가슴을 막아 나를 멈춰 세웠다. "여기 들어오면 안 돼요." 나는 모욕감을 참으며 집주인의 친구라 말하곤 무슨 일이냐고 물어보았다. 소방관은 엔카르나 아줌마가 가스를 켜고 반짝이는 빛과 함께 목숨을 끊었다고 말해주었다. 내가 서 있는 자리에서 우리 어머니의 방에 있는, 그녀의 엄청나게 커다란 발이 보였다. 꼭 침대에 엎드려 잠이 든 것만 같았다. 심지어 사후에도, 그들은 우리의 어머니를, 우리가 구하지 못한 우리의 창부 어머니를 조금도 존중해주지 않았다. 소방관은 방이 문과 창문 아래 틈에 쑤셔 넣은 천 조각들로 밀폐되어 있었다고 말해주었다. 그들은 이 일을 살해 후 자살 사건으로 정리할 예정이었다. "자살은 마음대로 해도 되지만, 아이를 같이 데려간 거, 그건 용서할 수 없는 일이에요." 소방관이 말했다. 나는 엔카르나 아줌마의 침실에 보석들이 있다고 말하며 누가 이 일을 담당하는지 물었다. 소방관은 긴장한 듯 딱딱한 표정을 지었다가 신경질적으로 피식 웃으며 보석은 발견되지 않았다고 했다.

부엌을 들여다보니, 새장 속의 새 마리아가 미친 듯 창살에 몸을 부딪치고 있었다. 그녀를 구하러 가려고 했지만 소방관이 거칠게 나오기 시작했다. 그때 등골이 오싹해지고 귀청이 터질 듯한 비명 소리가 우리 모두를 그대로 멈춰 세웠다. 먼저 휘어진 표범 무늬 손톱들이, 그다음으로 물고기 비늘 팔찌들로 덮인 한쪽 팔이 보였다. "저게 뭐야?" 소방관이 충격에 빠져 중얼거렸다.

그것은 경찰관, 소방관, 간호사, 구경꾼을 모두 한꺼번에 기절시킬 수 있는 힘을 가진 우리의 주술사, 라 마시였다. 한 손을 높이 든 채 사람들 사이를 걸어오는 그녀를 아무도 막지 못했다. 그녀가 마리아의 새장을 열었다. 마리아는 박쥐처럼 어색하게 날아가 파티오에서 지붕 위까지 자란 가장 높은 나뭇가지에 앉았다. 주술사 뒤로 트라베스티들이 말없이 줄지어 들어왔다. 라 마시는 아줌마와 가장 가까운 사람들을 침실로 이끌었고, 우리는 거기 서서 현장을, 그러니까 소년이 자기 어머니 옆에 모로 누워 있는 광경을 응시했다. 그들은 얼굴을 마주하고 서로의 눈을 들여다보며 죽었다. 더 이상 굴욕을 견딜 수 없음을 알았기에 현명하게 죽음을 맞이했다. 우리의 어머니와 그녀가 사랑하는 아들. 달리 할 말이 무얼까? 라 마시는 침대 옆에 무릎을 꿇고 방언으로 노래하기 시작했고, 시가를 뻐끔뻐끔 피우며 두 사람의 시신이 구름에 감싸일 때까지 그 위로 연기를 내뿜었다. 밖에서는 아무 소리도 들리지 않았다.

의식이 끝나자 그녀는 고개를 들고 코를 벌름거리며 공기를 들이마셨다. "보석은 여전히 집 안에 있어." 그녀가 말했다. "가서 찾아봐." 여전히 예식의 감흥에 젖어, 트라베스티들은 말없이 집과 초목을 뒤지기 시작했다. 그 활동에 경찰관과 소방관들이 정신을 차린 듯 우리를 막으려 했지만, 아무도 몸을 움직이지 못했다. 집 안쪽에서 아가씨들 중 한 명이 보석을 찾았다고 외쳤다. 그러자 라 마시가 이만 떠나라는 명령을 내렸고 우리는 말없이 줄지어 걸어 나갔다. 새가 된 마리아가 내 핸드백으로 날아들어, 나는 그녀가 그 안에 자리 잡도록 해주었다.

밖에서는 모두가 울고 있었다. 우리를 알고 지내며 좋아하는 몇몇 사람들만이 아니라, 조금 전까지만 해도 우리에게 욕설을 퍼부어대던 구경꾼들까지 모두 슬픔의 마법에 걸린 터였다. 우리가 떠나갈 때 머리 없는 남자들이 거리를 둔 채 따라오는 것이 보였다. 개들도 장례 행렬을 뒤따르며 우리의 뒤를 지켜주었다. 우리는 공원으로 향했다. 라 마시가 손가락을 튕기며 기도문을 선창하고 우리 모두 일제히 한목소리로 화답했지만, 도시는 이미 우리의 목소리를 듣지 않았고, 이미 우리가 누구인지 잊은 상태였다. 우리가 우리의 어머니에게 작별을 고하는 동안 밤이 찾아왔다. 날씨가 몹시 추웠다. 두 넝마주이가 손수레를 세워 우리에게 길을 터주고 손을 흔들어 보였다.

공원에 도착한 우리는 휴대용 술병과 담배를 꺼내고, 각자 어머니를 만난 경위와 그녀가 우리 각자에게 해준 일들에 대해, 그녀가 진흙 발 같은 의외의 약점과 권투 선수의 주먹 같은 한 방을 가진 여신이었다는 것에 대해 이야기하기 시작했다. 가장 어린 사람들 중 하나가 휴대전화로 음악을 틀었고, 우리는 모두 엔카르나 아줌마와 그녀의 눈 속에 반짝이는 빛이 트라베스티의 천국으로 승천하는 여정에 함께하기 위해 춤을 췄다. 만일 길을 잃더라도, 그들은 귀를 기울여 우리의 목소리를 듣기만 하면 되었다. 개들이 다리 사이를 이리저리 뛰어다니는 바람에 우리는 하마터면 넘어질 뻔했다. 배수로에서 트라베스티들에게 발견되어 양육된 소년의 보이지 않는 익명의 대모들, 디푼타 코레아의 아이에 대한 비밀을 아는 유일한 사람들. 잊힌 자들인 우리에겐 이제 이름이 없었다. 마치 우리가 그곳에 존재했던 적이 전혀 없는 것 같았다.